人民共和國文化與文學叢書

四編　中國人民大學特輯

程光煒　李怡　主編

第 4 冊

「詩人」與「現實主義」
——賈平凹小說論

黃　平　著

花木蘭文化出版社

國家圖書館出版品預行編目資料

「詩人」與「現實主義」——賈平凹小說論／黃平 著 — 初版
— 新北市：花木蘭文化出版社，2016〔民105〕
目 2+188 面；19×26 公分
（人民共和國文化與文學叢書 四編；第 4 冊）
ISBN 978-986-404-639-3（精裝）
1. 賈平凹 2. 中國小說 3. 文學評論
820.8   105012589

ISBN-978-986-404-639-3

9 789864 046393

特邀編委（以姓氏筆畫為序）：

吳義勤　孟繁華　張　檸
張志忠　張清華　陳思和
陳曉明　程光煒　劉福春
（臺灣）宋如珊
（日本）岩佐昌暲
（新西蘭）王一燕
（澳大利亞）鄭　怡

人民共和國文化與文學叢書
四 編　第四 冊　　　　ISBN：978-986-404-639-3

「詩人」與「現實主義」
——賈平凹小說論

作　　者　黃平
主　　編　程光煒　李怡
企　　劃　北京師範大學民國歷史文化與文學研究中心
　　　　　四川大學現代中國文化與文學研究中心
總 編 輯　杜潔祥
副總編輯　楊嘉樂
編　　輯　許郁翎、王筑　美術編輯　陳逸婷
印　　刷　普羅文化出版廣告事業
出　　版　花木蘭文化出版社
社　　長　高小娟
聯絡地址　235 新北市中和區中安街七二號十三樓
　　　　　電話：02-2923-1455／傳真：02-2923-1452
網　　址　http://www.huamulan.tw 信箱 hml 810518@gmail.com
初　　版　2016 年 9 月
全書字數　167772 字
定　　價　四編 11 冊（精裝）台幣20,000 元

「詩人」與「現實主義」
——賈平凹小說論

黃平 著

作者簡介

黃平，1981 年生，中國人民大學文學博士，華東師範大學中文系副教授，從事當代文學研究。
著有《大時代與小時代》（北京大學出版社，2014）等，曾獲第四屆唐弢文學獎。

提　　要

　　本文從「詩人」與「現實主義」這一整體性的視角出發，通過對賈平凹作品的細讀，討論
賈平凹三十年來的作品中這「兩個世界」的「相遇」所呈現的複雜關係。本文將賈平凹的寫作
分為四個階段，對應於本文的四章：

　　第 1 章「潮流化」的「現實」

　　本章首先分析賈平凹的「寫作前史」，指出《滿月兒》等作品如何契合主流文學的規劃以及
《滿月兒》之後賈平凹與當時的文學成規的「衝突」與「轉向」。在此基礎上，分析賈平凹如何
以「改革文學」、「尋根文學」的方式敘述「商州」的「現實」。最後，分析《浮躁》如何以混雜
的狀態呈現對「改革文學」與「尋根文學」的總結。

　　第 2 章「唯有心靈真實」

　　本章以賈平凹《廢都》前後的小說觀念為中心，分析了賈平凹如何放棄了「現實主義」的
敘述方式以及確立了新的「真實觀」。他的寫作從「向外」的「寫實」轉為「向內」的「寫意」，
把《廢都》寫成了「自我傾訴」的「心靈史」。然而，賈平凹以「性」作為象徵所塑造的作為
「病人」的知識分子，與既往的對於「知識分子」的成規的設定，產生了巨大的分歧。圍繞
《廢都》引發的劇烈爭議，筆者描述知識分子對此的批判，分析批判的話語結構。最後，筆者分
析《白夜》對於《廢都》的「複製」，聯繫著作為一種「異質性」的力量進入了文學場域的「市
場」，分析賈平凹如何進入「九十年代」。

　　第 3 章　意象與寫實的結合

　　本章首先分析了賈平凹這種「自我傾訴」的小說觀所存在的不可避免的缺陷。筆者分析了
賈平凹這一時期的「轉變」，他試圖協調「寫實」與「自我」的緊張關係。一方面，他不願意
放棄「寫實」的面向；一方面，他也不願再遵循「潮流化」的方式指認「現實」。他所看重的，
依然是自己的心靈體驗，只不過不再以純粹個人化的方式出現，而是試圖具有更廣泛的象徵性。
在這個意義上，筆者認同研究者對其「意象寫實」的概括。並且，筆者進一步指出，這種寫作
方式的調整是典型的「八十年代」認識裝置的產物，在他所期待的走向「世界文學」的表述背後，
隱含著「現代派／現實主義」的似乎不言自明的等級結構。拉美作家以及川端康成所代表的從「民
族」走向「世界」的「偉大文學」的道路，對於賈平凹有重要啟示，他在「寫實」的基礎上，選
擇與東方的「意象」相結合。

　　隨後的三節，筆者分別以《土門》、《高老莊》、《懷念狼》為分析中心，分析賈平凹在具體
的作品中如何落實他的「意象」與「寫實」。

第 4 章「實」與「虛」的分裂

本章從《秦腔》的敘述視點與敘述風格入手，指出第一人稱限制敘事與第三人稱全知敘事的分裂，以及「故事」與「反故事」悖論般地並行不悖，是一種高度「歷史性」的「症候」。無論是「史詩」的「宏大敘述」與「引生」的「瘋癲敘述」的分裂，抑或「故事」與「反故事」的分裂，都喻指著「歷史」的「分裂」以及對應的「歷史敘事」的分裂。筆者從引生「自我閹割」的象徵性入手，分析引生的閹割與敘述的關聯，指出「閹割」聯繫的是喪失了敘述可能性的焦慮與象徵。在匱乏整合「現實」的「大敘述」的當下，賈平凹並沒有在《秦腔》中提供一種新的美學範式，他所提供的是既有的美學範式破碎後的殘留。《秦腔》的成就與不足，在這個意義上代表著當代文學的當下處境。

附錄部分，分析了賈平凹的近作《高興》。一定程度上，《秦腔》標誌著賈平凹寫作的終結。賈平凹「突圍」的方式，是重新「潮流化」，加入了「底層文學」的大合唱。筆者從賈平凹對於主人公「高興」對抗「悲情」的敘述「菩薩」對抗「左翼」的思想資源的安排 對於資產者的「溫情脈脈」的改寫，將其概括為「左翼」之外的「底層文學」。

人民共和國文化與文學叢書
中國人民大學特輯　總序

程光煒　李怡

　　2005 年，中國人民大學文學院的中國當代文學史專業方面，將重點轉向了以「重返八十年代」為主題的當代文學史研究，這當然是中國大陸視野裏的「當代文學」。博士生課程採用課堂討論的方式，事先定下九個討論題目，分配給大家，然後老師和學生到圖書館查資料，自己設計問題，寫成文章後，分別在課堂多媒體上發表，接著大家討論。所謂討論，主要是找寫文章人的毛病，包括他撰寫文章的論文結構、分析框架、問題、材料運用，自然，他們最為關心的是，這篇論文究竟對當前的當代文學史研究有無新的發現和推動，至少有無提出有價值的質疑意見。因此，每學期總共十八週授課時間，安排一次課堂發表文章，另一次是課堂討論，這樣交錯有序進行。竟未想到，這種開放式的博士生研究課堂，到今年已進行了十一年，湧現了一批有價值有亮點的博士論文，湧現了若干個被大陸當代文學史研究界矚目的青年學者。據稱是大陸中國現當代文學研究界，為獎勵 45 歲以下青年學者而設置的具有很高學術聲譽的「唐弢青年文學獎」，最近連續三年，都有這個課堂上走出去的青年學者獲得。僅此就可以知道，雖然中間的過程困難重重，也有很多不必要的重複和彎路，仍然可以證明，通過課堂討論、大家集中研究中國當代文學史這種方式，事實上有一定的效果。

　　其實，在 2005 年以前，我們這個學術團隊中已有博士生在做《紅岩》、《白毛女》的研究，取得引人注意的成果。而以「重返八十年代」為主題的當代文學史研究，目的是以中國現代文學史自五四之後，八十年代這個又一個「黃

金年代」爲文學高地，在這個歷史制高點上，縱觀 60 年的中國當代文學史，並以這個制高點，把這 60 年文學拾起來，做一個較爲總體的評價和分析，建立這個歷史時段的整體性。今天看來，這個目的初步達到了。這套學術叢書，關涉到中國當代文學史的諸多領域，例如文學思想、思潮、流派、現象、紛爭、雜誌、社團等等，雖不能說每個題目都深耕細作，但確實有一些深入，某些方面，還有較深入的開掘，這是被學術同行所認可的。例如，《紅岩》研究、《白毛女》研究、「重寫文學史思潮」研究、「李澤厚與八十年代文學」研究、「現代派文學」研究等。另外賈平凹小說、路遙與柳青傳統、七十年代小說的整理、上海與新潮小說的興起、八十年代文學史撰寫中的意識形態調整、十七年文學等等，也都在這套叢書中有所反映。

　　毫無疑問，中國大陸的中國當代文學史研究，離不開「當代史」這個潛在的認識性裝置。一定程度上，文學史與當代史的表面和諧關係，實際也暗藏著某種緊張狀態。作爲歷史研究者，每個人都離不開、跳不出自己生長的歷史環境。但是，所有有識的歷史研究者都意識到，所謂學術研究即包含著對自身歷史狀態的超越。他們所關心和研究的問題，事實上是以他自己的問題爲起點的；也就是說，他們研究的學術問題，實際上就是他們自己所困惑的歷史問題。我們想這種現象，又不僅僅是我們的。借這套叢書在臺灣出版的機會，我們想表達的是：學術著作的出版，是一次展示自己學術見解，並與廣大學界同行進行交流切磋的極好機會。因此，十分期望能得到讀者懇切的批評和意見。

2016.2.22 於北京

目
次

緒　論

0.1　研究對象與研究文獻綜述

如果一定要用一個詞來形容賈平凹是一個怎樣的作家，筆者覺得最恰當的，應該是我們所處的這個時代尊奉到宗教意味的一個「關鍵詞」：這是改革開放三十年以來最「成功」的作家。著作近千萬、共計 160 多個版本的賈平凹，擔任著全國政協委員、西安市人大代表、陝西省作協主席、大學教授、雜誌主編；獲得過全國優秀短篇小說獎、全國優秀中篇小說獎、魯迅文學獎、茅盾文學獎、美孚飛馬文學獎、費米娜文學獎、紅樓夢獎、華語文學傳媒大獎等等各類文學獎；在當代文學市場持續走低的今天，他的著作不斷再版，動輒幾十萬冊的銷量，在各個評選中全部躋身最受歡迎的「十大作家」，在本文寫作的同時，賈平凹超越了金庸，躋身「十大最具市場影響力」作家首位。〔註1〕

縱覽二十世紀中國文學史，這是比較罕見的現象，一個作家同時得到政

〔註1〕 這類「評選」可參見 2006 年 3 月新浪網「中國當代十大作家」評選、中國出版科學研究所主持的第四次「中國國民閱讀調查」。賈平凹超越金庸的這一「2008～2009 中國十大最具市場影響力」作家評選，參見 2008 年 11 月 3 日《大連晚報》報導。值得注意的是，儘管多家媒體轉載了這一「轟動性」報導，但是這份報導值得審慎地對待，原文在主辦機構、投票統計等關鍵信息上非常含糊，僅僅列出這次調查是「業內某權威機構舉辦、數十位專家學者和逾百萬名網友積極參與」。

治、市場、學界各個方面的認同。〔註2〕當然，筆者不是對於賈平凹的「成功」不加省思的認同，而是想嘗試指出，就理解三十年來的「當代文學」而言，賈平凹是一個「繞不開」的對象，不僅僅對於「重返八十年代」意義上的對「八十年代」認知框架與美學觀念的再思考，同樣延伸到九十年代以來的文學狀況。〔註3〕作爲三十年來始終居於文壇中心的作家，賈平凹寫作的成就與不足，聯繫著三十年來主流的文學想像與文學規範，以及我們身處的時代各種權力關係交織博弈所達成的「文學的法則」。毫不奇怪，相對應地賈平凹研究，一直是當代文學內部的熱點領域，有研究者在十年前就已發現，在當代文學研究中，賈平凹研究已成顯學。〔註4〕

本文的研究對象，集中於賈平凹的「小說」，不涉及他的散文以及其它藝術成就。不是說，賈平凹的散文無足輕重，而是相對於小說而言，散文「包括不了更多東西在裏頭」：

> 我覺得寫長篇小說能夠兼顧好多東西，散文隨筆畢竟包括不了
> 更多東西在裏頭，所以，趁現在年紀還可以，精力也旺盛，多寫一
> 些長一點的東西。小的東西寫得太多吧，有時候浪費了你的才華，
> 耗了你的精力。從這一點考慮，有時候在長篇小說寫完了以後，歇
> 一歇的時候，順手寫一寫小文章。〔註5〕

僅僅就賈平凹小說研究而言，相關研究成果也已然汗牛充棟，截至到2008年12月，筆者據「中國期刊網」的數據庫做了簡略統計，包括核心與非核心期刊在內，賈平凹研究的相關論文超過800篇，碩博學位論文十餘篇。此外，研究賈平凹的專著、評傳以及論文集等超過三十部（當然，大量「論文集」是九十年代初期對《廢都》的批判，占到一多半以上，如果再去掉傳記的話，

〔註2〕 經常和賈平凹並列十大最受歡迎作家的其它大陸作家是王朔和余秋雨，但是近年來爭議不斷，如對某些公共事件的「立場」等等。比較起來，賈平凹在《廢都》之後顯得非常「低調」。

〔註3〕 就賈平凹研究而言，一直有兩種值得商榷的傾向：其一是全盤否定，其二是絕對認同。就第一種傾向而言，研究者預設的批評標準值得尊重，但是要求作家按照固定的文學標準寫作，以一個國家一個時段的文學爲人類文學發展的最高尺度，無論如何是一種值得商榷的研究態度。就第二種傾向而言，考慮到當下的語境，筆者覺得更加值得警惕，「著名作家」往往成爲政治、經濟、文化利益交織的關節點，這種傾向對學術研究無疑是嚴重的褻瀆與傷害。

〔註4〕 張志忠：《賈平凹創作中的幾個矛盾》，《當代作家評論》，1999年第5期。

〔註5〕 賈平凹、張英：《想把小說寫得更純粹》，《粵海風》，2000年第5期。

嚴格意義上的研究專著並不多）。甚至於，對「賈平凹研究」的綜述也屢見不鮮，比如符傑祥、郝懷傑整理的《賈平凹小說 20 年研究述評》（《山東師大學報（社會科學版）》，2000 年第 6 期）。北師大黃世權博士對賈平凹「研究文獻」也有細緻地整理，他從「思想內涵」、「人物形象」、「作品的文化成分」、「比較研究」、「性愛內容」、「賈平凹的現代意識」六個「賈平凹研究」的主要方向入手，詳盡分析了三十年來賈平凹研究所取得的成果。〔註6〕

　　在相關文獻的基礎上，爲了避免不必要的重複，筆者採取「歷時性」地描述，按照「賈平凹研究」自身的演變邏輯，將其區分爲四個階段（具體文章出處參見博士論文參考文獻，不再一一標出）：

　　第一個階段：八十年代的賈平凹研究。

　　這一階段時間跨度大，前後的側重點亦有不同。在八十年代前期，作爲「青年作者」，賈平凹被肯定的原因，集中於他的語言特色，往往由此被概括爲「清新」的藝術風格。老詩人鄒狄帆發表於 1978 年 5 月 23 日《文藝報》的《生活之路——讀賈平凹的短篇小說》，是目前所知道的最早的研究文章，他通過對賈平凹早期小說的分析，指出賈平凹小說語言非常生動，充滿著「生活氣息」。隨後發表的費炳勳、胡采、閻綱、王愚、蕭雲儒、丁帆等文章，大致集中於賈平凹的「描寫藝術」，強調這位青年作者對「生活美」的呈現。聯繫到「文革」剛剛結束的大背景，和高度政治化的批判文體相比較，賈平凹當時的語言特色，合乎邏輯得到了凸顯與強調。

　　八十年代中期以來，經歷了 82、83 年對賈平凹「思想傾向」的「矯正」（第一章就此有進一步分析），研究界的關注點，漸漸轉移到賈平凹小說的「思想內涵」與「人物形象」上來。以賈平凹「改革三部曲」的《小月前本》、《雞窩窪的人家》、《臘月‧正月》爲研究重心，費秉勳、何鎮邦、夏剛、唐先田、李建民、蔣蔭安等研究者分析這批作品思想內涵、人物形象等等「現實主義」特色，指出「改革」所帶來的農村經濟關係的變化以及「先進」、「落後」勢力的鬥爭，分析了「門門」、「小月」、「禾禾」、「王才」等等賈平凹筆下的「改革者家族」，以及以「韓玄子」爲代表的阻撓「改革」的落後勢力。這種研究方式在賈平凹推出《浮躁》之後抵達到了頂峰，李星、劉火等研究者分析《浮躁》所寫出的「改革」對農業社會的觸動以及激發矛盾衝突，分析了主人公

〔註6〕　參見黃世權：《日常沉迷與詩性超越——論賈平凹作品的意象寫實藝術》，第 2～8 頁。博士論文，未刊。

金狗形象的特徵，指出他是包括「新」、「舊」雙重性在內的新一代農民形象。

第二個階段：八、九十年代轉型期的《廢都》批判

眾所週知，《廢都》的出版及其性描寫，在當時引發了一場規模盛大的道德化批判，在一定程度上溢出了文學研究的範疇。當時不僅僅是《廢都》熱銷，批判《廢都》的評論文集也大量出現，比如《〈廢都〉廢誰》、《〈廢都〉滋味》、《〈廢都〉之謎》、《〈廢都〉及〈廢都〉熱》、《失足的賈平凹》、《多色賈平凹》、《賈平凹與〈廢都〉》、《〈廢都〉啊，〈廢都〉！》、《賈平凹怎麼啦？——被刪的 6986 字的背後》等等。李書磊、陳曉明、孟繁華、張頤武、戴錦華等紛紛著文抨擊，從性描寫與商業運作兩個方面，指責賈平凹的「墮落」，認為《廢都》「迎合了文人士眾陰暗而卑微的心理」、「是一個赤裸裸的白日夢」、「是以純文學面目出現的暢銷書」等等，將其概括為「嫖妓小說」。

值得補充的是，多年後，研究界能夠以一種相對客觀的心態「重讀」《廢都》。看法和當時相比發生了明顯變化。陳曉明在《廢墟上的狂歡節——評〈廢都〉及其它》中，從後現代的立場出發，分析賈平凹所書寫的知識分子精神潰敗、欲望纏繞的象徵性，認為《廢都》是狂歡化的寫作，展現了全景式的後現代的精神現象學空間。郜元寶認為《廢都》表現為對於「民間」的回歸，和新時期文學與意識形態的關聯相比，《廢都》牽扯到對於知識分子的價值立場等等的不同想像。此外，雷達、曠新年、張新穎等研究者亦有不同看法。

第三個階段，九十年代中期以來的「冷遇」

由《廢都》開始，賈平凹的創作與批評界處於一種尷尬的關係，一度遭遇冷遇；更主要的，是賈平凹在這一時期實踐著自己高度個性化的「意象寫實」的小說觀念，而一般來說當代文學的「熱點」往往是潮流化的。故而，包括《白夜》、《土門》、《高老莊》、《懷念狼》等小說在內，除了個別的評論文章外，整體上而言缺乏學界的關注，相關研究文章寥寥。

就《白夜》而言，比較有代表性的是曠新年的看法，指出賈平凹從內心的焦灼出發，所書寫的高度象徵性的城市的「荒蕪」；孟繁華指出賈平凹的《土門》與當下的社會變革的關聯，肯定賈平凹對歷史發展以及現代化的負面效應的揭示，將其概括為面對今日中國的關懷與憂患；謝有順從賈平凹自謂的「實」與「虛」入手，分析《高老莊》對當下矛盾、混亂的中國社會與人格萎縮的呈現，也指出賈平凹的「虛」即「形而上」層面的不足；丁帆指出《懷念狼》上陞到哲學層面來思考人類的生存困境遇，以「狼」的象徵性，揭示

人類所面對的悲劇性的未來。此外，這一時期李建軍對賈平凹的作品發表了一系列批評文章，強烈批判賈平凹「反現代性」、「反文化」、「私有形態」、「消極寫作」等面向。

第四個階段，新世紀以來的「《秦腔》」研究

賈平凹《秦腔》發表後，在文壇引發強烈反響。北京、上海兩地知名評論家先後召開研討會，被認爲是新時期「終結」以來空前的「批評盛會」。〔註7〕研究界的關注點主要集中在兩個方面：作爲敘述者的「引生」以及「細密流年」的敘述方式。在眾多的論文中，陳曉明的《鄉土敘事的終結和開啓——賈平凹的〈秦腔〉預示的新世紀的美學意義》比較具有代表性，他將《秦腔》指認爲「鄉土文學的終結和開啓」，並且通過對作品的分析，梳理出兩個層面的終結：現實層面的「鄉土中國歷史的終結」，以及敘事層面的「表現鄉土中國文化想像的終結」。或許是受陳曉明影響，大量論文以「鄉村敘事的終結」爲言說的主題，分析「鄉村終極」的「輓歌」、「頹敗」、「感傷」，或者分析夏中義這「最後」的「農民形象」。

縱觀各個階段，對於賈平凹的各個作品，不乏大量精彩深刻的見解。然而，賈平凹研究的一個重要匱乏，在於一直缺乏一個整體性的視角，無法就賈平凹自身的藝術邏輯的演變給出合理的解釋。換句話說，我們對一個個「點」有所瞭解，但是對於連綴這些「點」的「線」，缺乏有說服力的解釋。有些出乎意料的是，和莫言小說論、余華小說論等等相比，分析賈平凹三十年來小說創作歷程的著作或博士論文，目前尚未出現。〔註8〕

0.2　研究思路與研究方法

本文嘗試從賈平凹第一篇重要作品《滿月兒》開始，分析《小月前本》、《雞窩窪的人家》、《臘月・正月》、《商州初錄》、《商州再錄》、《商州又錄》、《商州》、《浮躁》、《廢都》、《白夜》、《土門》、《高老莊》、《懷念狼》、《秦腔》、《高興》等代表作品，完整地涵蓋賈平凹三十年來的小說創作。就賈平凹的

〔註7〕　蕭鷹：《沉溺於消費時代的文化速寫——「先鋒批評」與「〈秦腔〉事件」》，《文藝研究》，2005 年第 12 期。
〔註8〕　單篇論文有洪治綱：《困頓中的掙扎——賈平凹論》，《鍾山》，2006 年第 4 期；汪政：《論賈平凹》，《鍾山》，2004 年第 4 期。或許是限於篇幅，研究者主要談賈平凹一部分作品，也沒有以一個整體性的視角貫穿論述。

作品而言，本文提出一個整體性的研究視角：「詩人」與「現實主義」。一般來說，賈平凹一直被視爲一位高度寫實的「鄉土文學」作家，寫實的面向筆者不擬多做解釋，筆者想指出的，是賈平凹一直被忽視的「詩人」的面向，這個「關鍵詞」來自於賈平凹的夫子自道：

> 我的出身和我的生存的環境決定了我的平民地位和寫作的民間視角，關懷和憂患時下的中國是我的天職。但我有致命的弱點，這猶如我生性做不了官（雖然我仍有官銜）一樣，我不是現實主義作家，而我卻應該算作一位詩人（著重號爲筆者所加）。對於小說的思考，我在許多文章裏零碎地提及，尤其在《白夜》的後記裏也有過長長的一段敘述，遺憾的是數年過去，回應我的人寥寥無幾。〔註9〕

「平民地位」、「民間視角」、「關懷和憂患時下的中國」等等指涉的是「寫實」的層面，不過，賈平凹更強調的，是他另外的面向。「但我有致命的弱點」，是明顯的故作謙詞的正話反說（這裏的「謙虛」，恐怕更多的考慮是逃逸「關懷」、「憂患」所攜帶的「道德壓力」），他的重心在於，「我不是現實主義作家，而我卻應該算作一位詩人」。聯繫他下一段的話，孰重孰輕很明顯了，「寫實」僅僅被賈平凹認爲是一種基礎性的「載體」，他所在乎的「本眞」，在於「載體之上的虛構世界」：

> 我無論寫的什麼題材，都是我營造我虛構世界的一種載體，載體之上的虛構世界才是我的本眞。〔註10〕

賈平凹的小說中，一直有這樣「兩個世界」的「相遇」與「對抗」，筆者用賈平凹自己的說法，將其概括爲「詩人」和「現實主義」。一系列可以視爲近義的表述有：「形而上／形而下」「虛／實」「意象／寫實」等等。就賈平凹「詩人」的面向而言，在他的創作歷程中，有兩個方面的內涵：其一是《廢都》、《白夜》所代表的浪漫主義方式的基於表現論的「自我傾訴」，其二是九十年代中期以來的《土門》、《高老莊》、《懷念狼》所代表的傾向於「意象」的「意象寫實」。在此前或此後，賈平凹更傾向的是「現實主義」，只不過，他在八十年代的寫作，是被各種「潮流化」的「主義」所指認的「現實」；新世紀的《秦腔》再次傾向「寫實」，但是卻放逐了任何「理念」，呈現了一個「現實，

〔註9〕賈平凹：《高老莊・後記》，北京：人民文學出版社，2008年1月第1版，第359頁。
〔註10〕同上，第400頁。

但不主義」的「破碎」的鄉村世界。形象一點講，賈平凹的寫作，類似於一個「U」字形，從「現實主義」──「詩人」（「自我傾訴」、「意象」）──「寫實」。

由此，本文從「詩人」和「現實主義」這個整體性的視角出發，通過對賈平凹作品的細讀，討論賈平凹三十年來的作品中這「兩個世界」的複雜關係。從具體的研究思路而言，本文采取「歷時性」的描寫，按時間順序，將賈平凹的寫作分爲四個階段，對應於本文的四章〔註11〕：

第 1 章 「潮流化」的「現實」。

筆者在第 1 節，分析賈平凹的「寫作前史」。筆者首先分析《滿月兒》獲獎的原因，在於提供了一種不同的「傷痕文學」的可能性，契合了主流文學的規劃；其次筆者分析《滿月兒》之後賈平凹對「現實」的「陰暗面」的呈現，以及隨之導致的「批判」。筆者就此指出，「批判」之後的「轉向」，成爲賈平凹憑藉「改革文學」、「尋根文學」潮流化寫作的重要原因。

第 2 節，筆者以賈平凹《小月前本》、《雞窩窪的人家》、《臘月・正月》爲中心，分析賈平凹如何以「改革文學」的方式敘述「商州」的「現實」，指出賈平凹的「改革三部曲」呈現不斷激進化的態勢，最受主流文學肯定的《臘月・正月》，近乎完全成爲政策的圖解。

第 3 節，筆者以賈平凹《商州初錄》、《商州再錄》、《商州又錄》、《商州》爲中心，分析在「改革文學」之後，賈平凹如何以「尋根文學」的方式敘述「商州」的「現實」。筆者就此將賈平凹「改革文學」的敘述方式概括爲「時間化」，即以「改革／守舊」的矛盾鬥爭的方式展開故事的敘述，呈現一個「先進」戰勝「落後」的進化鏈條；將賈平凹「尋根文學」的敘述方式概括爲「空間化」，即以「城市／鄉村」的差異性的方式展開故事的敘述，以「現代」的視角將鄉村陌生化。筆者進一步指出，《商州初錄》等作品一方面注重「商州」的「空間化」，希望以筆記體的方式寫出「不像故事的故事」；一方面又陷落爲「空間」的「時間化」，將「鄉村」的變化理闡釋爲「進步」，最終屈從於意識形態的「大敘事」。隨著「歷史」的再度

〔註11〕 「歷時性」的順序乍看起來顯得笨拙、教條，但是對賈平凹而言，筆者覺得卻是有效的。和有的作家不同，賈平凹的寫作呈現高度的階段性，不同階段之間差異性很大（最典型的例子是從《浮躁》到《廢都》），而且他的階段性發展沒有出現「回頭路」所導致的混亂，基本上線索清晰。

歸來，作為「空間」的「商州」再次納入了「時間」的進化鏈條之中，賈平凹的「三錄」就此終結。

此外，筆者比較了賈平凹這一時期的長篇小說《商州》，指出這是賈平凹有了「自覺」的理論意識之後，第一部真正意味的「尋根」作品。儘管形式上的「創新」過於機械地摹仿略薩的作品，愛情故事的敘述也存在大量不足，但是這是賈平凹創作中第一次質疑了「城市」所象徵的「現代」的進步性，主人公所渴望的「野蠻」，一定程度上預示了九十年代之後賈平凹寫作的轉向。

第4節，筆者以《浮躁》為中心，分析這部賈平凹八十年代的「代表作」，如何以混雜的狀態，呈現對「改革文學與「尋根文學」的總結。筆者首先分析了《浮躁》題材的「改革」意味，在此基礎上指出賈平凹與《新星》等「改革文學」的不同，即賈平凹更為注重人物精神世界的「主體性」。在這個意義上，賈平凹嘗試用「尋根文學」的方式改造「改革文學」，將敘述的重點放在了人物的精神世界以及外在的時代情緒。然而，這種改造的方式並不成功，賈平凹認為「現實主義」始終是一種「束縛」。

第2章 「唯有心靈真實」

筆者在第1節，以賈平凹《廢都》前後的小說觀念為中心，分析了賈平凹如何放棄了「現實主義」的敘述方式以及確立了新的「真實觀」。對於賈平凹而言，八、九十年代的「社會轉型」以及對應的「歷史哲學」的變化，提供了他在《浮躁》後期待的「變化」的可能。就《廢都》而言，賈平凹認為和「現實」相比，「自我」才是真正「真實」的。由此，他的寫作從「向外」的「寫實」轉為「向內」的「寫意」，把《廢都》寫成了「自我傾訴」的「心靈史」。

第2節，筆者指出不僅僅是「現實」，「自我」在當時的語境中，同樣是高度歷史性的，不同的「自我」形象，聯繫著不同的對「現實」的指認，牽動著不同的意識形態的「大敘述」。賈平凹以「性」為象徵所塑造的作為「病人」的知識分子，與既往的對於「知識分子」的成規的設定，產生了巨大的分歧。

第3節，筆者討論《廢都》引發的劇烈爭議，描述知識分子對此的批判，指出批判的話語結構，在於不斷指認「他者」，區分「文人」與「知識分子」。在這個意義上，筆者分析八十年代「人的文學」、「純文學」與「社會主義現實主義」的複雜關係，指出「人的文學」既是「文學」的又是「政治」的，

只不過並非「社會主義現實主義」意義上的「文學」與「政治」。由此,《廢都》深刻觸及了八十年代核心的文學成規,在這一意義上,賈平凹以《廢都》告別了「八十年代」。

第 4 節,筆者以《白夜》為中心,分析賈平凹如何進入「九十年代」。筆者指出,和既往相比,賈平凹第一次在遭遇批判後拒絕「轉向」,而是以「姊妹篇」的方式寫作了《廢都》的「續集」。伴隨著知識分子的「退場」,以及「官方」文藝管治的變化,「市場」作為一種「異質性」的力量進入了文學場域。《白夜》對於《廢都》的「複製」,代表著「批評」影響「創作」的格局已然解體,「潮流化」的「裹挾」慢慢變弱,一切進入了「九十年代」。

第 3 章　意象與寫實的結合

筆者在第 1 節,分析了賈平凹這種從個人體驗出發的將寫作視為「安安靈魂」的「自我傾訴」的小說觀,所存在的不可避免的缺陷。筆者分析了賈平凹這一時期的「轉變」,他試圖協調「寫實」與「自我」的緊張關係。一方面,他不願意放棄「寫實」的面向;另一方面,他也不願再遵循「潮流化」的方式指認「現實」。他所看重的,依然是自己的心靈體驗,只不過不再以純粹個人化的方式出現,而是試圖具有更廣泛的象徵性。在這個意義上,筆者認同研究者對其「意象寫實」的概括。並且,筆者進一步指出,這種寫作方式的調整是典型的「八十年代」認識裝置的產物,在他所期待的走向「世界文學」的表述背後,隱含著「現代派/現實主義」的似乎不言自明的等級結構。拉美作家以及川端康成所代表的從「民族」走向「世界」的「偉大文學」的道路,對於賈平凹有重要啟示,他在「寫實」的基礎上,選擇與東方的「意象」相結合。

隨後的三節,筆者分別以《土門》、《高老莊》、《懷念狼》為分析中心,分析賈平凹在具體的作品中如何落實他的「意象」與「寫實」。

第 2 節,筆者以《土門》為分析對象,分析賈平凹如何以大量寓言化的意象以及敘述人的「意識流」來「紀錄時代」;由此進一步討論賈平凹對於「城市」與「農村」「雙重批判」的「現實」面向。

第 3 節,筆者以《高老莊》為分析對象,首先分析賈平凹「寫實」方面的巨大轉變:從「子路」與「西夏」「雙重視角」出發敘述故事,兩種不同觀察視角互相纏繞,使得「高老莊」的「內涵」格外複雜,而且,無論是子路的視角或是西夏的視角,本身都包含著悖論性的自我否定,保持著微妙的反

諷。這種充滿「反諷」意味的「雙重視角」作用下的敘述,決定著全知敘述人與人物之間,無論是情感體驗或是價值立場,保持著必要的「距離」。

其次,就意象層面,《高老莊》同樣發生了明顯的變化。賈平凹將「意象」的世界推遠到「現實」世界的邊界,由於始終無法抵達以至於無從解釋。這不僅掩飾了賈平凹寫作的局限,還大大地增加了文本的「開放性」。由於「意象世界」神秘而難以抵達,《高老莊》的「虛」沒有游離故事層面之外,而是以「懸疑」的方式成為故事的一部分。在以上的變化外,「意象」系統更為開放,傳統意象與現代意象之間,構成了一種「平衡」關係。

單純就藝術成就而論,綜合「寫實」與「意象」的考慮,筆者指出《高老莊》是賈平凹最出色的作品。

第 4 節,筆者以《懷念狼》為分析對象。筆者指出,出於對《高老莊》的「反動」,《懷念狼》的「意象」處理方式完全「觀念化」了,小說淪為似是而非的哲學概念的堆砌。不過,就「寫實」而言,賈平凹荒誕地展示著故鄉「生活方式」的「骯髒」以及「精神世界」的「墮落」,呈現了一個不斷沉淪、直至毀滅的故鄉圖景。這種展示故鄉毀滅的敘事,同時也是不斷毀滅自身的敘事。在這個意義上,筆者將《懷念狼》的「現實」概括為「雙重毀滅」的「現實」:一方面是現實的毀滅,一方面是對「現實」的「敘述」的毀滅。

第 4 章 「實」與「虛」的分裂

本章以《秦腔》為分析對象。筆者指出,由《秦腔》開始,賈平凹「現實主實」的面向,再次壓倒了「詩人」的面向,小說回歸到「寫實」的層面。但是,《秦腔》的「寫實」,是放逐「理念」(「虛」的層面)的破碎化的「寫實」,一種「現實,但不主義」的寫作實踐。對於「實」與「虛」的分裂,筆者嘗試不是從內容層面,而是從形式層面予以分析,即關注於「形式的歷史性」。

第 1 節,筆者分析《秦腔》的敘述視點,指出第一人稱限制敘事與第三人稱全知敘事的分裂,根本是賈平凹內心的「分裂」,他匱乏整合自我「分裂」的辦法,只能不斷地在「史詩」與「瘋癲」之間轉換。在這個意義上,「引生」的敘述視點儘管明顯違反了敘事法則,但是這種「分裂」具有高度的「歷史性」。

第 2 節,筆者分析《秦腔》「自然化」的「反故事」敘述風格。在細讀作品的基礎上,筆者指出,《秦腔》不僅僅是作者自謂或是部分研究者認同的「細

密流年」之作，「反故事」的同時包括著鮮明的故事性，只不過是以日常生活對「故事」的淹沒來呈現故事性的，或者說，「反故事」的敘述風格以吞噬故事的方式來敘述故事。正是基於這種「故事」與「反故事」悖論般地並行不悖，《秦腔》可謂是「反史詩的史詩性寫作」

第 3 節，筆者總結前兩節的分析，指出無論是「史詩」的「宏大敘述」與「引生」的「瘋癲敘述」的分裂，抑或「故事」與「反故事」的分裂，都喻指著「歷史」的「分裂」以及對應的「歷史敘事」的分裂。

筆者從引生「自我閹割」的象徵性入手，分析引生的閹割與敘述的關聯，指出「閹割」聯繫的是喪失了敘述可能性的焦慮與象徵。在這個意義上，筆者指出「引生」對「夏風」的召喚，是無法敘述（「閹割」）的鄉土世界對鄉土敘事的可能性召喚。只有「引生」與「夏風」彌合的那一刻，鄉土敘事將再次激活，並且以「革命性」的方式歸來。在此之前，鄉土敘事的處境只能如《秦腔》這塊象徵性的墓碑：有「墓碑」而無「碑文」的「立碑」。

故而，與其說《秦腔》象徵著鄉土敘事的終結和開啓，毋寧說象徵著鄉土敘事的破碎。從「終結和開啓」到筆者所謂的「破碎」，不是標新立異的語詞之辯，筆者認為，在匱乏整合「現實」的「大敘述」的當下，賈平凹並沒有在《秦腔》中提供一種新的美學範式，他所提供的是既有的美學範式破碎後的殘留。《秦腔》的成就與不足，在這個意義上代表著當代文學的當下處境。

附錄部分，筆者分析了賈平凹的近作《高興》。筆者指出，從八十年代作為「城鄉」的「共識」的圍繞「改革」的「思潮化」敘述開始，經歷「鄉下人進城」——「城鄉對抗」——「城裏人返鄉」，終結於「故鄉之死」，作為賈平凹寫作資源的「城鄉想像」，已然耗盡了所有的可能。一定程度上，《秦腔》標誌著賈平凹寫作的終結。

賈平凹「突圍」的方式，是重新「潮流化」，以返回「起點」的方式，再次激活自己的寫作。出版於 2007 年 9 月的《高興》，加入了彼時方興未艾的「底層文學」的大合唱。然而，和三十年前初登文壇的「溫順」不同，作為「著名作家」的賈平凹，在「文學潮流」中寫作的同時，也和「文學潮流」本身展開了批判色彩的對話。某種程度上，《高興》是「底層文學」潮流的「異類」，筆者從賈平凹對於主人公「高興」對抗「悲情」的敘述、「菩薩」對抗「左翼」的思想資源的安排、對於資產者的「溫情脈脈」的改寫，將其概括為「左翼」之外的「底層文學」。

　　以上是對於本文研究思路的一個詳盡描述。之所以介紹地比較冗長，基於本文「方法論」上的考慮。儘管預設了「詩人」與「現實主義」的整體性的研究視角，但是筆者希望盡可能地「貼」著賈平凹的作品來寫，試圖避免從預設的理論立場出發對於作品的強行闡釋。故而，在不同章節，筆者以文本為中心，盡可能找到有效的方式以分析賈平凹「兩個世界的相遇」。在這個意義上，本文非常重視的研究方法，首先在於「新批評」意義上的「文本細讀」，在大量闡釋文本的基礎上，建立一種妥帖的解釋的可能性。

　　在「文本細讀」的基礎上，筆者嘗試將賈平凹的寫作「歷史化」。這得益於福柯為代表的後結構主義思想家的影響，討論「文學場」的「權力關係」，以及對應的文學生產以及其間有意味的「罅隙」。筆者將賈平凹的寫作視為「當代文學」的「症候」，以賈平凹對於「現實主義」不同時期的不同想像為主，分析賈平凹對於「寫實」的揚棄與回歸。某種程度上，賈平凹的寫作變化，與「當代文學」的發展是高度同步的，對於賈平凹的分析，某種程度上幫助我們理解「當代文學」的「秘密」。當然，限於這種「作家論」的個案研究，以及筆者的學力、篇幅的制約等等，這個方面做得很不夠，尤其是對於「九十年代」以來的討論，筆者只能就賈平凹的寫作「間接」地予以討論，缺乏直接切入「九十年代」的方式。

　　筆者承認，在「文本細讀」與「歷史化」研究之間，研究方法的內部包含著一定程度的張力。一種整合的可能，或許在於從形式出發的歷史性分析。本文第四章，可能最為體現筆者期待的研究方式，對於敘述視點以及敘述風格的分析，牽連出形式深刻的歷史性：「形式分析是走出形式分析死胡同的唯一道路，在形式到文學生產的社會──文化機制中，有一條直通的路。是形式，而不是內容，更具有歷史性。」〔註12〕

〔註12〕趙毅衡：《苦惱的敘述者──中國小說的敘述形式與中國文化》，北京：十月文藝出版社，1994年版，第282～283頁。

第 1 章 「潮流化」的「現實」

1.1 賈平凹的「寫作前史」

1.1.1 「文學的臺階就是人生的臺階」

多年之後，賈平凹曾經如此回憶他「初登文壇」：

《滿月兒》在京獲獎，赴京的路上我激動得睡不著，吃不下。臨走時我一連寫就了七八封信給親朋眾友，全帶著，準備領獎的那天從北京發出。但一到北京，座位上坐滿了老作家，坐滿了新作家，談談他們的作品，看看他們的尊榮，我的囂張之氣頓時消失，唉，我有什麼可自傲的呢？不到西安，不知道外面的世界大小，不到北京，不知道中國的文壇高低，七八封告捷的信我一把火燒了。

頒獎活動的七天裏，我一語不發。我沒什麼可講的，夜裏一個人在長安街頭上走，冷風吹著，我只是走。自言自語我說了許多話，這話我是說給我聽的，我不想讓任何人知道。所以，直到現在，請原諒我還是不能披露出來。

回到家，我把獲獎證書扔給了妻子，告訴她：請把它壓在箱子底，永遠不要讓人看見。！〔註1〕

〔註 1〕 賈平凹：《我的臺階和臺階上的我》，選自《五十大話》，北京：人民文學出版社，2008 年 1 月第 1 版，第 98～99 頁。

這份「獲獎回憶」，充滿了當時不成熟的情緒化與多少顯得矯情的戲劇性。不過，這或許是「青年作者」總要經歷的階段：賈平凹是 1978 年第一屆全國優秀短篇小説獎的獲得者，那一年他剛剛 26 歲，是當年最年輕的三位作者之一。難免的，第一次經歷文壇歷史性的「大場面」，他缺乏相應的心理準備：「老作家李季挨個兒把得獎作者介紹給大家，當介紹到《滿月兒》的作者賈平凹時，一個矮矮瘦瘦的青年人站了起來。他戴著當時典型的學生帽，帽檐幾乎遮住眼睛，他很拘謹，甚至有點慌張。」〔註2〕

更重要的，賈平凹承認自己有類似的「心結」：「我是一個得意時頗得意，自卑時極自卑的人。」〔註3〕嶄露頭角的六年之前，去西北大學報導的新生賈平凹，曾經體驗過類似的心理波動：

> 出於一種心理上平等的動機，他感勢勢地沿解放路朝南走去。
> 「嘿，我也是省城人了！」他這樣想，似要補救串聯時的狼狽，便愈加雄赳赳、氣昂昂了。可是，他冷不丁地撞著了一位高胸女郎。但見那粉臉兒一斜，白眼仁一轉，冒出一句話來，「德性」！
>
> 啥意思？不懂，是京腔。看那神氣，肯定不是好意思，平娃糟了，原地呆在那裏，心上的豪氣兀自垮掉了一半。他只得把草帽子捂得低低的，順牆根往前溜。〔註4〕

不考慮傳記作者一定程度的誇張的話，賈平凹相似地自卑與相對應的出人頭地的渴望，貫穿在他早期的寫作生涯。儘管日後被視爲「農民作家」的代表之一，青年時期的賈平凹，對家鄉的生活體驗更多的是壓抑、沮喪甚或絕望。由於「文革」的緣故，賈平凹 1967 年中止了一年半的初中學業，從商鎮回到棣花鄉，成爲特殊的「回鄉知青」。這對賈平凹乃及雙親都是沉重的打擊，賈平凹曾經回憶到，「他（指賈父，筆者注）原本對我是寄了很大希望的，只說我會上完初中，再上高中，然後去省城上大學，成爲賈家榮宗耀祖的人物。而現在初中未上完卻畢業了，就要一生窩在小山村了，沉重地打擊使他多麼懊喪與無奈呀！」〔註5〕賈平凹曾經嘗試著用各種方式改變命運，然而，「參

〔註2〕 李星、孫見喜：《賈平凹評傳》，鄭州：鄭州大學出版社，2005 年 1 月第 1 版，第 18 頁。

〔註3〕 賈平凹：《賈平凹答〈文學家〉問》，《文學家》，1986 年第 1 期。

〔註4〕 孫見喜：《賈平凹傳》，上海：上海人民出版社，2008 年 1 月第 1 版，第 8 頁。

〔註5〕 賈平凹：《我是農民》，北京：中國社會出版社，2006 年 6 月第 1 版，第 34 頁。

軍、招工、教書全然淘汰了我，連安分地要當一個好的農民也是不能的。」〔註6〕隨著父親被陷害爲「歷史反革命分子」，賈平凹一家淪落到村子裏的底層，徹底地體驗到了「窮困」與「世態的炎涼」。

而且，不僅僅是「身份」的歧視，賈平凹對自己的相貌、身高、力氣等等也格外敏感，認爲自己連個好農民也算不上。據傳記作者們回憶，青年時期的賈平凹身體發育較慢，相貌不揚，人矮力怯，瘦而又小，口笨，不到一米六的身高，體重只有三十多公斤。由於不具備一個優秀農民必備的勞力，「沒有幾個村人喜歡和我一起幹活。我總是在婦女窩裏勞動的，但婦女們一天的工值是八分，我則只有三分。」〔註7〕鄰居家的一位嬸娘曾經以此譏笑賈平凹，不經意地一句玩笑，日後夢魘般反覆地出現在賈平凹多篇回憶裏，最爲刻骨地是在自傳中的回憶：

> 我永遠記得這個惡毒的女人，她傷害了我，使我從那時起開始
> 眞正產生了自卑。當我成爲作家後，許多人問我怎樣才能成爲作家？
> 我說，得有生活，得從小受到歧視，我舉的例子就是有這個女人的
> 那句話和説那句話的眼神。〔註8〕

這段回憶是理解賈平凹的重要線索之一。「文學」之於賈平凹，意味著城鄉命運的巨大改變。某種程度上，賈平凹將命運完全維繫在自己的文學創作上，「對我來說，人生的臺階就是文學的臺階，文學的臺階也就是人生的臺階」。〔註9〕

1.1.2 《滿月兒》獲獎前後

賈平凹的寫作，開始於他的大學階段。處於「歷史反革命」的家庭，賈平凹獲得上大學的機會既幸運又偶然。1971 年，賈平凹的家鄉丹鳳縣修建苗溝水庫，賈平凹當時想去「見見世面」，但三天後即被辭退，開山放炮撬石拉車的工作，這個瘦弱的青年顯然無法適應。不過，精明的賈平凹把握住了一次機會：

〔註6〕 賈平凹：《我是農民》，北京：中國社會出版社，2006 年 6 月第 1 版，第 100 頁。

〔註7〕 賈平凹：《我的臺階和臺階上的我》，選自《五十大話》，北京：人民文學出版社，2008 年 1 月第 1 版，第 92 頁。

〔註8〕 賈平凹：《我是農民》，北京：中國社會出版社，2006 年 6 月第 1 版，第 94 頁。

〔註9〕 賈平凹：《我的臺階和臺階上的我》，選自《五十大話》，第 92 頁。

後來，隊上派他去水庫送信，適逢庫上開會要寫大標語，恰又無人執筆，他便自告奮勇提筆龍飛鳳舞。不料領導見了，大加讚賞，說是工地正缺秀才，何不留下弄弄墨事？此說正中下懷，於是他被「請求」留下，不僅刷標語，喊廣播，還獨編一份《工地戰報》，身兼記者、編輯、美工、刻字、校對、印刷、發行等七職，雖然很忙，但覺得魚遊江海、得乎所哉了！〔註10〕

隨著在書庫工地上出色的文字工作，「1972 年 4 月 28 日，賈平凹經水庫工地推薦，縣上批准來到省城上大學。」〔註11〕（有意思的是，作為工農兵學員，賈平凹原來被分配到火箭工業系，大隊書記覺得他「戰報」寫得很好，改為了貼近「文字工作」的中文系）。在通往西安的路上，木訥的賈平凹發出來了狠話：「我終於在偶然的機遇裏離開了故鄉，那曾經在棣花街是一件驚天動地的事情，記得我背著被褥坐在去省城的汽車上，經過秦嶺時停車小便，我說：『我把農民皮剝了』。」〔註12〕

大學生活對於賈平凹同樣是嚴峻的考驗，「賈平凹的大學生活極其清苦。他的鋪蓋，一條死套子、老粗布的舊被，一條巴掌厚的小褥，床單是娘小房門上的舊門簾；惟一時髦的床上用品是二尺寬一條綠色塑料布。」〔註13〕儘管七十年代初期，西安的生活水平普遍糟糕，但是賈平凹還是敏感到自己是最差的——「一間十八平方米的宿舍裏，三張架子床，住五人。四人有蚊帳，唯獨他沒有。」〔註14〕在城市的環境中，他的自卑感更強烈了：「他也有自知之明。自己腰身窄小，又面如黑漆，形如餓鬼，對城裏那些花花女子心問早有隔膜，而面對身邊這群熾情如癡的女大學生，他不知為什麼就常常想起了鄉里的母親和父兄：他們臉上有污垢，腳上有牛屎，身上有蝨子……」〔註15〕而且，班上那些家境相對優裕的同學，無形中對好強的賈平凹帶來了精神壓力，一個有趣的細節是，他對某個同學的「高級煙」一直念念不忘。

一切似乎回到了苗溝水庫的工地上，貧窮、瘦弱的賈平凹，更加執迷於文學寫作，這是唯一能夠安妥他靈魂的方式。「夜裏，12 點以前，他從來沒睡

〔註10〕孫見喜：《賈平凹傳》，上海：上海人民出版社，2008 年 1 月第 1 版，第 6 頁。

〔註11〕同上，第 9 頁。

〔註12〕賈平凹：《秦腔‧後記》，北京：作家出版社，2005 年 4 月第 1 版，第 560 頁。

〔註13〕孫見喜：《賈平凹傳》，第 17 頁。

〔註14〕同上。

〔註15〕同上，18 頁。

過覺。讀不完的書，寫不完的創作構思，西北大學北門外有一條幽長的林蔭道，許多深夜，他是一個人蹲在那小葉女貞牆的下邊苦苦地構思呢！」〔註16〕「賈平凹在三年大學生活中，在各類報刊上共發表純文學作品 25 篇。」〔註17〕「若以時間先後爲序，賈平凹第一篇變成鉛字而在公開刊物上發表的作品當屬《一雙襪子》，這是一篇革命故事，是與他的大學同學商洛肌鄉黨馮有源先生合作撰寫的，發表在 1973 年 8 月號的《群眾藝術》上。……若以單獨在公開刊物上發表作品計，那是一篇約 2000 字的散文，題爲《深深的腳印》，發表在 1974 年某月某日的《西安日報》上。」〔註18〕

不僅創作量不凡，所發表的刊物也越來越重要，甚至於《人民文學》，也發表了這個在校大學生的兩個短篇。有研究者認爲，「賈平凹這個名字始爲全國文學界所知，是因爲他在《人民文學》上發了兩個短篇。」〔註19〕不過，嚴格來說，真正引起全國關注的，還是賈平凹那篇一九七八年第一屆全國優秀短篇小說評選的獲獎作品——《滿月兒》。

《滿月兒》發表於《上海文藝》（後改名爲《上海文學》）1978 年第 3 期，當時的賈平凹已然大學畢業（75 年畢業），分配到陝西人民出版社文藝部任助理編輯。論及這篇作品之前，且容筆者簡要回溯賈平凹之前的寫作歷程。大學畢業後，賈平凹的寫作發生了一定的變化：「賈平凹一離開學校進入社會，他的筆就不限在對少年兒童的描寫上了，他注意到了生活在農村下層的那些爲集體事業操心出力的平凡的人們，寫下了《曳斷繩》、《柳成蔭》（筆者注：原文如此，應爲《成蔭柳》）、《茱園老人》、《豬場夜話》、《鐵媽》等短篇作品。」〔註20〕和當時大多數作品一樣，這些作品現在看

〔註16〕孫見喜：《賈平凹傳》，16 頁。需要注意的是，儘管筆者多次引用，孫見喜等作者提供的傳記材料值得謹慎的對待。某種程度上，由身邊好友、鄉黨所寫的這一類對成名作家青年生活的想像，難免帶有一定程度的拔高與美化。一個相佐證的例子是，在孫見喜所著的《賈平凹前傳》裏的這一部分，賈平凹的入睡時間提前了一個小時：「夜裏，十一點以前，他從來沒睡過覺。」

〔註17〕同上，第 18 頁。

〔註18〕丹萌著：《賈平凹透視》，天津：百花文藝出版社，2004 年 11 月第 1 版，第 72 頁。

〔註19〕孫見喜：《賈平凹傳》，上海：上海人民出版社，2008 年 1 月第 1 版，第 15 頁。

〔註20〕費秉勳：《賈平凹論》，西安：西北大學出版社，1990 年 5 月第 1 版，第 14 頁。

來不忍卒讀，充滿著政治意味濃鬱的說教。且引一例，寫於 1976 年 12 月
19 日的《成蔭柳》，塑造了一位熱心爲集體務苗的老漢，相陪襯的則是「中
農」王奎。雙方的世界觀、價值觀顯然差距很大，王奎惦記的是怎麼占著
集體的「便宜」，老漢則相信：

> 老漢抬起頭，看著大路。路，筆直得有如射出的一支箭。兩旁
> 的楊柳，像列隊的衛兵。路盡頭，楊樹的樹梢，是一輪紅日。
>
> 「這樹，是爲共產主義長的，它要守衛在社會主義這條路上！
> 路彎了，就通不到社會主義！」〔註21〕

這類作品的缺陷一望可知。不過，三十年後重讀這些小說，賈平凹在這類高
度模式化的寫作中還是隱約體現了日後的一些特點，比如對農民生活的熟撚
把握。一個有趣的細節是，如上文所引，凸顯作品的政治寓意時，敘述人使
用十分嚴肅、鏗鏘的「普通話」；涉及到小說的民情風俗、鄰里對話時，那種
「土氣」的陝西話悄然出現了，比如小說開頭對老漢的描寫，那份愜意、釋
然甚或無聊，不過是傍晚歇工的千萬個農村老漢中的一個：

> 仄著頭看著天外，晚霞燒起來了，紅豔豔的。他喘了一口氣。
>
> 剛才出了汗，渾身肉皮有些發癢，他才要靠在樹上廝磨，老伴提著
> 飯罐來了。〔註22〕

1977 年，被有的研究者認爲是賈平凹創作的「分界線」。就之前的作品而言，
普遍「命題單一，人物形象也談不上豐滿和多大的獨特性。」「受著當時的一
些文學觀念的影響。所以這些作品雖然不乏新鮮的筆意，但總脫不開褒揚先
進的定型格局，能打動讀者的人情韻味比較淡薄。」〔註23〕然而，1977 年以
後，賈平凹的寫作被研究者認爲發生了「飛躍」：

> 1977 年，賈平凹創作有一個飛躍，從他當時創作的總體精神上
> 看，獲得了一定的自由和超越。這時候他有三個發現：發現了非常
> 切合自我心境的主題命意，這就是謳歌青年對事業和愛情的崇高追
> 求和美好憧憬；發現了自己文學表現上的所長，即意境的創造和詩
> 情抒發；歸根到底，他發現了自己，即發現了詩人的賈平凹。這三

〔註21〕賈平凹：《山地筆記》，上海：上海文藝出版社，1980 年 1 月第 1 版，第 179
頁。

〔註22〕同上，第 175 頁。

〔註23〕相關看法參見費秉勳：《賈平凹論》，第 25 頁、第 14 頁。

> 個發現對賈平凹的迅速成長和取得在文壇上的一定地位是帶有關鍵
> 意義的。〔註24〕

作為賈平凹的大學老師以及重要的研究專家，費秉勳先生的看法，幾十年後讀來依然非常精當。不過，如何理解 1977 年的轉變，依然值得思量。這次「飛躍」的代表性作品，正是一舉成名的《滿月兒》。論及 1978 年的優秀短篇小說，我們往往想到的是《班主任》或《傷痕》，排在第十五位的《滿月兒》，似乎一直缺乏足夠的研究。這部講述了一個「別樣」的「傷痕」故事的作品，細讀起來其實也頗為有趣。

《滿月兒》由女性敘述人「我」講述了「鄉下老家」一樁有意義的見聞。（由「女性」擔任敘述人，在賈平凹迄今的寫作生涯裏，比較重要的作品只有《土門》。當然，和《土門》的意圖不同，《滿月兒》的「我」身為「女人」，主要是繞過當時保守的文化禁忌：「滿兒」和「月兒」都是年青女孩）這位患上「慢性胃潰瘍」回鄉下老家養病的知識分子（「農學院的陸老師」），偶然結識了「住在斜對門」的一對姐妹：滿兒和月兒。

和常見的模式相似，作品中的兄弟姐妹，年長者往往沉靜、穩重、富於責任感，年幼者相對地單純、任性、天真爛漫。二十四五的滿兒，就是這樣一個癡迷於培育新麥種的大隊科研員；十七八的妹妹月兒，相對應地每天「咯咯」笑地瘋跑，是基建隊的「笑呱呱雞」。小說主要講的是「我」與這對姐妹的交往，作為「城裏來的」知識的權威，「我」耐心地教給滿兒英語，並且保證給月兒「捎買幾本有關測量方面的參考書籍」。就這對姐妹而言，絲毫看不到「文革」對她們帶來的「傷痕」，她們的生活就是單純地為大隊培育出「勝利麥」。小說結尾以回城的「我」在公交車「巧遇」滿月作結，滿兒在電車上依然在啃《英漢對照小叢書》，並且用英語告訴「我」，研究「勝利麥」一定是──「Sure to be successful！」（一定會成功！）

這部當下看來顯得單薄的小說，在藝術成就上坦率講乏善可陳。有研究者認為這篇小說對「文革模式」是一種突破：「在這篇作品中，作者特意通過對比以表現滿兒月兒姊妹倆的不同個性。『文革』中強調寫矛盾鬥爭，依那時的文學模式，如果作品的主要人物為兩人，而作者又是將兩個人物對比來寫的話，他（她）們一定是革命與反動或先進與落後的一對互相對立的矛盾。

〔註24〕費秉勳：《賈平凹論》，西安：西北大學出版社，1990 年 5 月第 1 版，第 25 頁。

在《滿月兒》中，姐姐沈穩好靜，愛鑽研，能刻苦；妹妹活潑好動，單純幼稚，無憂無慮，然而兩個人物都是很可愛的形象，都是本質上追求上進的姑娘，這就突破了『文革』中所形成的人物結構模式。」〔註 25〕不過，如果拉長歷史視野的話，賈平凹更多的是以「十七年」的方式來突破「文革」，誠如研究者指出的，「嚴格地說，這是一篇從五十年代教化文學模式裏印出來的較有鄉土氣息的複製品：一對鄉村姐妹，姐姐滿兒平靜內秀熱心農業科研，妹妹月兒天真調皮總是咯咯笑個不停。人物描寫頗合『茅盾規範』──既有生動誇張外部細節特徵，又能清楚歸入某社會類型。」〔註 26〕

　　和當時大多獲得關注的作品相似，《滿月兒》的成功，不在於自身的藝術價值，而在於當時的「歷史背景」。誠如有的研究者所反思的：「在大多數作家尚未從噩夢中蘇醒過來的時候，滿兒（原文如此，應為月兒，筆者注）那近似瘋野的笑聲，宛如一陣帶著溫馨的清風，拂過人們焦渴的心頭。於是作者一舉成名，成為海內矚目的文壇新秀。」〔註 27〕剛剛從禁錮人性的「文革」中解脫出來，不同於「海燕式的鐵姑娘」的滿兒和月兒，獲得了評論者的盛讚，「《滿月兒》（見《上海文藝》1978 年第 3 期）之所以獲得藝術上的成功，一個重要的原因就在於作者寫活了兩個年青姑娘不同的『姿』和『韻』。」〔註 28〕尤其是更為天真活潑的妹妹月兒，被認為是「賈平凹所有作品中刻畫的最成功的一個具有鮮明個性的人物」〔註 29〕，甚至於堪比蒲松齡筆下的嬰寧。〔註 30〕

　　就這個意義上，同樣是對當時流行的文學思潮的迎合，賈平凹的《滿月兒》高明之處在於，沒有簡單地模仿一個鄉村版的《傷痕》，而是給出了一個「反傷痕」的「傷痕」故事。一方面，缺乏「上山下鄉」的體驗（賈平凹自

〔註 25〕費秉勳：《賈平凹論》，西安：西北大學出版社，1990 年 5 月第 1 版，第 26 頁。

〔註 26〕許子東：《尋根文學中的賈平凹與阿城》，《當代文學閱讀筆記》，上海：華東師範大學出版社，1997 年 5 月第 1 版，第 95 頁。

〔註 27〕韓石山：《且畫濃墨寫春山──漫談賈平凹的中篇近作》，《文學評論》，1985 年第 6 期。

〔註 28〕丁帆：《談賈平凹作品的描寫藝術》，《文學評論》，1980 年第 4 期。值得補充的是，寫活了「資」和「韻」的說法，來自於賈平凹的自述，參見《愛和情──〈滿月兒〉創作之外》，《十月》，1979 年第 3 期。

〔註 29〕同上。

〔註 30〕鄒狄帆：《生活之路──讀賈平凹的短篇小說》，《文藝報》，1978 年 5 月 23 日。

嘲自己是「回鄉知青」〔註31〕），賈平凹當時的文學資源無法支撐他像盧新華
一樣寫作；另一方面，賈平凹一直不擅長於正面描寫悲劇，哪怕是「傷痕」
式的略顯誇張、矯情的浮泛的悲劇。誠如他當時的自述，「傷痕出來後，影響
很大。我也曾經試著模仿寫過。但失敗了。我很苦惱。我個人缺乏那樣的生
活經歷和生活感受。寫出來，也不動人。後來，我下決心還是回到自己比較
熟悉的生活領域中來。我再一次深刻體會到：沒有真實生活感受，沒有形象
的東西，是怎麼也寫不好的。」〔註32〕有意無意地，賈平凹繞過了「傷痕」
的敘事套路，或者說，更為深切地契合了制約「傷痕」的成規——他不執念
於宣告「傷痕已然癒合」，而是描寫「傷痕」之後的「青年」以「現代化」為
方向的奮鬥之路（《滿月兒》一個明晰的症候，就是小說結束於滿兒的「英語」，
一個當時所想像的科學化的「現代」世界正在展開）。誠如盧新華所主張的，
《傷痕》寫作最終是「去傷痕」，「從而更好地洗刷自己心靈上和思想上的傷
痕，去為實現新時期的總任務而奮鬥。」〔註33〕

　　因此，伴隨著歷史語境由「革命」向「現代化」的挪移，和該年度獲獎
的以及其它獲得盛讚的作品非常相似，《滿月兒》這類作品「一個核心的線索
是：革命青年在『現代化』的號召下從『革命小將』轉變為『專業能手』，比
如出色的售票員（《窗口》）、農業專家（《滿月兒》）、質量檢查員（《醒來吧，
弟弟》），等等。」〔註34〕就《滿月兒》而言，當時無論是賈平凹自己談到的
還是被研究者所讚譽的「姿」與「韻」，更近乎於歷史的粉飾，真正充當主角
的，是作為敘述人的「城裏來的」那位「陸老師」。和同類文本設置的角色一
樣，作為「教師」的她是滿兒和月兒成長之路的「範導者」，一個有趣的事例
是，在我的「幫助」下，月兒最後變得像滿兒了，「妹妹」逐漸變成「姐姐」：
「晚上回來，就到我房子來讓我出各種地形的題讓她算。她竟比滿兒還要聰
明，每次算完以後還要給我講解一番」。〔註35〕

〔註31〕參見其自傳《我是農民》，北京：中國社會出版社，2006 年 6 月第 1 版，第
　　　　25 頁。

〔註32〕參見胡采：《山地嚮導——寫在前面的話》。該文為賈平凹小說集《山地筆記》
　　　　的序言。上海：上海文藝出版社，1980 年 1 月第 1 版。

〔註33〕盧新華：《談談我的習作〈傷痕〉》，選自牟鍾秀編：《獲獎短篇小說創作談 1978
　　　　～1980》，北京：文化藝術出版社，1982 年版，第 27 頁。

〔註34〕黃平：《再造新人——新時期「社會主義現實主義」調整及影響》，《海南師範
　　　　大學學報》，2008 年第 1 期。

〔註35〕當時有研究者發現了月兒的轉變，不過得出了不同的結論：「有趣的是，作家

此外，就《滿月兒》而言，長期以來研究界忽視了它一個值得琢磨的「特色」：這是一篇采風之作。如賈平凹自述的，「在 1977 年的冬天，我到一個大隊搞社史的時候，我心中的人物被觸發了，她跳出來了，逼使著我動筆描繪了。」〔註 36〕當時的情況是，為了續寫烽火大隊的隊史《烽火春秋》，賈平凹所供職的陝西人民出版社文藝部負責人陳策賢帶著賈和其它作者組成了寫作小組，去烽火大隊實地采風。在當地，賈平凹結識了農技站的一對姐妹，「此後，平凹依據這段生活，寫了短篇小說《滿月兒》，發表在《上海文學》上。小說裏的兩個主人公就是以農技站裏那一對姊妹為模特兒塑造的。」〔註 37〕對報告文學有一定瞭解的讀者，自會從「烽火大隊」想起一部轟動一時的作品：《大國寡民》。「烽火大隊，是勞動模範王保京的大隊。他培育出過高產玉米，受過周恩來總理的接見。在陝西，這個隊一直被尊為先進的典型。」〔註 38〕然而，經過中青報資深記者盧躍剛在《大國寡民》中根據歷史文獻、村民證據以及訪談資料的調查，這個曾經被樹為社會主義農村「一面紅旗」的陝西省烽火村，所謂的「先進事蹟」全是弄虛作假與欺騙捏造，如作者在後記裏結合著烽火村的武芳悲劇所嚴辭指出的，「王保京和烽火村發跡的歷史，基本上是一個浮誇和弄虛作假的歷史」。〔註 39〕

當然，當下的「後見之明」，不能成為苛責幾十年前那個剛剛大學畢業的年輕編輯賈平凹的理由。結合著《大國寡民》等資料，筆者只想指出，無論文本內外，《滿月兒》都是「可疑」的，「生活美」等等委實難言。賈平凹當初何以如此「純真」？有研究者曾不無尖刻地指出：

> 《滿月兒》裏所描繪的「兩年建成大寨隊」的「明麗的鄉村畫」，顯然是只有所謂「革命現實主義評論家」才會感到賞心悅目的牆報宣傳畫。這類宣傳畫在「文革」後「新時期文學」起步時期比比皆是，不足為奇。問題是，賈平凹何以當初也如此「純真」？賈平凹出生於鄉村教師家庭，自幼在農村長大，不可能沒見過大寨隊是如

在短短的篇幅之內，還完成了月兒性格的變化完滿。可以說，這是作家對現實美常常有某種不足的一種理想化，一種主觀上的完滿。……最後月兒向滿兒的靠攏，實現了作家理想的完整的美。」參見劉建軍：《賈平凹論》，《文學評論》，1985 年第 3 期。

〔註 36〕賈平凹：《愛和情——〈滿月兒〉創作之外》，《十月》，1979 年第 3 期。
〔註 37〕孫見喜：《賈平凹傳》，上海：上海人民出版社，2008 年 1 月第 1 版，第 22 頁。
〔註 38〕同上，第 21 頁。
〔註 39〕詳見盧躍剛：《大國寡民》。北京：中國電影出版社，1998 年版。

何建成的。與其說他當時「純眞」，不如說他的創作個性在一開始就是「扭曲」狀。寫作《滿月兒》（及《山地筆記》集中其它作品）時，賈平凹是一個剛畢業留城的工農兵大學生。他關在西安的一間六平方米小屋中面對牆上貼著的一百三十七張退稿鑒。撇開「文革」前後確有不止一代青年喝過「狼奶」因而只會「純眞」地看世界不談，即使已經到了朦朧詩人所謂「我不相信」的階段，因動亂時期仕途不通教育荒廢，對很多以文學爲奮鬥途徑的青年來說，現實的退稿鑒是比《莎士比亞全集》更實際的教材。將二十年鄉村磨難的切膚體會放在一邊，只是「純眞」地唱出帶泥土芬芳的「明快讚歌」——有意無意先謀取「發言權」再說，這時賈平凹的心態其實也是「浮躁」的。〔註40〕

當然，出於可以理解的歷史語境的限定，其它知名作家也有類似的「前史」。〔註41〕無論如何，《滿月兒》還是奠定了賈平凹早期的聲望。從萬眾矚目的全國小說獎開始，這個從大山裏來的青年，開始進入文壇的「主流」行列。〔註42〕

1.1.3 「轉向」與「矯正」

《滿月兒》成功之後，賈平凹面對的一個直接的問題，就是文學創作下一步如何進行。某種程度上，「走上文壇」之後的賈平凹，心態發生了微妙的變化，他開始不滿足於迎合「成規」的限定，試圖尋找「作品的突破」。〔註

〔註40〕 許子東：《尋根文學中的賈平凹與阿城》，《當代文學閱讀筆記》，上海：華東師範大學出版社，1997 年 5 月第 1 版，第 95 頁。

〔註41〕 許子東在同一篇文章裏也指出：「當然賈平凹並非特例，類似的先唱甜美讚歌然後逐步改變創作路向的情況，在張抗抗、王安憶、韓少功、陳建功甚至張承志那裏也都存在。」筆者補充的是，當時的熱門作家如劉心武和蔣子龍等，同樣存在這個現象。

〔註42〕 爭取進入「主流」，是雄心勃勃的賈平凹這時期主要的奮鬥方向。文學之外，他的政治身份值得關注，當時賈平凹曾經出席全國團代會並且當選團中央候補委員。參見胡采：《山地嚮導——寫在前面的話》。

〔註43〕 許子東在上文所引的論文裏也就此曾指出，「『文革』一代青年作家在『文革』剛結束後的作品出版尺度限制下，不得不先『變聲』（作天眞狀）以求發言權。難怪一旦作品獲獎作家出名，賈平凹的『浮躁』便立刻向另一極端傾泄——於是便有了《晚唱》、《廈屋婆悼文》、《好了歌》、《二月杏》等色彩灰暗的作品。他的創作進入了第二個階段。」

43）如研究者所描述的，「在一片叫好聲裏，平凹的創作卻漸漸地發生了一些變化。從 1980 年到 1981 年，他陸續發表了《山鎮夜店》、《亡夫》、《晚唱》、《二月杏》、《生活》、《年關夜景》、《好了歌》、《夏屋婆悼文》、《沙店》、《在鳥店》等中短篇小說。在這些作品中，生活不再是如田園牧歌般的光明，而有了它的陰暗面；人性不再是單純美麗，而有了它的複雜和醜陋；人不再只有好壞之分，而常常是好中有壞，壞中有好。」〔註 44〕

饒有意味的是，賈平凹這一批作品的「轉變」，類似於返回「傷痕文學」的「回頭路」。有研究者就此擔憂：「一個詩人氣質的作家，甚至在陰雲蔽日的年代就唱著明快的讚歌，現在在一掃陰霾的晴空麗日下，怎麼倒唱起了憂鬱之歌？」〔註 45〕當時的賈平凹也注意到了這一點，不過他已經不是那個領獎的時候帽檐遮住眼睛的拘謹、慌張的新人了，他顯然有了不同的看法：「有同志問過我，前段人家寫傷痕時，你寫光明；現在人家寫光明了，你又寫這些，調子是不是低了？我感到很苦惱，但我是這樣認識的，就這樣寫了。我總認為作品要有突破，眼光要遠些、廣些，表現手法和內容都要有自己獨特的東西，不要一窩蜂地趕浪頭。」〔註 46〕

這批「獨特的東西」的代表，應是爭議最大的《二月杏》（發表於《長城》1981 年第 4 期，因爭議很大，迫於壓力《長城》於 1982 年第 3 期輯錄整理了《對〈二月杏〉的批評意見》）。這篇小說返回了常見的「傷痕文學」：地質工人大亮在「文革」中為了「社會關係」的純潔，狠心拋棄了當時的戀人；女青年「二月杏」從城裏來到鄉村插隊，遭到權勢者的姦污以及民眾的鄙視。這樣兩個攜帶著歷史創傷的「病人」，「文革」後在當地的山鎮結識、想愛，最後依舊無奈地分開。應該說，這類「歷史」與「愛情」反覆糾葛的故事在「傷痕文學」潮流中比較常見，不過，賈平凹卻對這類故事模式做個一個致命的變動：「傷痕」被拉長到「文革」的邊界，延續到「新時期」依舊無法「癒合」。誠如當時的研究者比較含蓄地指出的，「這樣的兩個人以及他們的遭遇，我們在近年的文學中已經見得不少了，《二月杏》的獨到處是把時間背景放到

〔註 44〕 李星、孫見喜：《賈平凹評傳》，鄭州：鄭州大學出版社，2005 年 1 月第 1 版，第 29～30 頁。

〔註 45〕 參見署名為「本刊記者」的《記「筆耕」組賈平凹近作討論會》，《延河》，1982 年第 4 期。

〔註 46〕 參見賈平凹會議發言：《深入農村寫變革中農民的面貌和心理──在西安召開的農村題材小說創作座談會紀要》，《文藝報》，1981 年第 22 期。

這兩個人那些關鍵性的生活變故之後,讓他們和生活發生關係,把他們作為生活的化學試劑,讓生活在他們身上發生反應,從而寫出他們帶著舊的傷痕怎樣在生活的浪濤中掙扎浮沉,內心隱秘的感情怎樣激越地湧動。」〔註47〕

毫無疑問,這種「僭越」是當時的「主流文學」所不能容忍的。當時的批評家沒有放過《二月杏》這類作品的「突破」,而是頗為敏感地直接指出「越軌」之處:

> 他這時期相當一部分作品在認識、評價、把握生活上不夠準確,表現的思想比較消極。他寫人物的精神創傷,以至於在痛苦中不能自拔;他寫人物命運的坎坷,以至於很難看到生活出路;他否定塵世的污濁,以至於有時候否定了人生的意義。
>
> 作品有這樣一個細節:大亮和一個老太婆在河邊洗衣服,老太婆說:
>
> 「兒子不養活我了,你們地質隊不是養活我了嗎?文化大革命總算過去了。」
>
> 對此,作者做了如下議論和描寫:
>
> 「是過去了,是過去了,過去了就算完了嗎?大亮使勁地搥打衣服,看著黑水流下來,立即在清凌的河水中印出一片黑色。」
>
> 這就是說,文化革命雖然過去了,但被污染的生活的河流,並未徹底淨化。我們國家、人民身上的創傷,也並沒有徹底痊癒。
>
> 〔註48〕

文學生涯的第一次(考慮到日後的《廢都》的話,這顯然不是最後一次),賈平凹遭遇了大規模批判的「矯正」。「1982 年 2 月 10 日到 13 日,在陝西省作協主席、黨組書記、評論家胡采的親自安排和領導下,在平凹的母校西北大學圖書館召開了『賈平凹近作研討會』。……儘管會議採取了『學術民主』的方式,但因為當時『四人幫』文化專制主義餘毒未消,文學界『餘悸』猶在,批評家們尚未完全走出政治話語和『庸俗社會學』批評的陰影,雖然主觀動機是『治病救人』,但還是在社會上造成『平凹挨批判』了的影響,並給平凹

〔註47〕費秉勳:《賈平凹一九八一年小說創作一瞥》,《延河》,1982 年第 4 期。
〔註48〕陳深:《把生活的井掘得更深——賈平凹小說創作直觀論》,《延河》,1982 年第 4 期。

個人帶來了極大的政治壓力。」〔註 49〕就此而言，當時會議的組織者、陝西省作協主席胡采曾經指出過賈平凹的「兩個局限」：

> 第一，是經歷較少，生活底子不厚，影響了平凹對生活的理解，他的生活表現生活的幅度受到限制。他寫的每個人物都有生活依據，但典型化的意義顯得不足。……要補救這一點，只有一個辦法：深入到生活裏面去。

> 第二，是政治思想的修養，觀察問題的角度。要從生活中得到真知灼見，必須運用馬列主義去分析問題，具有較高的精神境界。〔註 50〕

對於賈平凹的創作出路而言，當時的批評者給出的答案非常相似，試摘引幾段：

> 我們希望平凹同志認真總結自己前一段的創作道路，把自己的根深深繫入人民生活的土壤，寫出無愧於我們這個充滿希望生機的時代的作品。（李星：《評賈平凹的幾篇小說近作》。《延河》，1982年第 5 期）

> 我們相信，平凹同志不會因此而畏縮不前。以他的才力和勤奮，他一定會正確地總結自己的創作經驗，在思想、生活和藝術這三方面下大工夫，不斷提高自己認識生活的能力，不斷較正在開掘生活上所出現的偏頗，為時代、為人民唱出更優美、更動人的歌。（李健民：《探索中的深化與不足──評賈平凹近期小說創作》。《延河》，1982 年第 7 期）

> 我們在肯定賈平凹執著的探索精神的同時，也應該指出，掌握馬列主義、毛澤東思想的武器，對他進一步的探索與前進有著多麼重要的意義。今天，生活變化這樣急劇，有那樣多新事物、新人物擺在作家面前需要去熟悉、去研究、去描寫，我們只有以更高的熱情和更積極的態度去對待馬列主義毛澤東思想的學習，對待深入生活問題，把生活的「井」掘得深深的，讓個人生活的小「院子」，與

〔註 49〕 李星、孫見喜：《賈平凹評傳》，鄭州：鄭州大學出版社，2005 年 1 月第 1 版，第 30～31 頁。

〔註 50〕 參見胡采會議發言：《深入農村寫變革中農民的面貌和心理──在西安召開的農村題材小說創作座談會紀要》，《文藝報》，1981 年第 22 期。

時代生活的大「院子」聯繫得緊緊的，創作上才可能另有一番新天
地。(陳深：《把生活的井掘得更深——賈平凹小說創作直觀論》。《延
河》，1982 年第 4 期。)

就賈平凹而言，「平凹在這次歷時四天的會議中，始終面色沉重、低頭紀錄、
一言不發。」〔註 51〕顯然，這場批判的風波對其內心，有不小的觸動。二年
後，賈平凹曾就此自述到：

> 半個多月，我不再寫一個字。我得好好想想，再一次將所有的
> 批評言論翻出來，一一思考。我慢慢冷靜了，有則改之，無則加勉。
> 我在日記中寫道：平凹，你要是個沒出息的，你就沉淪吧，一蹶不
> 振吧。要是把文學當作一生的事業，就不必為一時的成功而得意，
> 也不必為一時的挫折而氣餒。鐵錘砸碎的只能是玻璃，寶劍卻得到
> 了鍛鍊。
>
> 我總結著我的過去：生活積累還是不深，理論學習還是欠缺，
> 藝術修養還是淺薄。
>
> 我請人畫了一張達摩畫，決心從頭開始：深入生活，研究生活，
> 潛心讀書，寂寞寫作。〔註 52〕

沿著「批評家」指出的「深入生活」的道路，賈平凹的寫作再次「轉向」。「怎
樣去寫？去寫什麼？我認真總結了以往的經驗教訓，分析自己的優勢和劣
勢，針對自己生活閱歷的不足和認識生活的能力不強之短處，我只能去商州
去豐富自己，用當時的話說：『再去投胎！』」〔註 53〕近乎歷史的弔詭，原本
是「新時期」肇始十分常見的「文學與政治（政策）矛盾關係的一次『正常』
協調」，〔註 54〕反而在一定程度上促成了賈平凹發現「商州」，並且從此開始

〔註 51〕李星、孫見喜：《賈平凹評傳》，鄭州：鄭州大學出版社，2005 年 1 月第 1 版，
　　　　第 32 頁。
〔註 52〕賈平凹：《我的臺階和臺階上的我》，選自《五十大話》，北京：人民文學出版
　　　　社，2008 年 1 月第 1 版，第 101 頁。
〔註 53〕賈平凹：《答〈文學家〉編輯部問》，選自《五十大話》，北京：人民文學出版
　　　　社，2008 年 1 月第 1 版，第 112 頁。筆者想補充的是，當時賈平凹的「問題」
　　　　甚至於牽扯進了「清除精神污染運動」，賈平凹因《鬼城》等作品寫了檢討。
　　　　參見許愛珠：《性靈與啟蒙——賈平凹的平平凹凹》，第 80 頁，北京：團結出
　　　　版社，2007 年 1 月第 1 版。
〔註 54〕許子東：《尋根文學中的賈平凹與阿城》，《當代文學閱讀筆記》，上海：華東
　　　　師範大學出版社，1997 年 5 月第 1 版，第 95 頁。

長達三十年的糾葛於城鄉的漫漫寫作。至此，我們所熟知的那個「賈平凹」即將登場，他的「寫作前史」就此結束。

1.2 「改革文學」指認的「商州」

82 年的這次批評風波，是賈平凹創作轉向「商州」的原因之一。在賈平凹於 1985 年回答《文學家》編輯部關於「你是如何產生去商州進行考察的想法的？」的提問中，第一個提到的原因即是「『筆耕』文學討論組」的批判所帶來的觸動。〔註 55〕不過，除了「文學成規」的限定外，賈平凹也早有尋找自己的「創作基地」的打算，畢竟，自從走上文壇以來，賈平凹的寫做到此而言一直是高度思潮化的。如同賈平凹日後的追憶，「一會兒跟這個學這個樣子，一會跟那個學那個樣子，可塑性很強，跟誰就受誰的影響，飄忽不定，有點流寇主義，就覺得還是得有自己的根據地，寫我最熟悉的生活。」〔註 56〕

賈平凹以家鄉「商州」，作爲了自己所選擇的「深入生活」目的地：「一九八三年一過完春節，他就回商洛去了。兩年來他的足跡遍及這個地區的每一個縣，有些縣已經去過三四次。他在這人熟，可以找到很好的嚮導。這些嚮導大多是對下邊很熟悉的幹部，他們可以一下子把賈平凹帶到那些起過劇烈變化的鄉鎮去，帶到曾經發生過悲歡離合的傳奇故事的三家村去，坐在那些當事人家裏的熱炕上、火坑旁，和他們一起生活幾天，觀察、瞭解他們的心理和性格。」〔註 57〕這次故鄉的采風之旅，對賈平凹的寫作而言是奠基性的，如同約克納帕塔法世系之於福克納，湘西之於沈從文，「商州」爲賈平凹提供了一直到《秦腔》爲止源源不斷的寫作資源。在這個意義上，與其說賈平凹發現了「商州」，毋寧說商州發現了「賈平凹」。〔註 58〕

〔註 55〕具體參見賈平凹：《答〈文學家〉編輯部問》，選自《五十大話》，北京：人民文學出版社，2008 年 1 月第 1 版，第 112 頁。

〔註 56〕賈平凹：《賈平凹謝有順對話錄》，蘇州：蘇州大學出版社，2003 年 7 月第 1 版，第 59 頁。

〔註 57〕費秉勳：《賈平凹三部中篇新作的現實主義精神》，《小說評論》，1985 年第 2 期。

〔註 58〕「采風」是賈平凹多年來一直鍾情的「寫作」的準備（直到 2007 年最新出版的《高興》，賈平凹在後記裏交待了自己大量的「社會調查」）。這不僅僅是當代文學體制以及「現實主義」對作家的「規訓」的殘留，單純就作家個人而論，賈平凹不屬於王小波那一類的想像力豐富的作家，他更像是鄉村的說書藝人，擅長的是講出既有的「故事底本」的「故事性」。

這次「深入生活」的文學成就，首先體現在發表於《鍾山》83 年第 5 期的《商州初錄》與發表於《收穫》83 年第 5 期的《小月前本》。由《商州初錄》開始，賈平凹陸續寫了《商州又錄》、《商州再錄》，這批作品往往被指認為「尋根文學」；由《小月前本》開始，賈平凹陸續寫了《雞窩窪的人家》、《臘月‧正月》，這批作品則往往被指認為「改革文學」。下一節將集中分析「商州」系列，本節將以《小月前本》等為細讀對象，分析賈平凹如何講述「改革」的鄉村。

按賈平凹所自我期許的，這一系列作品「欲以商州這塊地方，來體驗、研究、分析、解剖中國農村的歷史發展、社會變革、生活變化。」〔註59〕或者說，他現在要思考的問題是：「新的形勢發展，新的政策頒發，新的生活是多麼複雜而迷離啊，投映在農村每個階層人的心中，變化又是多麼微妙啊！」〔註60〕按當時研究者所概括的，「這三部中篇小說的一個共同特點，都是著意於描繪農村新的生活和新的人物，通過新的生活新的人物，通過新的人物的改革業績和改革所引起的道德觀念的變化，來反映和讚頌中國農村在黨的十一屆三中全會之後所發生的歷史性轉折。」〔註61〕

《小月前本》〔註62〕明顯地表現出這種「轉折」，小說主要講述了「秦嶺山脈最東南的一個山窩子」裏的一椿愛情風波：小月在「老實巴交」的未婚夫才才和「愛搗騰」的門門間猶豫不決。據研究者指出的，這個故事的原型來自於賈平凹寫作《商州初錄》的長途中在陝、豫、贛三省交界的白浪街的見聞，「匆忙之中，激動之餘，賈平凹利用現有的材料寫出了《小月前本》。」〔註63〕不過，細讀這篇小說，賈平凹明顯地強化了故事底本的戲劇性因素，才才、門門等性格及其象徵得到了不同程度的誇張：才才被賦予了傳統農民的一切特徵，木訥、勤勞、老實本分，善良而保守；門門則是「新時期」之子，精靈，

〔註59〕賈平凹：《在商州山地（小月前本代序）》，《小月前本》，花城出版社 1984 年 12 月第 1 版。

〔註60〕同上。

〔註61〕唐先田：《充滿濃鬱詩意和改革精神的農村畫卷──評賈平凹的三部中篇小說》，《江淮論壇》，1984 年第 5 期。

〔註62〕有趣的是，賈平凹在成名後的文集編選裏，完全刪去了《滿月兒》以及之前的作品。除了《二月杏》、《鬼城》等幾篇外，小說方面基本上是從《小月前本》開始。這可能是賈平凹自己滿意的「文學起點」。

〔註63〕許愛珠：《性靈與啟蒙──賈平凹的平平凹凹》，北京：團結出版社，2007 年 1 月第 1 版，第 78 頁。

能說會道，喜歡做生意辦副業，他甚至還訂了村裏唯一的《人民日報》。不無弔詭的是，這種截然對立的人物設計，甚至退回到《滿月兒》之前，讀者應還記得，當時的研究者盛讚《滿月兒》的原因之一，就是突破了「兩個人物」「一定是革命與反動或先進與落後的一對互相對立的矛盾」的「文革模式」。

籍此對立，全知敘述人徐徐道來白浪街的「矛盾衝突」，小月在才才與門門這「新／舊」之間掙扎難斷。依父親王和尚的意思，才才比門門強似百倍，「農民就是土命，不說務莊稼的話，去當二流子？才才好就好在這一點上，難道你要他去和門門一樣嗎？」〔註64〕不過，這種傳統的價值觀，難以說服「煩悶」的小月，在她的眼裏，才才「太老實了」。且引一例，小說在第一節引言式的描寫後，於第二節、第三節分別安排門門、才才出場。在第四節，作者安排兩位主人公像等待挑選的求愛者相遇在小月的視線裏：

> 小月坐起來，她把窗紙戳了一個大窟窿，看著這兩個年輕人站在院子裏說話。兩個人個頭差不多一般高，卻是多麼不同呀！門門收拾得乾乾淨淨，嘴裏叼著香煙；才才卻一身糞泥，那件白衫子因汗和土的浸蝕，已變得灰不溜秋，皺皺巴巴，有些像抹布了。人怕相比：才才無論如何是沒有門門體面的。
>
> 小月心裏多少泛了些酸酸的滋味。（P22）

有意無意間，《小月前本》寫得最好的「典型」，正是這個「小月」。才才、門門的人物典型過於教條化，然而流連在「傳統」與「現代」之間煩悶不安的小月，一定程度上體現了人性的複雜。打一個不恰當的比方，小月酷似白浪街的包法利夫人，她同樣被書本的世界所喚醒，渴望著以「愛情的冒險」超越當下的庸常人生。比如小月在小說中的第一次出場：

> 小月將船停在岩邊，拿了一本小說來讀。書老是讀不進去；書裏描寫的都是外邊的五顏六色的世界，她看上一頁，心裏就空落得厲害，拿眼兒呆呆看著大崖上的那一片水光反映的奇景出神。（P7）

當然，如果說包法利夫人迷戀的書本世界，是充滿著夜鶯、城堡、哭泣與盟誓的浪漫世界的話；小月所沉迷的，則是實際存在的「城裏的世界」。不必西安或是上海、北京，山外的「縣城」就足以讓小月滿意：

〔註64〕賈平凹：《小月前本》，選自小說集《雞窩窪的人家》，北京：人民文學出版社，2008年1月第1版，第17頁。出於閱讀的方便，下文徵引該小說原文，只在原文後標注出處的頁碼。

　　整個縣城一共是四條街，三條平行，一條豎著從三條平行線上
切割，活脫脫一個「豐」字。一街兩行，都是五層六層的樓房，家
家涼臺上擺了花草。那些商店裏，更是五光十色，競什麼都齊全。

　　小月的世界觀就為之而轉變了；世界是這麼豐富啊！（P103）

在這個意義上，被「喚醒」的小月，不再是安守「山窩子」裏的鄉村女子，
套用當時流行的概念，小月是「社會主義新人」的又一「典型」：

　　一會兒想到才才，一會兒想到門門。想才才的好處時偏偏就又
想到了門門的好處，想門門的壞處時又偏偏想到了才才的壞處。她
不知道自己一顆心應該怎麼去思想？整整一個夜裏，合不上眼，末
了，就打自己，擰自己：

　　都怪我，我怎麼就不是個男人？既然是個女的，為什麼不像老
秦叔外甥女那樣的女人？！（P96）

「老秦叔外甥女」，在小說中是作為小月對照的傳統鄉女，「那領口、那袖口
都緊緊地扣了扣子，包裹得不露出一點肉來，身後垂一根長蛇似的辮子。」
（P73）與之相比，小月儘管「不是個男人」而無法主動掌握自己的命運，但
是卻不再甘於任男性的眼光所挑選。饒有意味的是，小月被「山外的世界」
所召喚，相伴隨的或者說作為指代的，正是自主的「愛欲」的蘇醒。就在筆
者上文所引的小月讀書「老是讀不進去」的段落，作者安排小月用另外的方
式發泄內心的煩悶：

　　水的波浪衝擊著她的隆起的乳房，立時使她有了周身麻酥酥的
快感。她極想唱出些什麼歌子，就一次又一次這麼魚躍著，末了，
索性仰身平浮在水面，讓涼爽爽的流水滑過她的前心和後背，將一
股舒服的奇癢傳達到她肢體的每一個部位。十分鐘，二十分鐘，一
個真正成熟的少女心身如一堆浪沫酥軟軟地在水面上任自漂浮。
（P9）

這種近乎赤裸的描寫二十多年後讀來也顯得放肆大膽，然而筆者查閱相關資
料發現，當時似乎應該更為「保守」的批評者們卻無一非議。畢竟，人性的
「解放」，在當時的想像裏，原本是「改革」所允諾的題中應有之義。試可言
之，《小月前本》事關愛情的紛爭，某種程度上只是「改革」的換喻。在小月
眼裏，保守的才才不再是合格的征服者：

　　小月說著，長久壓在心裏的怨恨一下子又泛了上來，恢復了以

往那種統治者的地位。才才抱著腦袋，『哎』地叫了一聲，就趴在船艙裏，嗚嗚地哭起來了。

　　　　小月靜靜地看著，心裏一時卻充滿了一種鄙夷的感情。（P84）
相反，在小月看來，門門卻是「強壯，有力和美觀」：

　　　　小月喝了一口，臉面頓時發紅，眼睛也迷迷起來。門門還在不停地喝著，小月看見他胳膊上，胸脯上，大腿上，一疙瘩一疙瘩的肌肉，覺得是那樣強壯，有力和美觀。那眼在看著天，雙重眼皮十分明顯，那又高又直的鼻子，隨著胸脯的起伏而鼻翼一收一縮，那嘴唇上的茸茸的鬍子，配在這張有棱有角的臉上，是恰到了好處，還有那嘴，嘴角微微上翹……（P106）

小說結尾處，作者特意安排了一段對話來「點題」。門門的勝出，正在於他「好的正是時候」，門門和小月堪稱「改革的兒女」：

　　　　「你說，村裏人都說才才好，我真的不如才才嗎？」

　　　　「都好。」

　　　　「都好？」

　　　　「可我覺得你更好。」

　　　　「更好？！」

　　　　「才才老實，和我爹一樣都是好人，可我覺得他好像是古代的好人……」

　　　　「那我呢？」

　　　　「你好的正是時候。」（P109～110）

眾所週知，《小月前本》寫作的同時，「改革文學」正在興起。「傷痕文學」不過是「撥亂反正」的權宜之計，包括當時最高領導人在內，主流文學對文學發展的規劃是在「傷痕文學」之後「去傷痕化」，回到熟悉的「社會主義現實主義」的文學傳統，通過塑造新的「典型形象」，來「正確地認識和反映新時代。當時的批評家們呼籲這時期的主人公們「不是撫摸『傷痕』搖頭歎息，而是迅速治癒身上創傷，主動挑起新時期的重任。」〔註65〕就作為「風向標」的全國小說評獎而言（作為第一屆得主賈平凹對此不應陌生），被指認為「改

〔註65〕陳傳才：《時代特點‧嶄新個性‧理想化》，《作品與爭鳴》，1981年第7期。

革文學」典範的《喬廠長上任記》，取代了《班主任》、《傷痕》等的地位，成
爲這一時期的「路標」。賈平凹以《小月前本》等爲代表的這一系列作品，不
再「二月杏」般執拗地反覆陳說傷痕的創痛，而是敏感地呼應了文學潮流的
「轉向」。不久前對他痛心疾首的批評家們，現在變得滿意了：

> 「山窮水復疑無路，柳暗花明又一村」，令人高興的是，平凹沒
> 有辜負人們的期望，較快地從迷誤中走了出來，以新的朝氣活躍在
> 文壇上。自去年年底以來，他創作了不少短篇和散文，色調又恢復
> 了他初期創作的明朗熱情，不過，這是顯得深沉堅實了的明朗熱情；
> 特別是他的三部中篇小說，就其反映生活的廣度和深度，人物形象
> 塑造的功力，以及地方色彩和生活氣息的濃厚來源，都標誌著他的
> 創作開了新生面，登上了一個新的藝術臺階。這三個受到廣大讀者
> 注意和好評的中篇小說是：《小月前本》（《收穫》1983 年第 5 期）；
> 《雞窩窪的人家》（《十月》1984 年第 2 期）和《臘月‧正月》（《十
> 月》1984 年第 4 期）。〔註66〕

賈平凹體味到了「文學成規」的變化，繼《小月前本》之後，於 1984 年第二
期的《十月》，再接再勵地發表了《雞窩窪的人家》。小說的故事並不複雜，
和麥絨離婚後的禾禾，寄居在灰灰與煙峰家中，經歷一系列變故與誤會，灰
灰與煙峰離婚而聚了麥絨，禾禾則和煙峰生活在了一起。如同研究者所概括
的，「這部作品寫了在農村生活變革中，兩個家庭的巨大變遷和重新組合，用
有些讀者的話說，這是一個『換老婆的故事』。」〔註67〕值得注意的是，是否
具備「改革意識」，在小說中成爲「換老婆」的標準，和眾多「文革小說」中
由於派系不同感情破裂相類似，「時代精神」再一次地在情感關係中內在化
了。用小說原文來說，「人們私下認爲，這兩家人活該要那麼一場動亂，各人
才找著了各人的合適。」〔註68〕

　　就兩個作品比較而言，誠如當時的研究者指出的，「《小月前本》和《雞

〔註66〕蔣蔭安：《柳暗花明又一村——讀賈平凹的三個中篇》，《文學評論》，1984 年
　　　　第 5 期。

〔註67〕費秉勳：《賈平凹論》，西安：西北大學出版社，1990 年 5 月第 1 版，第 57
　　　　頁。

〔註68〕賈平凹：《雞窩窪的人家》，選自小說集《雞窩窪的人家》，北京：人民文學出
　　　　版社，2008 年 1 月第 1 版，第 212 頁。出於閱讀的方便，下文徵引該小說原
　　　　文，只在原文後標注出處的頁碼。

窩窪的人家》，分別來看，都不失為佳作，但聯繫起來看，雖然可以把後者理解為前者的續篇，但人物安排和藝術結構，略有重複之感，小月之與煙峰、門門之與禾禾、才才之與灰灰，似有雷同。」不過，儘管存在「改革」的模式化，《雞窩窪的人家》還是有細微的變化──在「改革」的道路上愈發「激進」。

就關鍵的「典範人物」而言，在賈平凹的「改革者」系列裏，禾禾相比門門又「前進」了一步。在《小月前本》的結尾，小月曾經感慨到，「唉，世上的事難道就沒有十全十美的嗎？如果門門和才才能合成一個人，那該是多好啊！」（P111）多少有些缺憾的結局，似乎為續篇留下了「暗示」。在《雞窩窪的人家》裏，有研究者注意到：「如果把《小月前本》和《雞窩窪的人家》聯繫起來看，禾禾正是小月所期望的那位『門門和才才合成一個人』的人物，他忠厚老實，有著吃苦耐勞、承受巨大精神打擊和不公正的社會輿論的硬漢子的韌勁，也有著不怕失敗、立志改革的嶄新精神境界。這顯然是一個比門門向前邁進了一大步的嶄新人物。」〔註69〕

此外，對待灰灰這類「保守者」，來自農村的作者變得過於「刻毒」。在《小月前本》裏，才才多少還是作為「正面人物」出現的，他恪守的鄉村傳統還是得到一定程度的肯定。然而，在《雞窩窪的人家》裏，灰灰象徵性地缺乏「生育能力」，注定沒有子嗣繼承他的事業（饒有意味的是，他和麥絨的「孩子」牛牛還是禾禾的親生兒子）。相反，他的前妻煙峰嫁給禾禾後，卻很快懷孕了：

> 禾禾也緊張起來。先並不在意，覺得煙峰一向身體好，這毛病過幾天就好了。沒想越來越厲害，他忙到鎮上請了大夫來。大夫請過了脈，卻突然大叫道：
>
> 「禾禾，你有大喜了！」
>
> 消息一時三刻傳遍雞窩窪，人人都驚呆了：這個多年來不會生娃娃的煙峰竟懷孕了？！說來說去，原來那灰灰才是個沒本事的男人。（P218）

這種情節的設計，當時的批評家也覺得多少有些過分了：「《雞窩窪的人家》對灰灰囿於自己狹隘生活經驗而不越雷池一步的描寫是充分的，但在作品結

〔註69〕唐先田：《充滿濃鬱詩意和改革精神的農村畫卷──評賈平凹的三部中篇小說》，《江淮論壇》，1984年第5期。

尾，描寫煙峰要生孩子了，而真正不能生育的則是灰灰，並且描寫了灰灰得知自己生理缺陷之後的悲苦情狀。這個喜劇性的情節固然有趣，但對灰灰這個形象卻是一個傷害，作者有意無意地嘲弄了他，結果是貶低了農民傳統美德在新時期的意義。」〔註70〕

然而，面對限定了敘事方向的「改革文學」思潮，作品若想取得「突破」，往往只能不斷「激進」。在 1984 年第 4 期的《十月》，賈平凹發表了「改革三部曲」的最後一篇《臘月·正月》。或許是「改革者」進化到「禾禾」已經近乎完美，這一次賈平凹以一個「負面人物」作爲主人公：六十一歲（小說另一處爲「六十四歲」）的「保守派」韓玄子。作爲「民國年代國立縣中畢業生」、現在的公社文化站長，韓玄子對自己有一種類似於「鄉紳」的文化期許，肩負著秩序維持者的責任。然而，「改革」打破了寧靜的秩序：

> 新政策的頒發，卻使他愈來愈看不慣許多人、許多事。當土地承包的時候，生產隊曾經開了五個通宵會，會會都炸鍋。因爲無論怎樣，土地的質量難以平等，誰分到好地，誰分到壞地，各人只看見自己碗裏的肉少。結果，平均主義一時興起，抓紙蛋兒十分盛行，於是平平整整的大塊面積，硬是劃爲一條一溜，界石就像西瓜一樣出現了一地。地畔的柳樹、白楊、苦楝木，也都標了價，一律將錢數用紅漆寫在樹上，憑紙蛋兒抓定。原則上這些樹不長成材，不能砍伐，可偏偏有人就砍了，伐了。大的作梁作柱，小的搭棚苫圈。水渠無人管理，石堰被人扒去作了房基。這些亂七八糟的現象，韓玄子看不上眼，心裏便估摸不清農村的前途將會如何發展？〔註71〕

現下看來，「韓玄子」這時的擔憂並非全無道理，「改革」在解放「個人」的同時，也有將「個人」從「公共空間」驅逐的「去政治化」的面向。某種程度上，韓玄子酷似於《秦腔》中的夏天義，爲鄉土傳統的衰頹而憂心忡忡。然而，當時的賈平凹寫作的重心，不是面向「傳統」的立碑式的哀悼，而是指向「進化」的對韓玄子這類老傢夥的批判。在小說裏，他戲劇性地將「傳統」與「現代」的衝突處理成「老人」與「青年」的對抗：韓玄子與村裏的青年王才、狗剩、

〔註70〕唐先田：《充滿濃鬱詩意和改革精神的農村畫卷——評賈平凹的三部中篇小說》，《江淮論壇》，1984 年第 5 期。
〔註71〕賈平凹：《臘月·正月》，選自小說集《雞窩窪的人家》，北京：人民文學出版社，2008 年 1 月第 1 版，第 245 頁。出於閱讀的方便，下文徵引該小說原文，只在原文後標注出處的頁碼。

禿子乃至於自己親生的孩子二貝格格不入。尤其是對於向來「什麼也沒有」的、「又廈又小」的王才，韓玄子對他辦起的食品加工廠分外看不順眼：

> 王才，那算是個什麼角色呢？韓玄子一向是不把他放在眼裏；但是，王才的影響越來越大，幾乎成了這個鎮上的頭號新聞人物！人人都在提說他，又幾乎時時在威脅著、抗爭著他韓家的影響，他就心裏憤憤不平。（P246）

小說基本上就是在這個「二元對立」的模式中展開情節：一方面是青年人的改革創業，一方面是韓玄子的嫉妒阻撓。雙方的鬥法在「臘月」和「正月」裏展開，表現在對「社火」、「舞獅」等文化習俗的支配上。近乎「經濟基礎決定上層建築」的證明，憑藉著工廠的財力，王才不經意間將韓玄子的文化優勢衝擊地七零八落。然而，饒有深意的是，最後的致命一擊，來自於政治人物的出場裁決：正月十五當天縣委「馬書記」第一次選擇了去王才家拜年。顯然，這是決定性的一擊，雙方勝負已判：

> 於是，王才家裏的人開始抬頭挺胸，在鎮街上走來走去了。逢人問起加工廠的事，他們那嘴就是喇叭，講他們的產品，講他們的收入，講他們的規劃；講者如瘋，聽者似傻。（P330）

對韓玄子而言，這是極其沉重的打擊：

> 韓玄子看著老伴，眼睛瞪得直直的，末了，就坐下去，坐在竈火口的木墩上。屋外，起了大風。嗚嗚地吹。老兩口一個站在鍋臺後，一個坐在竈火口，木雕了一般，泥塑了一般，任著風衝開了廚房門。牆上掛的篩籮兒哐哐地動起來。韓玄子去了堂屋，咕咕嘟嘟喝起酒來，酒流了一下巴，流濕了心口的衣眼，他一步一步走出去了。（P335～336）

熟悉「文革小說」的讀者，自會覺得小說結尾處韓玄子最後的歎息與掙扎似曾相識：「他娘，我不服啊，我到死不服啊！等著瞧吧，他王才不會有好落腳的！」（P336）。如果把「王才」與「韓玄子」替換成「翻身農民」與「地主老財」，這句話不過是文革小說中頻頻出場的那類「末落階級」的詛咒。縱觀賈平凹的「改革三部曲」，《臘月‧正月》對「文革模式」的回歸最為徹底。據說賈平凹曾經表示，「他是用對春秋戰國時代新興地主階級與奴隸主貴族殊死鬥爭的那種歷史感來寫《臘月‧正月》的。」〔註72〕

〔註72〕費秉勳：《賈平凹創作歷程簡論》，《當代文壇》，1985年第4期。

就這類作品隱匿的「政治性」而言，當時也有批評家指出「滑稽」之處，「整個戲的結束當然帶有一種喜劇色彩。縣委馬書記的出場使得劇情急轉直下。這多少有點滑稽，或者近於浮淺。」〔註 73〕行文素來尖刻的韓石山，也在當時嘲諷地表示對《臘月・正月》的褒獎，如同在歡呼「這孩子可走上正道啦」：

> 對《雞窩窪的人家》和《臘月・正月》，論者大都先肯定了思想上的正確：前者寫了農民致富的艱難，後者寫了新舊思想的衝突。怎麼能這樣評價一部文學作品呢？
>
> 道理不是這個道理，文章也不是這個做法。
>
> 政治家提出政治標準和藝術標準，無疑是必須的，正確的。評論家若由此衍化成思想性和藝術性，那就大謬不然了。思想性等同於政治標準，思想性和藝術性各有所司或僅止於藝術地表現出來，勢必導致文學創作的淺薄和概念化。〔註 74〕

然而，恰恰是這部作品，得到了最廣泛的讚譽，《臘月・正月》先後獲得第三屆全國優秀中篇小說獎以及 1984 年陝西省文藝「開拓獎」、北京市建國三十五週年文藝作品徵集評獎。《滿月兒》之後，賈平凹再次獲得國家獎項的「肯定」。評論界也是近乎一邊倒地叫好，三篇小說被判定為「實則是三段式的螺旋形發展」〔註 75〕，《臘月・正月》被視作「改革三部曲」的頂點：「《臘月・正月》反映農村的變革，角度新穎；寫人狀物，自然熨貼，色彩變化豐富，韻味醇和綿長。這篇作品的藝術功力不單在《小月前本》和《雞窩窪的人家》之上，即使在反映當前改革生活的創作中，它也是一篇有份量、有特色、引人注目的作品。」〔註 76〕

究其「進步」的原因，有研究者認為，「在《臘月・正月》中，賈平凹又使他的現實主義創作向前發展了一步。這部作品裏沒有了婚姻愛情的內容，

〔註 73〕 蔡翔：《行為衝突與觀念的演變——讀賈平凹的〈臘月・正月〉》，《讀書》，1985年第 4 期。

〔註 74〕 韓石山：《且化濃墨寫春山——漫評賈平凹的中篇近作》，《文學評論》，1985年第 6 期。

〔註 75〕 夏剛：《折射的歷史之光——〈臘月・正月〉縱橫談》，《當代作家評論》，1985年第 1 期。

〔註 76〕 蔣陰安：《柳暗花明又一村——讀賈平凹的三個中篇》，《文學評論》，1984 年第 5 期。

然而卻展現了更廣闊的生活面，鎔鑄了更深厚的社會內容，反映了農村各個階層的人物及其在新的生活中的升沉變化和情緒波瀾，表現出現實主義的堅實性和深刻性。」〔註77〕之所以得出這類論斷，在於賈平凹在《臘月‧正月》中放棄了他所熟撚的以「愛情婚姻」象徵「改革」的套路，轉而正面描寫「改革」與「保守」的激烈「對抗」。就文學史的脈絡而言，這類「二元對立」在創造性上還不如《小月前本》、《雞窩窪的人家》甚至《滿月兒》等早期作品，但是卻弔詭地獲得了最高的讚譽。這類模式化的敘述無疑成爲了認識「改革」的「裝置」，限定了對改革的認知、理解與想像。至少，在賈平凹當時的敘述框架中，門門、禾禾、王才所代表的「新人」與「新農村」遮蔽、改寫了鄉土傳統的道德價值與生活習俗。進一步說，「新／舊」、「青年／老年」、「現代／傳統」等等「進化論」話語構成了宰制文本的等級關係。一個突出的表徵，就是文本中等級化的「城鄉關係」，沉陷在幽暗中的商州山村，等待著城市「現代文明」的照亮。

1.3 「尋根文學」指認的「商州」

如果說，《小月前本》、《雞窩窪的人家》尤其是《臘月‧正月》）被指認爲「改革文學」大體是合適的，那麼賈平凹寫於同期的《商州初錄》、《商州又錄》、《商州再錄》（下文簡稱「三錄」）似乎很難得到恰當的文學史定位。不消說，一個直接的原因，在於文類的含糊，這批作品到底是散文還是小說？就賈平凹個人而言，他認爲「三錄」是散文，商州系列作品「在散文上面，主要是《商州初錄》、《商州又錄》和《商州再錄》」〔註78〕然而，當時的批評家似乎更願意將其指認爲「小說」，「在賈平凹的觀念中，小說與散文並沒有嚴格的界線。……《商州初錄》賈平凹本來是作系列散文寫的，然而一發表，文學界則視爲中篇小說，因爲它的特徵恰恰暗合了情節淡化、結構散化、主題多義、追求紀實性等小說『新觀念』，似乎可以說它具有『兩栖性』。」〔註79〕

〔註77〕費秉勳：《賈平凹三部中篇新作的現實主義精神》，《小説評論》，1985 年第 2 期。
〔註78〕賈平凹：《賈平凹謝有順對話錄》，蘇州：蘇州大學出版社，2003 年 7 月第 1 版，第 59 頁。
〔註79〕費秉勳：《賈平凹商州小説結構章法》，《人民文學》，1987 年第 4 期。

　　費秉勳的這一看法，準確指出了《商州初錄》文類命名背後的「歷史語境」。和「主流文學」喜愛的《臘月・正月》等相比，當時漸露端倪的「新潮批評家」更欣賞《商州初錄》。李陀的一段回憶，在各類賈平凹研究中被頻頻引用：

> 初讀《商州初錄》，是一九八三年秋，在太湖畔。那是《鍾山》雜誌舉辦的一次筆會，參加者還有汪曾祺、宗璞、劉心武、陳建功，鄭萬隆諸人。一天，主人以出版的刊物見贈，於是一時每人都是滿手油墨香。忘記了是誰發現了《商州初錄》，一聲驚呼，於是那幾天大家的話題便不覺常常地轉移到賈平凹身上。〔註80〕

就此，李陀當時有一段夫子自道，點明了推崇《商州初錄》的癥結所在：

> 《商州初錄》似乎是筆記小說的某種復活，然而其中明顯又有地方志、遊記、小品文等因素的融會。這使得賈平凹的筆可以自由地伸進商州地方的任何角落，舉凡山川地理、地方人物、民間傳聞、奇俗異事、以及世情發展、人心變化，無不經熔裁而入文。不過，作家並沒有將這自然與人事的諸相都結構於一個宏篇巨製之中。相反，他把它們化做一系列彼此間沒有什麼聯繫的優美的散文，或者叫做『反小說』的小說。〔註81〕

與主流批評家們在乎「內容」相對應，新潮批評家們在乎的是「形式」，或者說，對於「現代」意味的「文體」的期待。這種對「現代派」的期待是理解「八十年代文學」的重要關節點之一，近年來學界就此的研究一再指出這一點。〔註82〕基於這一歷史語境，《商州初錄》被近乎誤會地「過度闡釋」。可以理解，《商州初錄》發表於 1983 年，當時《虛構》、《現實一種》等作品尚未問世，批評家們對「先鋒文本」有一種基於匱乏的饑渴與期待。然而，《商州初錄》與克洛德・西蒙、阿蘭・羅布－格里耶意義上的「反小說」，還是難

〔註80〕李陀：《中國文學中的文化意識和審美意識──序賈平凹著〈商州三錄〉》，《上海文學》，1986 年第 1 期。

〔註81〕同上。

〔註82〕參見程光煒：《如何理解「先鋒文學」》，《當代作家評論》，2009 年第 2 期；賀桂梅：《「純文學」的知識譜系與意識形態──「文學性」問題在 1980 年代的發生》，《山東社會科學》，2007 年第 2 期；張偉棟：《「去政治化」的終結與文學生產機制的轉換──重議先鋒小說的轉型》（未刊）及李建立博士論文《「現代派」的幽靈：來路與構造（1978～1985）》等。

以混爲一談。當下重讀「三錄」，實有必要。儘管筆者也傾向於認爲「三錄」是散文，但是還是在這一節用一定篇幅展開詳述。

如上一節所分析，就「改革系列」而言，「新／舊」、「青年／老年」、「現代／傳統」等等「進化論」話語控制文本的方式，往往是故事的「時間化」，「商州」展示著「改革」的進化過程，呼應著「新時期」乃至於「新中國」的宏大敘事框架，以不斷宣佈「時間開始了」的方式確定歷史的「新紀元」。進一步說，「時間」是高度政治性的，故事的具體地點則近乎空洞的能指，以「具體地點」的模糊性凸顯「抽象眞理」的普遍性。如果說「改革系列」是「商州」的「時間化」，那麼《商州初錄》系列則是「商州」的「空間化」。在《商州初錄》裏，作者更在乎的是對「空間」的敘述。《商州初錄》的初衷，更像是當下常見的「旅行指南」，據賈平凹在引言裏自述，這篇作品是在鐵路尚未修通的情況下的一種替代，「一旦到了鐵路修起，這本小書就便可作賣辣麵的人去包裝了，或是去當了商州姑娘剪鉸的鞋樣了。但我卻是多麼欣慰，多多少少爲生我養我的商州盡些力量，也算對得起這塊美麗、富饒而充滿著野情野味的神秘的地方和這塊地方的勤勞、勇敢而又多情多善的父老兄弟了。」〔註83〕

眾所週知，這類「文化的苦旅者」〔註84〕的「行旅散文」，一直是當代散文頗受追捧的重要類別，作者往往從外來的視角出發，轉述當地景物風俗的奇特價值。試舉一例，在《商州初錄》第一節的《黑龍口》裏，賈平凹以一個城裏人的視角將「商州」陌生化，起始就介紹到一輛從西安來的客車正駛進商州，不幸的是，「五十里外的麻嶺街，風雪很大，路面塌方了幾處」，旅客們只能在商州的門戶「黑龍口」（「這是個小極小極的鎮子」）停留過夜。當地的飲食風俗，對城裏人們充滿了新鮮感，比如夜裏留宿的時候：

> 天黑了，主人會讓旅人睡在炕上，媳婦會抱一床新被子，換了被頭，換了枕巾。只說人家年輕夫婦要到另外的地方去睡了，但關了門，主人脫鞋上了炕，媳婦也脫鞋上了炕，只是主人睡在中間，作了界牆而已。（P262）

〔註83〕 賈平凹：《商州初錄》，選自賈平凹：《製造聲音》，第253～254頁。北京：人民文學出版社，2008年1月第1版。出於閱讀的方便，下文徵引該作品原文，只在原文後標注出處的頁碼。

〔註84〕 時任《上海文學》主編周介人語。轉引自李星、孫見喜：《賈平凹評傳》，第61頁。鄭州：鄭州大學出版社，2005年1月第1版。

由於這一類新奇的「風俗」，旅人們滿足了「獵奇」的心理，覺得「商州」有味：

　　　麻街嶺的路終於修通了。旅人們坐車要離開了，頭都伸出車窗，
還是一眼一眼往後看著這黑龍口。

　　黑龍口就是怪，一來就覺得有味，一走就再也不能忘記。司機
卻說：

　　　「要去商州，這才是一個門口兒，有趣的地方還在前邊呢！」
　（P265）

由黑龍口開始，賈平凹以「西安來的」敘述人視角，絮絮介紹《莽嶺一條溝》、
《桃沖》、《龍駒寨》、《棣花》、《白浪街》、《鎮柞的山》的風景民俗，以及《一
對情人》、《石頭溝裏一位復退軍人》、《摸魚捉鱉的人》、《劉家兄弟》、《小白
菜》、《一對恩愛夫妻》、《屠夫劉川海》的人情奇事。有意無意間，這類以「故
鄉風物」為寫作對象的介乎散文與小說之間的文體，接續了素來被「左翼文
學」壓抑的沈從文、汪曾祺一脈師承的流風餘韻。王德威曾指出這一點，「1982
年（原文如此，應為 1983 年，筆者注）賈平凹的《商州初錄》以散文隨筆形
式記載故鄉風物，不啻是沈《湘行散記》、《湘西》之類作品的當代回聲。」〔註
85〕就汪曾祺而言，「與沈有師徒之誼的汪曾祺早自 1981 年以來，即寫作了系
列以『鄉味兒』見長的小品，風格直追乃師。」〔註 86〕當時的研究者也指出，
汪曾棋以他的故鄉蘇北高郵地區為背景的「高郵系列」，例如《受戒》《大淖
記事》，以及稍後的一些人物素描式的小品如《故里三陳》、《異秉》、《歲寒三
友》等，堪稱「新筆記體小說」的代表作。賈平凹這些年陸續發表的「商州
系列」中的短章，頗受汪曾祺影響。〔註 87〕在日後的追述裏，賈平凹也親自
承認了這一點：「我是在一九七四年時偶然從圖書館弄出了一本書，覺得這本
書和我心靈息息相通，但我不知道沈從文是誰。後沈從文的一篇小說受到一
本綜合小說集裏，我平生第一次給出版該書的出版社寫信，希望能多收些沈
從文的小說。當八十年代沈從文像文物一樣出土，他的文集我立即買了，這
也是我迄今唯一買的一個作家的文集。」〔註 88〕在一篇紀念孫犁的散文中，

〔註 85〕　【美】王德威：《想像中國的方法——歷史・小說・敘事》，北京：生活・讀
　　　　　　書・新知三聯書店，2003 年 9 月第一版，第 238 頁。
〔註 86〕　同上，第 238 頁。
〔註 87〕　參見何鎮邦：《新時期文學形式演變的趨勢》，《天津文學》，1987 年第 4 期。
〔註 88〕　賈平凹：《沈從文的文學——在西安建築科技大學的演講》，選自賈平凹：《五
　　　　　　十大話》，北京：人民文學出版社，2008 年 1 月第 1 版，第 415 頁。

賈平凹更是直接談到,「在當代的作家裏,對我產生過極大影響的,起碼其中有兩個人,一個是沈從文,一個就是孫犁。我不善走動和交際,專程登門去拜見過的作家,只有孫犁;而沈從文去世了,他的一套文集恭恭敬敬地擺在我的書架上,奉若神明。」〔註89〕

　　在當時的語境中,賈平凹以《商州初錄》激活沈從文的寫作傳統,以「採風筆記」式的短篇遊記閒談故鄉,在「內容」上緩解主流題材的擠壓,在「形式」上克服宏大敘事的約束,這一文體實驗的意義確實值得重視。然而,筆者更想指出,「商州系列」和「湘西系列」相比,更存在著巨大的差異性。就「湘西系列」而言,「如果要對沈從文的作品進行概括,可以將其定義爲『鄉土文學』,這種文學試圖探討那些在現代化進程中行將湮滅的東西。『鄉土』在這裏成了中心、大都市、文明和漢人文化的反義詞。」〔註90〕並不是說,筆者在「城市」與「鄉土」這類常見的二元對立框架中把握沈從文的作品,將其僅僅理解爲「鄉下人」對「都市病」、「知識病」和「文明病」的批判;筆者想強調的是,作爲敘述的底線,沈從文一直拒絕以「城市」的眼光對「鄉土」的重構。然而,在《商州初錄》裏,這是由一個「西安來的」敘述人所敘述的「商州遊記」。我們所見到的「商州」,必須經由這個習慣說「眞有趣」、「謝謝你」、「祝你好運」的「我」來描述。某種程度上,「商州」是沒有聲音的,商州只是在不斷地被「轉述」。換句話說,「商州」是以「他者」對「商州」的想像來確立自我的,風景習俗無形中被「奇觀化」。如研究者指出的,《商州初錄》等等,「主要不是尋給農人看的。其讀者背景,應是處在浮躁動亂中的都市人。」〔註91〕

　　由此,賈平凹和沈從文存在深刻的差異。就沈從文而言,王德威有一段論述說得極好:

　　　　他的（抒情）詩性世界觀要求對作品的語言表面,與對作品背後的「深層」含義,給予同樣多的關注。「現實」不會呈現自己,「現實」總是被呈現。如果文學對生命的表達實質上是修辭的排比操作,

---

〔註89〕賈平凹:《孫犁的意義》,選自賈平凹:《朋友》,重慶:重慶出版社,2005年1月第1版,第294頁。

〔註90〕【德】顧彬著、范勁等譯:《二十世紀中國文學史》,上海:華東師範大學出版社,2008年9月第1版,第125頁。

〔註91〕許子東:《尋根文學中的賈平凹與阿城》,《當代文學閱讀筆記》,上海:華東師範大學出版社,1997年5月第1版,第100頁。

是語言的形式展現，而非邏輯預設的產物（例如露骨的寫實主義或任何意識形態的準則），那麼文本便可暫時逃離物與象間的決定論牢籠，而得以自由變達其對現實的構想。因此，強調語言和詩意表達，也就是肯定「想像」世界的無限而非有限可能的選擇。這是人性的選擇。沈從文對文本和世界的反諷觀點發揮到極致，便消解了寫實和抒情、散文和詩歌之間的區別，申明了所有語言根本上的構造本質——也就是詩的本質。這就解釋了沈從文何以能在直面混亂、慘淡的生命時，仍能傳達出詩意的鎮定。〔註92〕

日後的賈平凹自有其獨特的美學風格，但是就這一時期而言，與沈從文相較，賈平凹明顯匱乏「反諷」的向度——坦率講賈平凹除了《高老莊》等個別作品，一直過於強調對「自我」的宣泄而缺乏「反諷」的克制，當然這不僅僅是賈平凹所缺乏的，高度意識形態化的當代文學對「反諷」很長一段時間一直缺乏足夠的認識。在《商州初錄》裏，賈平凹的「抒情」比較而言略顯單薄、沉溺，還是一種修辭的技藝，而不是對世界的理解方式。難免地，作為手段的技藝，配合著當時的意識形態，對於處於「轉型」的賈平凹而言，意識形態呈現為混雜的殘留，包括著前一階段的批判性與後一階段的「改革系列」：

且引幾例，比如《黑龍口》中集市上的村民與旅人的一段對話，沈從文顯然不會以這樣的方式介紹湘西的某個「廋個子」：

「知道嗎？這是我們原先的隊長大人，如今分了地，他甭想再整人了，在別人，理也懶得理呢。」

那瘦個子去遠處的賣油老漢那兒，灌了半斤油，油倒在碗裏，他卻說油太貴，要降價，雙方爭吵起來，他便把油又倒回油簍，不買了。接著又去買一個老太婆的辣面子，稱了一斤，倒在油碗裏，卻嚷道辣面子有假，摻的鹽太多，不買了，倒回了辣面子。賣麵食的這邊看得清清楚楚，說：

「瞧，他這一手，回去刮刮碗，勺裏一炒，油也有了，辣子也有了。」

〔註92〕 【美】王德威：《現代中國小說十講》，上海：復旦大學出版社，2003 年 10 月第 1 版，第 140 頁。

「他怎麼是這種吃小利的人？」

「懶慣了，如今當幹部沒滋潤，但又不失口福，能不這樣嗎？」

（P260）

又如《一對情人》，活脱脱類似《小月前本》的小月和門門（兩部作品幾乎寫於同時），「我」目睹「駝背老五」與私奔的女兒之間的「新舊衝突」，敘述人通過「改革文學」的認識裝置指認出「老漢」的愚蠢可笑：

「這不要臉的女子！跟野漢子跑了！跑了！」老漢氣得又在門框上磕打長杆煙袋，「叭」地便斷成兩截。

我走出門來，哈哈笑了一聲，想這老漢也委實可憐，又想這一對情人也可愛得了得。走到河邊，老漢卻跑出來，傷心地給我說：「你是下川道去的嗎？你能不能替我找找我那賤女子，讓她回來，她能丟下我，我哪裏敢沒有她啊！你對她說，他們的事做爹的認了，那二百元錢我不要了，一千元行了，可那小子得招到我家，將來爲我摔孝子盆啊！」（P286）

甚至於這類更爲直露的段落，完全成爲政策的圖解：

「你們在城裏，離政策近，説説，這政策不會變了吧？」

「變不了啦！」

「真的？」

「真的！」（P264）

基於此，賈平凹接近於沈從文的文體實驗，由於只是在形式上借鑒以故鄉爲寫作對象、抒情性的語言以及散漫的筆記體方式，缺乏在文學本體的意義上認識沈從文的「（抒情）世界觀」，故而還是無法將意識形態從文本中推移。在這個意義上，《商州初錄》是自我矛盾的文本，它一方面注重「商州」的「空間化」，希圖以筆記體的方式寫出「不像故事的故事」；一方面又陷落爲「空間」的「時間化」，作爲形式的文體與意識形態糾纏掙扎，在很多段落屈從於意識形態的「大敘事」。這方面尤其體現在《商州初錄》的「人物」系列裏，比如《小白菜》，「商州」完全「時間化」了，敘述人在各段段首以明確的時間標誌展開敘述：「小白菜是漫川關人，十一歲進劇團」（P311）、「到了結婚年齡，劇團同齡的姑娘都結婚了，生娃了，她還是孤身一人」（P314）、「這事發生不久，「文化大革命」開始了」（P315）、「四人幫」粉碎了，造反

派頭頭逮捕了，那些走資派紛紛重新任職，小白菜的案件得以明白」（P317）。

就此而言，聯繫後面的《商州又錄》、《商州再錄》看得更爲分明。作爲《商州初錄》的「續集」，賈平凹調整了他的敘述策略，擱置更富於意識形態意味的「時間化」的寫法，抽空「商州」的「歷史」。作者在「小序」中也談到了這一點，「錄完一讀，比《初錄》少多了，且結構不同，行文不同，地也無名，人也無姓，只具備了時間和空間，我更不知道這算什麼樣文體，匆匆又拿來求讀者鑒定了。」〔註 93〕有研究者也注意到了這一點，「『初錄』裏有所倚靠的抒情，至此也變爲直接的情感宣泄。體現在文本中，便是作者筆下的這一商州世界並沒有時間，而只有一個預設的空間，其中：一個老爺子喝了柿子燒酒醉倒在火塘邊；一個女子在出嫁；一個女人在生產；一個男子在犁地；一個老者在採藥；一場葬禮在舉行……」〔註 94〕

然而，這種「調整」並不成功，賈平凹之前的寫作，一直習慣於有所依附，不適應這種「脫歷史化」的寫作。《商州又錄》的筆調顯得乾澀，篇幅極短，每節不過千字，類似匆匆而就的山水素描，作者自己似乎也茫然如何展開。賈平凹顯然對這種狀態不能滿意，在結束了「又錄」後表示，「這兩錄重在山光水色、人情風俗上，往後的就更要寫到建國以來各個時期的政治、經濟諸方面的變遷在這裏的折光。」（P1～2）顯然，賈平凹從一個極端調整到另一個極端，他準備召回在「又錄」被放逐的「故事性」，重新講起自己最爲嫻熟的「歷史故事」。

畢竟，賈平凹難以擺脫「歷史」的限定，正如研究者所指出的：「屬於那一代作者，賈平凹難以將對於鄉土的誇炫態度堅持到底，『三錄』愈寫愈深入『世道人心』。賈平凹沉痛於山水風物間人的冥頑愚陋，短識淺見，作品的『沉重化』亦勢所必至。」〔註95〕於夾雜著「風景」與「人事」的「初錄」相比，「再錄」所「紀錄」的是《周武寨》、《一個死了才走運的老頭》、《金洞》、《劉家三兄弟本事》、《木碗世家》五個篇幅較長的「歷史故事」。從「風景」轉移

〔註 93〕 賈平凹：《商州又錄》，選自賈平凹：《進山東》，北京：人民文學出版社，2008 年 1 月第 1 版，第 1 頁。出於閱讀的方便，下文徵引該作品原文，只在原文後標注出處的頁碼。

〔註 94〕 葉君：《鄉土烏托邦的建構與消解——解讀文本中的湘西和商州》，《江淮論壇》，2007 年第 6 期。

〔註 95〕 趙園：《地之子——鄉村小說與農民文化》，北京：十月文藝出版社，1993 年 6 月第 1 版，第 171 頁。

到「人事」，由「空間」返回到「時間」，賈平凹的寫作變得「流暢」，然而這份「流暢」卻是以犧牲「初錄」剛剛開始的「探索」來實現的。有研究者也發現了這一點，且以《劉家三兄弟本事》爲例：

> 劉家三兄弟的「本事」（《劉家三兄弟本事》），則更讓人看到由於極端的貧困、愚昧所造成的性饑渴、性道德的喪失和性秩序的紊亂，正常人性也因之而萎縮。作者「初錄」商州時聽到「好多對商州的不遜之言」，其中之一便是，兄弟數人只娶一個老婆，到分家時財產分成幾份，這老婆也算作一份，「要櫃者，不能要甕，櫃甕都要者，就不得老婆……」他宣佈「這全是誣蟣！」而劉家兄弟的分家故事，卻是這「不遜之言」的自我證實和對「宣佈」的自我顛覆。劉家三兄弟中，老三不想和哥嫂們一起沉淪逃離了故土；老二和嫂子死於違背倫常的性生活；老大則成了當地可笑又可悲的「傳奇」人物，最後在「文革」中死於自己的無知無識，成爲這場運動可笑的犧牲品。在劉家兄弟的故事中，作者主觀賦予山地鄉土世界的生存詩意已經全然消褪，而生成於極端貧瘠、匱乏之上近乎荒野的生存圖景卻十分醒豁地浮出歷史地表，先前文本中那個想像的詩意空間，因歷史敘述的介入而真正成了「烏有之鄉」。〔註96〕

某種程度上，隨著「歷史」的再度歸來，作爲「空間」的「商州」再次納入了「時間」的進化鏈條之中，故鄉消失在烏有之中，「三錄」只能就此終結。不過，這種以「故鄉風物」爲寫作對象的嘗試，對當時的文壇產生不小的影響。和「改革系列」的遭遇類似，「三錄」再次得到批評家的大量關注：前者來自主流批評家，後者來自新潮批評家；前者將其指認爲「改革文學」，後者將其指認爲「尋根文學」。

「『尋根』這個概念是因爲韓少功 1985 年第四期《長春》上發表了他的短文《文學的『根』》而開始引人注目的。但『尋根』的作品卻至少可以上溯到 1983 年《鍾山》第四期上的賈平凹的《商州初錄》。」〔註97〕這種對「三錄」的理解，似乎已經沉澱爲「文學史結論」，比如在一些權威的文學史著作

〔註96〕葉君：《鄉土烏托邦的建構與消解──解讀文本中的湘西和商州》，《江淮論壇》，2007 年第 6 期。

〔註97〕許子東：《尋根文學中的賈平凹與阿城》，《當代文學閱讀筆記》，上海：華東師範大學出版社，1997 年 5 月第 1 版，第 95 頁。

中，「尋根文學」部分所列舉的代表性作品，就是《棋王》、《爸爸爸》和《商州初錄》，「《商州初錄》裏的各種小故事幾乎都是在表現這種人情的美，寫出了商州民風的質樸、善良、大膽、真誠、正義和寬容。」〔註98〕

然而，如果比較《商州初錄》與《棋王》、《爸爸爸》等作品，「尋根文學」內部的「差異性」，恐怕不低於作為文學思潮的共性。程光煒曾指出，「如果這樣粗略點看，那麼韓少功和80年代文化思潮對『傳統』理解的方式，則應與從梁啟超到周揚這一脈絡接近，屬於激進主義文化思潮的裝置系統。而阿城走的可能是《學衡》和林紓這一路線，帶有較濃厚的文化保守主義思潮色彩。」〔註99〕如曠新年概括的，「『尋根文學』是一個相當混沌、充滿了矛盾和張力的文學潮流。在『尋根文學』的潮流中，作家的意識並不是明晰的，甚至是自相矛盾的。」〔註100〕

就「尋根文學」這一含糊駁雜、歧異叢生的概念而言，如果要是尋找各方認可的基本底線的話，或許只可能是「文化」——「文化熱」背景下展開的文學實驗。王安憶就此有一段回憶，談到阿城對「尋根文學」乃至於賈平凹的「三錄」的理解，「他很鄭重地向我們宣告，目下正在醞釀一場全國性的『文學革命』，那就是『尋根』，他說，意思是，中國文學應該在一個新的背景下展開，那就是文化的背景，什麼是「文化」？他解釋道，比如陝北的剪紙，「魚穿蓮」的意味——他還告訴我們，現在，各地都在動起來了——西北，有鄭義，騎自行車走黃河；江南，有李杭育，虛構了一條葛川江；韓少功，寫了一篇文章，《文學的根》，帶有誓師宣言的含義，而他最重視的人物，就是賈平凹，他所寫作的《商州紀事》（即《商州再錄》，筆者注），可說是「尋根」最自覺的實踐。」〔註101〕「可以看出，尋根文學」類似於「地方文化」的寫作實踐，賈平凹則充當了「秦漢文化「的代言人，誠如季紅真那段被頻頻徵引的概括：「及至1984年，人們突然驚訝地發現，中國的人文地理版圖，幾乎被作家們以各自的風格瓜分了。賈平凹以他的《商州初錄》佔據了秦漢文化發祥地的陝西；鄭義則以晉地為營盤；烏熱爾圖固守著東北密林中鄂溫克人的帳篷篝火；張承志激蕩在中亞地區冰峰草原之間；李杭育疏導著屬於

〔註98〕陳思和主編：《中國當代文學史教程》，上海：復旦大學出版社。1999年9月第1版，第287頁。

〔註99〕程光煒：《在「尋根文學」周邊》，課堂講稿。

〔註100〕曠新年：《「尋根文學」的指向》，《文藝研究》，2005年第6期。

〔註101〕王安憶：《「尋根」二十年憶》，《上海文學》，2006年第8期。

吳越文化的葛川江；張煒矯健在儒教發祥地的山東半島上開掘，阿城在雲南的山林中梭巡盤桓……」〔註102〕

在「文化」之外，有的研究者更為關注賈平凹的「文體實驗」。許子東認為，賈平凹「尋根」，其文體意義大於其思想意義：「《初錄》也提醒當代文學的『先鋒派』（大都是青年作家），不要一味只沿著『五四』以來的小說模式西方化的方向去『探索』，不要一味只學步卡夫卡和福克納的奇技異彩，還應回過頭重新審視從《世說新語》到明清筆記再到三十年代散文的脈絡線索，在語言和文體的意義上重新注意漢文學傳統的魅力。」〔註103〕並且，許子東將《商州初錄》與日後的《廢都》聯繫起來，指出了賈平凹在小說中很值得注意的「一洗五四書生腔」的努力。

肇始於84年的「尋根文學」對賈平凹發表於83年的《商州初錄》的「追認」，對賈平凹的創作有一定的觸動。一方面他開始有意談論「文化」了，在致蔡翔的書信裏，他強調要考察民間的「山川河流」、「婚娶喪嫁」等等，「一切變革，首要的是民族性格的變革，也就是不能不關注到這個民族的文化基因」〔註104〕（饒有意味的是，在上一節所分析的《臘月・正月》中，韓玄子以及他所代表的「商山四皓」的「傳統文化」，正是阻礙「改革」的象徵）。另一方面，賈平凹開始談論被「尋根文學」視為第三世界文學「走向世界」的「典範」的「拉美魔幻現實主義」：「我特別喜歡拉美文學，喜歡那個馬爾克斯，還有略薩。」〔註105〕就此，賈平凹明確談到他所受到的「震驚」，「我首先震驚的是拉美作家在玩熟了歐洲的那些現代派的東西後，又回到了他們的拉美，創造了偉大的藝術。這給我們多麼大的啟迪啊！再是，他們創造的那些形式，是那麼大膽，包羅萬象，無所不用，什麼都可以拿來寫小說，這對於我的小家子氣簡直是當頭一個轟隆隆的響雷！」〔註106〕

〔註102〕季紅真：《歷史的命題與時代抉擇中的藝術嬗變——論「尋根」文學的發生與意義》，選自季紅真：《憂鬱的靈魂》，長春：時代文藝出版社，1992 年版，第 38 頁。

〔註103〕許子東：《尋根文學中的賈平凹與阿城》，《當代文學閱讀筆記》，上海：華東師範大學出版社，1997 年 5 月第 1 版，第 102 頁。

〔註104〕賈平凹：《賈平凹文集》第 14 卷，第 76 頁，西安：陝西人民出版社，1998 年版。

〔註105〕賈平凹：《答〈文學家〉編輯部問》，《文學家》，1986 年第 1 期。

〔註106〕同上。

就「尋根」而言，賈平凹逐漸有了「自覺」的理論意識。代表性的作品，則是他的第一部長篇小說，發表於《文學家》1984 年第 5 期的《商州》。小說在形式上比較「先鋒」，「《商州》共分八個單元。每單元分為三節，第一節是與後兩節沒有直接關係的史地民俗的述寫；後兩節才講故事。八個單元都如此，非常規整。」〔註107〕研究者直接指出，這部分來自於對「魔幻現實主義」的模仿，「這種結構既是《初錄》的繼續和發展，淵源於中國古代史籍，同時又深受拉美結構規實主義文學的影響，主要是借鑒了《胡利婭談媽和作家》的『章節穿插法』。……當然《商州》並沒有亦步亦趨地全部照搬《胡利婭姨媽和作家》的結構，而是對這種結構作了改造，把略薩這本書一奇一偶兩章變作《商州》一個單元。《商州》每單元第一節和《胡利婭姨媽和作家》偶數章的目的，都是為在社會背景方面造成層深感和立體感，但賈平凹的寫法在擔負這種使命時更直捷、更概括、更中國化，並便於發揮他散文筆調的優點。」〔註108〕

具體地說，賈平凹在《商州》嘗試同時講兩個故事：在每章的第一節，全知敘述人介紹一個西安的知識青年回鄉考察「誕生之地的地理、風情、歷史、習俗」，準備寫作一本商州的「民族學」和「風俗學」；在每章後面的一節或兩節（全書共 23 節），作為小說的主幹，故事混雜著暴力、愛情、恐怖的場景（「背屍人」）以及加西莫多式的可疑的「浪漫」：警察對劉成的追捕、劉成與珍子的愛情以及禿子對珍子的癡戀。這樣兩個故事除了發生在「商州」外，彼此指涉並不清晰，〔註109〕整個結構更像是為「魔幻」而「魔幻」，缺乏合理的解釋。假設將《商州》拆成兩篇先後發表的獨立作品，前者酷似《商州初錄》的遊記，後者像是一篇結構散亂的中篇小說。就此賈平凹也不甚滿意，幾年後他坦率承認，《商州》「是對拉美結構主義一種比較生硬的吸收」。〔註110〕當時的研究者也指出了，「公正地說，作家在《商州》中採取這種結構

〔註107〕費秉勳：《賈平凹商州小說結構章法》，《人民文學》，1987 年第 4 期。

〔註108〕同上。

〔註109〕有研究者也找出了二者的聯繫，但顯得比較勉強：「不知是有意還是無意，他提及武關的柏樹做棺木壽材堪稱一流，是不是在冥冥之中暗示了小說的悲劇結局呢？——最後是以一具特大的棺材裝殮了男女主人公。那後生盛讚山陽的女子有姣好的容顏但不輕薄，而珍子正是在這類環境氛圍中生長的。」參見孫祖娟：《山地悲劇與山地文化——〈商州〉悲劇意識談》，《名作欣賞》，1993 年第 6 期。

〔註110〕王愚、賈平凹：《長篇小說〈浮躁〉縱橫談》，《創作評譚》，1988 年第 1 期。

的目的並沒有達到，因爲每個單元的第一節和後兩節幾乎是游離的，它們之間沒有有機的氣脈。」

然而，這部一直被視爲「失敗之作」而罕有評論的作品，對理解賈平凹的寫作有著不容忽視的意義。在《商州》之前的作品裏，賈平凹對「城鄉」的理解基本上是等級式的，「城市」代表著「鄉村」的「未來」，主人公走投無路的選擇往往是「到城裏去」。然而，在《商州》中，這個等級秩序得到了微妙的質疑（這一質疑比較隱蔽，公開的質疑發生在惹起了軒然大波的《廢都》）。就第一個故事中的知識青年而言，刺激他回鄉的原因，類似於對「現代」的「標準化」、「陌生化」、「機械化」之類「異化」的煩躁：「吃水是方便的，廚房裏龍頭一擰，水便要嘩嘩流出，但水是漂過了白粉，其中可能沒了細菌，卻也沒了甘甜，只有以茶遮味」〔註111〕；「他不曾到隔壁家去串門，甚至不知那人家姓甚名誰，因爲人家亦不曾到他家來走動，亦不知道他姓趙錢還是孫李」（P5）；「更使他頭疼的是在他的單位，一沓一沓收來和發出的公文，公文上是各個部門按上的一個又一個圖章。」（P5）由此，這個青年發問：

> 歷史的進步是否會帶來人們道德水準的下降而浮虛之風的繁衍呢？誠摯的人情是否還適應閉塞的自然經濟環境呢？社會朝現代的推衍是否會導致古老而美好的倫理觀念的解體或趨尚實利世風的萌發呢？他回答不了，腦子裏一片混亂，只直覺感到在這「文明」的省城應該注入商州地面上的一種力，或許可以稱做是「野蠻」的一種東西吧。（P7）

與之匹配的是，第二個故事的開始，是富於「症候」意味的「警察」深夜進入商州地界──追捕逃犯劉成。可能是唯一的一次，「商州」被充滿敵意地打量（《高老莊》中也引進了「異質性」的視角，但是西夏更多的是「好奇」）：「娘的，這是什麽鬼地方！」（P10）通過下一單元躲在外祖父家裏的劉成的自述，我們得知劉成的「案情」：他一直和母親在商州車站「搭棚賣飯」，由於城關鎮隊長意圖霸佔，在強行拆遷中劉成打斷了對方的一條腿。這樣的結果，顯然對劉成不利：

> 「我打了，打斷了他一條腿。他也打傷了我。我只說打了他，是我不對，我包他醫療費罷了，可他卻又以城關鎮名義，上告我擾

〔註111〕 賈平凹：《商州》，北京：人民文學出版社，2008年1月第1版，第5頁。出於閱讀的方便，下文徵引該小説原文，只在原文後標注出處的頁碼。

亂社會治安，聚眾鬧事，侵佔集體地盤，又行兇打人。法院傳訊，我就跑了。」

「你爲什麼不去法院辯理？你這傻熊小子，你一跑不是理虧了嗎，不是罪更大了嗎？」

「我能辯過人家嗎？我不是告訴了你，人家是有勢力的！」

（P56～57）

顯然，無論在「知識青年」還是在「劉成」那裏，「城市」恍惚間展示出了它的另一面：無遠弗屆的「現代性壓抑」以及外在化的充滿暴力色彩的等級權力結構。劉成就像知識青年渴望的「野蠻」的力量，與「城市」發生了正面的衝突，因此而驟然啓動的國家機器，對劉成展開了不斷地追捕。

劉成「傷痕」的救贖與平復，是對當地的皮影戲劇團當家演員珍子的「鄉村愛情」而展開的。這大概是《商州》最被詬病之處，兩個人的「愛情」寫得非常概念化，我們看不到珍子愛上劉成任何合理的解釋。作者似乎也無法自圓其說，在兩個人表達愛意的全書第八節，敘述人完全以「劉成」的視角展開，缺乏對珍子心靈世界的任何說明。連「珍子」恐怕也覺得有些尷尬，她表白時的這句「太那個了」，與其向劉成發問，不如說向作者發問：

「劉成……」她喃喃地叫著。

「嗯。」

「你愛我嗎？」

「愛！」

「從什麼時候？」

「從一看到你。」

「你不覺得我這是太那個了嗎？」（P80）

不考慮「改革」系列作爲指代或象徵的「愛情故事」的話，這大概是第一次，賈平凹暴露了他一個頗爲致命的藝術缺陷。和學界認定的結論相反，筆者認爲，賈平凹並不擅長寫「愛情」，他的所有作品裏沒有一場眞正震撼靈魂的愛情故事，他擅長的是對「愛情」的「旁門左道」（並無貶義）的處理，比如《廢都》的偷情、《白夜》的濫情、《高老莊》的婚外情以及《秦腔》瘋子引生那畸形的感情，他曾經試圖以「愛情」爲主題，但是合乎邏輯地《病相報告》成爲他最失敗的作品。

且回到《商州》，一旦偏離對「愛情」的正面描寫，賈平凹就回到了自己嫻熟的藝術世界裏。《商州》最讓人過目不忘的人物，不是比較概念化的珍子，反而是劉成的情敵──癡戀珍子的禿子。恐怕哪一個女孩子被這樣的人喜歡上，都是一場惡夢，看看禿子的出場：

> 他挑著糞擔，前頭是個尿桶，後頭是個糞筐，尿桶梁上掛著一個偌大的木尿勺，一邊搖搖晃晃地走，一邊唱著花鼓《十愛姐》。《十愛姐》是從姐兒的頭髮往下愛，一直要愛到腳上。唱完一折，就舌頭當著鑼鼓來敲點，那尿桶裏的尿水就星星點點濺出來，落在他的褲腿上，也灑在青石板的巷道上。（P19）

這個極其醜陋、力大無窮、被世人嘲笑的瘋狂癡戀著珍子的禿子，與文學史上一個著名的形象頗為類似。有研究者也發現了這一點，「這禿子不禁令人聯想起《巴黎聖母院》中的敲鐘人加西莫多。……那個禿子，四十歲上，以拾糞為生，一幅醜陋不堪的面孔──禿斑生亮，令人生厭。在這個世界上，他如果還有所依戀的話，那就是珍子──漫川鎮皮影劇團的女演員。他愛聽珍子配音唱戲，愛看珍子的眉眼身段，愛收藏珍子的劇照。在珍子困難時幫助她，保護她。」〔註112〕值得注意的是，賈平凹對這一類人物有一種任性的「偏愛」，從《商州》開始，他著力塑造了一系列相類似的人物，姑且概括為「癡漢」系列。之後的九十年代小說的主人公們，從莊之蝶、夜郎、子路到最為神似的引生，幾乎多多少少都有類似的特點，面對情感世界癡迷執拗，在現實世界裏故作精明的左支右絀，最終紛紛一敗塗地。且看禿子意淫中的「精神勝利法」：

> 禿子冷丁發覺眾人離去，心裏罵道：哼，還嫌棄我呢！你們知道我是珍子的什麼人？知道我這籠兒裏是些什麼？要去送給誰嗎？
> 這麼一想，倒得意起來，覺得他真的和珍子是親屬了。（P26）

不過，禿子只是在外表上與加西莫多相似，對愛情的態度卻是天壤之別，他對「情敵」充滿了嫉恨。劉成與珍子相好後，經過一系列變故，躲在華山深處代人背屍體，珍子捨棄了劇團來此相會。兩個可憐人為周遭所不容，在這世界的邊緣終成眷屬，然而幸福被禿子打破了：

〔註112〕孫祖娟：《山地悲劇與山地文化──〈商州〉悲劇意識談》，《名作欣賞》，1993年第6期。

　　　她一把揪住了禿子的衣領，屬聲質問道：

　　　「那是些什麼人？是公安局的，來抓劉成嗎？」

　　　禿子一下子跳起了身子，說：

　　　「是的，是翚一勝、麻子、順子她們。劉成把你拐走以後，我
　就夜夜做噩夢，我受不了，我，還有咱們龜子班，就去報案，就去
　告狀，是我把她們引來的。這下好了，他劉成再跑不了了。」（P238）

這場突然的變故導致了悲劇的發生，華山山洪爆發，劉成為了救落水的警察
順子而慘死，珍子也隨即落水殉情。漫川的親人們將兩個人合葬在了一隻棺
材裏，小說在警察的凝視裏結束。饒有意味的是，追捕劉成拐賣婦女的，還
是小說伊始的那批警察：

　　　而五十里外的華山上，翚一勝和麻子、順子還呆呆地站在岸邊，
　他們看著凝滯的但仍是在向東南奔騰而去的河水，慢慢地將眼淚擦
　乾了。

　　　「咱們的任務就算結束了吧？」麻子說。

　　　「結束了吧。」翚一勝說。（P248）

以城市來的警察追捕逃向鄉村的主人公開始，以主人公最後被追捕致死結
束，《商州》給出了八十年代罕見的「城鄉故事」。不過，由於小說藝術上的
不成熟〔註113〕，當時的「歷史語境」對這樣的「故事」也缺乏必要的準備，《商
州》的「異質性」一直悄然潛伏在文學史內部——這個未完成的故事胚胎，
二十年後在《秦腔》等作品中得以實現。

1.4　《浮躁》：在「改革」與「尋根」之間

　　本章前幾節，筆者分別討論了賈平凹與「改革文學」、「尋根文學」的關
聯，及其相關作品個人的藝術特徵與「思潮化」的糾葛。這樣的分節論述，
或許會給讀者以錯覺，即賈平凹的作品或是「改革」的或是「尋根」的。值

〔註113〕當時有研究者就此認為賈平凹不適合寫長篇，「不過，迄今為止的跡象表明，
　　　賈平凹並不太擅長敘述能引起人持久注意力的故事他不怎麼善於把無限豐富
　　　的質料聚集成一個碩大無朋的小說世界，把人物投進龐雜的情節，以形形色
　　　色的方式糾結在一起，使之各居其位、各得其所。」參見李振聲：《商州：賈
　　　平凹的小說世界》，《上海文學》，1986 年第 4 期。

得注意的是，當時的歷史現場與當下的文學史論述相比，遠遠更爲含混、蕪雜。尤其是在時間上先後重疊的「改革」與「尋根」，對當時的作家而言，這與其是差異性的文學思潮，不如說是混雜的文學狀態。

發表於《收穫》1987年第1期的三十三萬字長篇小說《浮躁》（同年作家出版社刊印單行本），更像是對這種混雜的文學狀態的一次集大成式的總結。賈平凹自己也體味到了這一點，「想把以前的一些創作，把藝術方面的一些設想，基本上能鬧進去的都要鬧進去。」〔註114〕就《浮躁》的故事源流而言，賈平凹綜合了當時的社會案件與民間傳說。瞭解賈平凹私人生活的研究者曾指出：「作爲同作者生活在同一地區的讀者，我們很容易作出一個經驗判斷，這就是，構成《浮躁》的基本事件是1985～1986年在陝西乃至全國引起很大反響的幾個經濟案件。這些案件中有的人曾經是我們西安新聞、文藝圈子中的人，甚至與作者有較多的來往。」〔註115〕此外，賈平凹籍此激活了家鄉流傳的民間故事，在《商州初錄》裏，作者曾經絮絮介紹商州的「匪幫」：「到了民國二十三年，本地方出了『金狗、銀獅、梅花鹿』，這是三個大土匪頭子：金狗者，長一頭紅禿疤，銀獅者，是一頭白毛，梅花鹿者，生一身牛皮癬。」〔註116〕在此基礎上，賈平凹讓昔日縱橫鄉野的「匪徒」，復活在改革年代，將《浮躁》中的主人公也取名爲「金狗」。

這種混雜的綜合，首先賦予這部作品強烈的「改革文學」色彩。當時「改革文學」經過前幾年的突進後略顯沉寂，《浮躁》的出現適逢其時，得到了支持「改革文學」批評家們的高度肯定，「賈平凹的《浮躁》在這個時候出現，有其不同尋常的意義，開拓了一條表現改革生活的新路，預示著反映時代變革的文學向較高的層次的邁進。」〔註117〕據說，「幾年後，在北京召開的一次省級幹部會議上，與會者每人得到一部贈書，這就是《浮躁》。會議組織者的用心恐怕在於，研究當代中國，這本書比引經據典的報告更有說服力。」〔註118〕

〔註114〕王愚、賈平凹：《長篇小說〈浮躁〉縱橫談》，《創作評譚》，1988年第1期。

〔註115〕李星：《混沌世界中的信念和藝術秩序──〈浮躁〉論片》，《小說評論》，1987年第6期。

〔註116〕賈平凹：《商州初錄》，選自賈平凹：《製造聲音》，北京：人民文學出版社，2008年1月第1版，第306頁。

〔註117〕本刊記者：《時代心理的整體把握──賈平凹長篇小說〈浮躁〉討論會紀要》，《小說評論》，1987年第6期。

〔註118〕孫見喜：《賈平凹傳》，上海：上海人民出版社，2008年1月第1版，第132頁。

顯然，在當時的環境裏，與社會生活密切相關的重大「題材」，依然是受到「肯定」的重要因素。和《滿月兒》、《臘月·正月》相似，《浮躁》再獲大獎，這一次是「中國化」的美國文學獎——「美孚飛馬文學獎」。該獎首先確定該年度的獲獎國度，之後由該國相關方面選送獲獎人，畢竟，「該獎的設立是爲了促使很少譯成英文的國家的優秀作品獲得國際承認。」〔註119〕根據研究者的相關描述，由聶華苓提議，1988 年度的飛馬文學獎被定爲中國，中國作家協會成由此成立了由唐達成、汪曾祺、劉再復、蕭乾、茹志娟五位專家組成的評選小組，經過初選、復選，《浮躁》獲得該年度的美孚飛馬文學獎。〔註120〕在相關的研究裏，美孚飛馬文學獎往往被視爲賈平凹獲得「國際承認」的開端，但是分析該獎運作方式的話，嚴格地說，這依然是一個特殊的國內文學獎，《浮躁》的獲獎更多的是基於與當時的「中國特色」的文學成規的契合。作爲評委之一，唐達成下面這段「獲獎辭」式的評論說得很清楚：

> 當代農村生活正處在改革與開放的巨大浪潮的激蕩之中，長篇小說《浮躁》從時代的高度，以富有當代精神的文化批判眼光，和富有個性的審美追求，把握住了當代農村改革生活的某些脈絡，並把這場巨變在經濟、政治、文化、道德、心理等各方面激發的各種複雜曲折的鬥爭，斑斕多采地呈現在我們面前。作品所描寫的雖然只是中國偏遠山區的一角，卻相當典型地反映了具有傳統文化氛圍獷又孕育著躁動變化的當今農村現實。〔註121〕

浸淫文壇多年的賈平凹，自然深諳其中的奧秘，誠如他在《孫犁論》中的感慨，「數十年的文壇，題材在決定著作品的高低，過去是，現在變個法兒仍是，以此走紅過許多人。」〔註122〕儘管當時依然貼著「題材」寫作，但是賈平凹還是盼望有自己的突破，他近乎自我安慰地就《浮躁》談到，「比如現在人們對改革文學普遍不甚滿意，關鍵問題還是沒有寫好，如果你寫好了，同樣能產生好作品，不一定你寫過去的、歷史的東西就能產生好作品。」〔註123〕就

〔註119〕李星、孫見喜：《賈平凹評傳》，鄭州：鄭州大學出版社，2005 年 1 月第 1 版，第 66 頁。

〔註120〕同上。

〔註121〕唐達成：《賀浮躁》，《瞭望》，1988 年第 50 期。

〔註122〕賈平凹：《孫犁論》，選自賈平凹：《五十大話》，北京：人民文學出版社，2008 年 1 月第 1 版，第 181 頁。

〔註123〕王愚、賈平凹：《長篇小說〈浮躁〉縱橫談》，《創作評譚》，1988 年第 1 期。

此而言，賈平凹把「寫好」的寄託放在突破「小家子氣」上，「現在社會上對改革文學有些逆反心理，我想主要是這號文學寫得太表層，又成了新的模式。能不能寫了現實生活，卻不是就事論事，使它昇華起來，叫它壽命更長一點，我覺得關鍵是要突破小家子氣，一方面生活面要開闊，一方面站得角度要高。」〔註124〕就此賈平凹還補充到，自己注意吸收了同時代一些作家的經驗教訓，「《浮躁》中的金狗這個人物，還有對一些幹部的描寫，如果沒有前一段出現的《新星》，就不可能出現現在的情況，我寫這些人物時就有意識地站得高一點。」〔註125〕

「站得高一些」的辦法，賈平凹認為是避免像《新星》寫李向南那類一人一事的「改革家的故事」，「悟到這一步，對照總結了以前的一些創作，發現自己常常是從具體的人和事著手來寫的。這回寫《浮躁》，總的構想就不是從某一個人來看，不是聽了什麼故事從那一件事件來寫，而是從許許多多人的心態中抓住當前時代的浮躁情緒，從這一點出發，去組合人物，展開事件，用的一些素材是現實中發生的事情，但抓住的是彌漫其間的情緒。」〔註126〕顯然，賈平凹是想以對「時代精神」的概括，超越往常「改革文學」拘泥在人事上的小家子氣，「我覺得很多人經常講時代特徵、時代精神，我想談時代精神就應該有一個基礎，並不是要怎麼樣就怎麼樣……我想怎樣才能把握目前這種時代，這個時代到底是個啥，你可以說是生氣勃勃的，也可以說是很混亂的，說是摸著石頭過河的，你可以有各種說法，如果你站在歷史這個場合中，你如果往後站，你再回頭來看這段時間，我就覺得這段時間只能用『浮躁』這兩個字來概括。」〔註127〕

饒有意味的是，賈平凹對「浮躁」這種社會情緒的理解，是以「主體論」為理論框架而展開的，「這個浮躁情緒總得來說，我覺得還是人，作為具體人來講都要接受現代、當代意識自我表現，發揮個體的主體精神，金狗也是主體精神，雷大空也是主體精神。」〔註128〕其時劉再復的「主體論」是風靡一時的「顯學」，強調「在文學活動中……恢復人的主體地位，以人為目的，為

〔註124〕王愚、賈平凹：《長篇小說〈浮躁〉縱橫談》，《創作評譚》，1988 年第 1 期。
〔註125〕同上。
〔註126〕同上。
〔註127〕同上。
〔註128〕同上。

中心。」〔註129〕作爲八十年代「啓蒙」的核心話語之一，「主體論」對當時的文學界有重要影響，就賈平凹而言，「主體論」頗爲怪異地激活了他的「尋根」經驗。在拉美魔幻、地方山地這些修飾性的元素外，就理論層面而言，賈平凹將強調人的精神世界的「主體論」與重視文化對人的深刻影響的「尋根」，理解爲一種類似的思潮：

> 如今的作家畢竟進入了文學的軌道，相當的人已不再就事論事地對待自己的生活與寫作：「尋根」的出現，他們將目光深究到民族的、歷史的深層；哲學的思考，他們又擯棄了公式化、概念化或浮皮潦草的說教。作品中所描寫的已不是某一時某一地的生活，而是全人類全宇宙的光照之下的某時某地了。這種作家視點的改變，即時時想到了未來世紀的變化可能，便是這些年來文學躁動的收穫。
>
> 這收穫的欣喜我以爲便是人的主體精神之高揚。〔註130〕

應該說，賈平凹這種對「尋根」的理解，多少有些類似於韓少功的思路，但是沒有韓少功再思國民性的黑暗深重。這種的思路，往往強調對文化傳統的劣根性的批判，如同當時的研究者發現的，「『浮躁』作爲一種情緒，總應是具體的，歷史的。對這個概念，平凹賦於了廣闊的歷史內涵。他認爲當代社會情緒的這種『浮躁』感的具體內涵是『主體精神的高揚與低層次的文明水平之間的強烈矛盾』。」〔註131〕當時的賈平凹談起《浮躁》，也罕見地帶出了「五四」的腔調：

> 因爲中國文化說到底是消滅個性的。所以現在開放之後，吸收西方的一些文化，西方文化就是強化過程，強化過程是慢慢來的，不是很明瞭的，你要要求慢慢來就走到那一步了，但是他又是很自覺的，在大潮中每個人都要受到這種衝擊，然後就產生每個人情況不一樣，就要產生浮躁情緒。〔註132〕

以不無怪異地混雜著「改革」與「尋根」的方式，如賈平凹所說的，《浮躁》成爲了以往多年來創作的總結。小說的內容並不複雜，類似一個《人生》

〔註129〕劉再復：《論文學的主體性》，《文學評論》1985 年第 6 期、1986 年第 1 期。
〔註130〕賈平凹、金平：《由「浮躁」延伸的話題——與賈平凹病榻談》，《當代文壇》，1987 年第 2 期。
〔註131〕董子竹：《成功地解剖特定時代的民族心態——賈平凹〈浮躁〉得失談》，《小說評論》，1987 年第 6 期。
〔註132〕王愚、賈平凹：《長篇小說〈浮躁〉縱橫談》，《創作評譚》，1988 年第 1 期。

式的故事，以商州兩岔鎮仙遊川爲背景，敘述了金狗和身邊的青年朋友們
在「改革」召喚下的奮鬥史，其間穿插著愛情上金狗與小水、英英、石華
的糾葛以及與當地的舊勢力田家、鞏家的反覆鬥法。〔註133〕作爲「改革」
的化身，金狗和「改革三部曲」的主人公們乍看起來頗爲相似，誠如當時
的研究者所說，「集中體現了『浮躁』精神特徵的金狗，在《浮躁》中的出
現並不是偶然的，這一形象在賈平凹的腹中有一個醞釀、發生、發展、日
臻成熟的過程。在《小月前本》中的門門、《雞窩窪的人家》中的禾禾、《臘
月·正月》中的王才、《古堡》中的老大……這一系列人物身上，我們已經
可以看見金狗的雛形。」〔註134〕

　　不過，金狗面對的對手，不再是韓玄子之類衰弱無力的遺老了，而是冷
酷的「新權貴」。就此汪政的看法很精當，他敏銳地發現從 1985 開始，賈平
凹作品中很少出現門門一類的人物了，取而代之的是「改革」催生出的「新
的權貴」。〔註135〕表現在小說中，就是盤踞當地數十年之久的田家、鞏家。作
爲當地游擊隊的支隊長，「解放後，田老七任了白石寨兵役局長，鞏寶山任了
白石寨縣委書記，田、鞏兩家內親外戚，三朋四友，凡一塊背過槍的都大小
做了國家事。仙遊川遂成了聞名的幹部村。」〔註136〕多年來田氏家族與鞏氏
家族明爭暗鬥，商州上上下下的權力被他們兩家盤根錯節地牢牢把持，構成
了像金狗這樣出身低微的青年（畫匠之子）出人頭地的障礙。

　　饒有意味的是，小說中對田、鞏兩家發家史的介紹，帶出不同的「革命」
的理解：「革命」某種程度上不過是權力的重新分配。同樣，作爲「第二次革
命」的「改革」，提供了金狗和朋友們實現雄心的機會。有研究者就此將《浮
躁》中出人頭地的方式總結爲以下三種：

　　　　其一，鞏寶山方式，出生入死，浴血奮戰，「坐上州府大堂」；
　　　其二，金狗方式，憑學識憑才華，考取記者或考取大學；其三，雷
　　大空方式，經商，發財，以金錢作矛以智慧作盾。〔註137〕
主人公金狗所選擇的，是通過犧牲與小水的愛情，與鄉黨委書記田中正的侄女

〔註133〕賈平凹曾經談到《浮躁》「吸收了路遙的《人生》的一些辦法」。出處同上。
〔註134〕李其綱：《〈浮躁〉：時代情緒的一種概括》，《文學評論》，1988 年第 2 期。
〔註135〕汪政：《論賈平凹》，《鍾山》，2004 年第 4 期。
〔註136〕賈平凹：《浮躁》，第 7 頁。北京：人民文學出版社，2008 年 1 月第 1 版。出
　　　　於閱讀的方便，下文徵引該小說原文，只在原文後標注出處的頁碼。
〔註137〕李其綱：《〈浮躁〉：時代情緒的一種概括》，《文學評論》，1988 年第 2 期。

田英英結婚，換取被推薦到州城報社當了記者。以記者這一文化身份的象徵資本以及相應的話語權，金狗部分程度地參與了「改革」的權力再分配。面對著政治與愛情的抉擇，金狗有一種於連式的冷酷〔註138〕，「權力和利益的主軸，支配著他的人生選擇和行動。他拋棄小水而選擇田中正的侄女英英，實現了他從農民到報社記者的人生轉換。但他又利用記者『特權』，進而利用鞏、田家族的矛盾，冒著極大危險扳倒田中正、田有善乃至鞏寶山，最後，招致權力網的陷害而坐牢，無罪釋放後，重新回到州河上當了農民。」〔註139〕就此，「改革」褪去虛幻的光環，一切如同不靜崗和尚的感慨，「塵世眞如殺場」。（P222）

　　面對這樣一個「外省青年」的奮鬥史式的故事底本，賈平凹展現了他的特長：善於講出故事底本的「故事性」。具體而言，賈平凹在「改革」的框架下，運用了大量通俗文學的故事原型，比如「一男多女」與「家族情仇」。《浮躁》剛剛發表，有批評家就指出，這部小說寫了一個男子與三個女子的故事。〔註140〕某種程度上，這是一個讓女性主義者反感的文本，人品頗有瑕疵的金狗，在情場上面對「菩薩」般的小水、對頭家的後代以及州城的「新女性」，充滿著足以讓對方神魂顛倒的魅力（這種寫作傾向在下一部的《廢都》中激進到近乎自戀的地步）。〔註141〕此外，金狗一方與田家、鞏家的「這不是『三國』時的形勢嗎」（P222）的三家對峙，也體現著陳思和所指出的「道魔鬥法」的民間隱形結構，這樣的故事結構素來受民眾所歡迎。〔註142〕

〔註138〕有研究者比較金狗與於連，「不能不想到於連・索黑爾。金狗說：我是一個農民的兒子；於連・索黑爾說：我是一個鄉巴佬。金狗佔有了鄉黨委書記的侄女英英後感到十分痛快；於連・索黑爾在佔有了市長夫人後感覺到報復的快意。」參見李其綱：《〈浮躁〉：時代情緒的一種概括》，《文學評論》，1988 年第 2 期。

〔註139〕孟繁華、程光煒：《中國當代文學發展史》，北京：人民文學出版社，2004 年 1 月第 1 版，第 209 頁。

〔註140〕參見孫見喜：《賈平凹傳》，第 127 頁。上海：上海人民出版社，2008 年 1 月第 1 版。

〔註141〕當時有研究者完全以『現實主義』爲標準考量，指責《浮躁》：「讀完《浮躁》，只覺得作者鍾愛的人物金狗、雷大空的活動多少有些離奇。金狗哪來的那麼大的才幹，寫得一手好文章，進城後竟被寫過多年文章的人敬尊爲師，而他又哪來那麼大的魅力，從鄉村到州城，令一個又一個美貌女子對其傾心相愛？」參見王彬彬：《俯瞰和參與──〈古船〉和〈浮躁〉比較觀》，《當代作家評論》，1988 年第 1 期。

〔註142〕參見陳思和：《民間的浮沉──對抗戰到文革文學史的一個嘗試性解釋》，《上海文學》，1994 年第 1 期。

　　而且，或許是這類於連、拉斯蒂涅、高加林式的情節內在的悲情，賈平凹難得的寫出了他並不擅長的悲劇感，比如福運「善良」到帶著宗教意味的「自我犧牲」：

　　　　夜裏金狗尋地方去睡，讓小水和福運睡在他的宿舍裏，兩口子又説起金狗。福運説：「金狗問這樣不是，問那樣不是，是不是……」小水説：「是啥？」福運卻不説了，隔了許久喃喃道：「咱在這兒睡呢，金狗一個人孤單的。」小水也説了一句「孤單」，立即就不言語了。福運説：「你説呢？」小水説：「我説什麼？」福運説：「我想我明日得回去了，幾天沒在河運隊，田一中會怪罪的。」小水説：「那都回吧。」福運説：「……你再呆幾天吧。」小水已經明白福運的意思了，她恨恨地捶了福運一拳，打過了卻緊緊地抱住他，爲她的善良的丈夫而哭泣，也爲著她和睡在另一處的金狗哭泣。（P297）

然而，儘管小説多處寫得流暢耐讀，但是卻存在諸多「硬傷」。爲了遷就「改革文學」這類「現實主義」的成規，作者努力讓作品顯得具有「思想」上的深度，但是每到這樣的場景，賈平凹就顯示出自己的局促，他擅長的是講故事而不是講出故事的「中心思想」（比如《廢都》中那頭莫名其妙的「哲學牛」）。出於「拔高」的需要，《浮躁》安排了一個幾乎「從天而降」的「考察人」來當地考察，知識分子出場與金狗們徹夜對話，大談如何正確理解「改革」，以此昇華作品的思想境界。這段長篇宏論，當時就遭到了批評家不留情面的抨擊，指出「考察人突如其來而後又無影無蹤顯得過於生硬」：

　　　　且不説這一番宏論裏的邏輯混亂，比如既然説「浮躁」是時代的普遍意識，卻又説是「一些人」如何如何。從理論上説，我看至少有兩點需要商榷；一是沒有準確理解「主體意識」這個概念，強調所謂「人的主體意識的高揚與人們低文明層次的不諧和」造成「浮躁」這種時代心態；二是過分強調文化、素質之類原因對人的影響，忽視社會的政治經濟原因對人的根本決定決用，似乎人的文化素質提高了，比如説有了「韌性」這種精神，就可以藥到病除，社會也就順利發展了。〔註143〕

就此，批評家進一步指出：

〔註143〕邢小利：《〈浮躁〉疵議》，《小説評論》，1988 年第 1 期。

賈平凹對州河上下人物和生活本身的描寫是真實的、深刻的，可是當他跳出人物和生活流程進行理性分析，站在哲學高度進行把握時，就有些捉襟見肘。他的分析、把握同他對生活的描寫缺乏內在的聯繫，不僅「隔」而且產生抵捂。〔註144〕

賈平凹自己對此也是有所認識，他在《浮躁》序言中也談到，希望這部作品「更多含混，更多蘊藉」。如研究者指出的，「這種文學韻味上的不足，其實敏感的作者似乎早已發現，並有所警惕。所以，為了超越嚴格的寫實方法，賈平凹在《浮躁》裏就作出了一些新的藝術探索，這就是他所暢想的，在存在之上建構意象世界的美學設想。」〔註145〕換句話說，九十年代以後他所推崇的「行文越實越好，但整體上卻張揚我的意象」〔註146〕，這一時期已經初露端倪。賈平凹日後所追求的形而上與形而下相結合的象徵式的寫作，體現在《浮躁》裏，就是以「州河」為代表的包括怪鳥（「看山狗」）、占卜、星象、佛道等等充滿象徵色彩的意象體系。賈平凹自己曾經就此談到，「河的流向都是根據八卦陰陽太極的流法」，而且，「河裏發了幾次水都是有一定講究的，第一次發水是游擊隊進城把城牆沖倒了，第二次發水是金狗進城也沖倒一次，關於河裏漲水不是隨便漲起來的。」〔註147〕

由此，有研究者將《浮躁》稱為一個「河上的故事」：

> 他寫了一個「河上的故事」，而這個故事就像那條「州河」：「古怪得不可捉摸，清明而又性情暴決，四月五月冬月臘月枯時兒乎斷流，春秋二季了，卻滿河滿沿不可一世，流速極緊，非一般人之見識和想像。若不枯不發之期，粗看並無奇處，但主流道從不蹈一，走十里滾靠北岸，走十里倒貼南岸，故商州河灘皆寬」。在作者的藝術想像中，這「州河」無疑是「最浮躁不安的河」。〔註148〕

不過，在當時的「改革文學」等框架的制約下，賈平凹個人的藝術特徵總是受到一定的束縛，不斷地向「歷史」妥協。汪曾祺當時看出了這一點，作為

〔註144〕邢小利：《〈浮躁〉疵議》，《小說評論》，1988 年第 1 期。

〔註145〕黃世權：《日常沉迷與詩性超越——論賈平凹作品的意象寫實藝術》，第 31 頁，北京師範大學文藝學 07 屆博士論文，未刊。

〔註146〕賈平凹：《高老莊·後記》。參加賈平凹：《高老莊》，北京：人民文學出版社，2008 年 1 月第 1 版，第 361 頁。

〔註147〕王愚、賈平凹：《長篇小說〈浮躁〉縱橫談》，《創作評譚》，1988 年第 1 期。

〔註148〕周政保：《〈浮躁〉：歷史陣痛的悲哀與信念》，《小說評論》，1987 年第 4 期。

美孚飛馬文學獎的評委之一，汪曾祺在評論中沒有一律稱道《浮躁》，而是指出了「這種嚴格的寫實方法對平凹是一種限制」：

> 但是我希望平凹重新開始時，寫得輕鬆一點，緩慢一點，不要這樣著急。從另一方面說，《浮躁》確實寫得還有些躁，尤其是後半部，人物心理，景物，都沒有從容展開，忙於交待事件，有點草草收兵。作爲象徵的州河沒有自始自終在小說裏流動。〔註149〕

就此，賈平凹自己應該感覺地最爲強烈，比較罕見地，他在《浮躁》序言中就直陳自己的束縛感，「但也就在寫作的過程中，我由朦朦朧朧而漸漸清晰地悟到這一部作品將是我三十四歲之前的最大一部也是最後一部作品了，我再也不可能還要以這種框架來構寫我的作品了。換句話說，這種流行的似乎嚴格的寫實方法對我來講將有些不那麼適宜，甚至大有了那麼一種束縛。」（P3）

在序言的結尾，賈平凹呼喚喜愛他的讀者「與一個將要過去的我親吻後而告別」，等待著他掙脫束縛後的「新生」：

> 但我還是衷心希望我的讀者能熱情地先讀完這部作品。按商州人的風俗，人生到了三十六歲是一個大關，慶賀儀式猶如新生兒一般，而慶賀三十六歲卻並不是在三十六歲那年而在三十五歲生日的那天。明年我將要「新生」了，所以我更企望我的讀者與一個將要過去的我親吻後而告別，等待著我的再見。（P3）

到此爲止，自《商州初錄》、《小月前本》開始，至《浮躁》結束，賈平凹的「商州系列」暫且告一段落。自83年重返故鄉開始，賈平凹寫出了自己八十年代標誌性的作品，奠定了在文壇上的地位。不過，他當時恐怕難以預料，這次掙脫束縛之後的「再見」，在幾年後惹起了怎樣的一場軒然大波。

〔註149〕參見汪曾祺：《賈平凹其人》，《瞭望》，1988年第50期。

第 2 章　「唯有心靈眞實」

2.1　小說觀念的轉型：「眞實觀」與「自敘傳」

　　在第一章，筆者簡要分析賈平凹八十年代的寫作與當時文學思潮的糾葛。和幾乎所有作家相似，筆者深知，賈平凹並不喜歡被「歸類」，「我的寫作是順著我的河流走的，至於評論家怎麼評論那是評論家的事了。」〔註1〕他更願意強調的，是自己的「創造性」，以此來捍衛作品的文學價值──二十世紀中國文學往往被判定爲飽受「思潮」之苦，這似乎是「純文學」通往「永恒」的大敵。比如，賈平凹在訪談中曾經舉例說明這一點，「當別人寫傷痕類的作品，我寫了《滿月兒》，當別人寫改革類的時候，我寫了《商州初錄》，似乎老趕不上潮流。我或許有些固執，似乎同我的生活習性一樣，不愛熱鬧。」〔註2〕饒有意味的是，在這份名單裏，上文所分析的《臘月‧正月》、《商州》等作品，被有意無意地省略掉了。

　　《浮躁》之後，賈平凹一直在尋找另外一種寫作的方式，以擺脫「現實主義」的束縛。在《浮躁》與《廢都》之間，他嘗試過寫作一些傳奇意味濃厚的土匪小說，比如《白朗》、《五魁》、《晚雨》、《美穴地》等等。這批作品可以見出賈平凹尋找新的寫作方式的努力，此外在一定程度上也受到當時小說「影視改編」風潮的影響──小說故事高度戲劇化，充斥大量殺戮的情節

〔註1〕　賈平凹、胡天夫：《關於對賈平凹的閱讀》，選自賈平凹：《病相報告》，上海：
　　　　　上海文藝出版社，2002 年 5 月第 1 版，第 306 頁。
〔註2〕　賈平凹、黃平：《賈平凹與新時期文學三十年》，《南方文壇》，2007 年第 6 期。

與對兩性情慾的放肆描寫。然而，這批作品的結果並不理想。他並不熟悉這類仿通俗文學的敘述方式，小説讀起來不倫不類。〔註3〕

賈平凹真正意義上的「去思潮化」的寫作，當以《廢都》的出現爲標誌。小説扉頁，作者有一段聲明：

> 情節全然虛構，請勿對號入座；
>
> 唯有心靈真實，任人笑駡評説
>
> ──作者 1993 年聲明

這段話一直沒有得到研究界的重視，似乎僅僅被當作是有些無聊的宣傳的「噱頭」，類似於通俗作品「如有雷同，純屬巧合」之類的俗套。不過，如果細讀這段「聲明」，賈平凹這段話是理解《廢都》的途徑之一。他對「情節」全然「虛構」的強調可以理解，《廢都》帶有高度的「影射」色彩，不僅僅是涉及政治是非，同時也容易引起身邊文友的不快。筆者看重的，是他對「真實」的另外一種講述：「唯有心靈真實」。這裏牽涉到賈平凹這一時期對「真實觀」與以往全然不同的理解。

如何呈現「現實」，或者説如何呈現本質意義上的「現實」即「現實」的「真實性」，一直是社會主義現實主義的核心命題。誠如研究者基於當代文論的分析，「人們認可的『現實性』從來都是以特定的觀念、概念、術語表達的意義，歷史或現實的『真實性』，不過是居於統治地位的意識形態對現實的某種規約和期待。」〔註4〕上一章有所分析，無論是「社會主義現實主義」在新時期的調整方案的「改革文學」對「現實」的指認，或是「去社會主義現實主義」的「尋根文學」對「現實」的指認，在賈平凹看來，都是一種「束縛」，顯然，他對這種「潮流化」的「現實」呈現感到不滿。

八、九十年代的「社會轉型」，提供了賈平凹解脱「束縛」的可能性。在八、九十年代之交的「轉型期」，首先是「歷史」發生了劇烈的「變化」，既往的形形色色的「敘述」破產了，無法重建一種合法性的敘述來指認「現實」

〔註3〕這樣的例子很多，比如在《白朗》的開篇，「村姑」圍觀著被縛的白朗，「一個女人就尖聲叫起來了：『瞧呀，他那光亮的額頭和高聳的鼻梁以及豐潤的嘴唇，婦人也沒這般俊俏呀！』」這段很典型地體現出這批作品的弊病，一味追求作品的傳奇與浪漫色彩，完全忽視了基本的情理，難以想像民國時期陝西偏遠山地的村姑，隨口説出的是這句大量形容詞堆砌的「歐化」長句。

〔註4〕陳曉明：《從度構到仿真：審美能動性的歷史轉換》，《當代作家評論》，1998年第1期。

了，面對「現實」的虛無感，反而成爲眞正的「現實」。其次，「歷史」的變化導致了「歷史哲學」的變化。「現實主義」的重要理論基礎，在於對社會發展合乎規律的樂觀想像，是可以以「科學」的方式加以研究、理解與敘述的。結果，「歷史」讓所有人猝不及防的變化轟毀了對「歷史規律」的想像，「現實主義」的理論基礎瓦解了。

　　熟悉了「寫實」的賈平凹，需要經歷一次深刻的調整；從相反的角度說，「現實」以及「現實主義」的碎裂，恰好也提供了他在《浮躁》後期待的「變化」的可能。就《廢都》而言，賈平凹調整的方式是從「向外」的「寫實」轉爲「向內」的「寫意」，把《廢都》寫成了「自我傾訴」的「心靈史」。既然「現實」無法指認，「自我」至少應該是「眞實」的，可以理解，《廢都》由此帶有濃烈的「自敘傳」色彩：

　　　　這些年裏，災難接踵而來，先是我患乙肝不愈，度過了變相牢獄的一年多醫院生活，注射的針眼集中起來，又可以說經受了萬箭穿身；吃過大包小包的中藥草，這些草足能餵大一頭牛的。再是母親染病動手術；再是父親得癌症又亡故；再是妹夫死去、可憐的妹妹拖著幼兒又回住在娘家；再是一場官司沒完沒了地糾纏我；再是爲了他人而捲入單位的是是非非中受盡屈辱，直至又陷入到另一種更可怕的困境裏，流言蜚語鋪天蓋地而來……。我沒有兒子，父親死後，我曾說過我前無古人後無來者了。現在，該走的未走，不該走的都走了，幾十年奮鬥的營造的一切稀裏嘩啦都打碎了，只剩下了肉體上精神上都有著毒病的我和我的三個字的姓名，而名字又常常被別人叫著寫著用著罵著。

　　　　這個時候開始寫這本書了。〔註 5〕

擺脫「現實主義」的桎梏之後，賈平凹要爲所選擇的「自我傾訴」的「自敘傳」寫作方式，提供新的理論上的支撐。合乎邏輯地，在《廢都》的「後記」中，賈平凹提出了他這個時期的「小說觀」。他首先批判了以往作家的「杜撰」、「雕琢」、「技巧」：

　　　　依我在四十歲的覺悟，如果文章是千古的事——文章並不是誰要怎麼寫就可以怎麼寫的——它是一段故事，屬天地早有了的，只

────────────

〔註 5〕賈平凹：《廢都·後記》。參見賈平凹：《廢都》，北京：北京出版社，1993 年 6 月第 1 版，第 520 頁。

是有沒有夙命可得到。姑且不以國外的事作例子，中國的《西廂記》、《紅樓夢》，讀它的時候，哪裏會覺它是作家的杜撰呢？恍惚如所經歷，如在夢境。好的文章，團團圓圓是一脈山，山不需要雕琢，也不需要機巧地在這兒讓長一株白樺，那兒又該栽一棵蘭草的。（P519）

這些「杜撰」、「雕琢」、「技巧」不能僅僅做字面的理解，在小說的技巧之外，這些「修改」的方式聯繫著眾所週知的「現實主義」對「真實」的「預設」。賈平凹認為，這些「小說」偽飾的味道太重，「讓人看出在做」，真正的「小說」是「平平常常」的。在《白夜》的「後記」中，他繼續談論著這個話題：

> 現在要命的是有些小說太像小說，有些要不是小說的小說，又正好暴露了還在做小說，小說真是到了實在為難的境界，乾脆什麼都不是了，在一個夜裏，對著家人或親朋好友提說一段往事吧。給家人和親朋好友說話，不需要任何技巧了，平平常常只是真。而在這平平常常只是真的說話的晚上，我們可以說得很久，開始的時候或許在說米麵，天亮之前說話該結束了，或許已說到了二爺的那個氈帽。過後想一想，怎麼從米麵就說到了二爺的氈帽？這其中是怎樣過渡和轉換的？一切都是自自然然過來的呀！禪是不能說出的，說出的都已不是了禪。小說讓人看出在做，做的就是技巧的，這便壞了。（P414）〔註6〕

應該說，如何擺脫「現實主義」的敘述成規，尋找獨特的敘述方式，這不僅僅是賈平凹寫作《廢都》、《白夜》時面臨的問題，也是這一代作家共同的寫作處境，這一點並不意外。賈平凹的獨特之處，在於他對這一公共問題給出了非常個人化的答案：放棄任何「技巧」的「說話」──就如在《白夜》後

〔註6〕 這兩篇重要的「後記」，代表著賈平凹進入九十年代以來對「小說」的理解發生了明顯的變化。賈平凹雖然不是那類學者型的作家，平時很少直接談論小說觀念，但是他骨子裏很看重自己這一時期對小說觀念的思考。若干年後，賈平凹在《高老莊》的後記裏曾經不無抱怨地談到，「對於小說的思考，我在很多文章裏零碎地提及，尤其在《白夜》的後記裏也有過長長的一段敘述，遺憾的是數年過去，回應我的人寥寥無幾。這令我有些沮喪，但也使我很快歸於平靜，因為現在的文壇，熱點並不在小說的觀念上，沒有人注意到我，而我自《廢都》後已經被煙霧籠罩得無法讓別人走近。」在《病相報告》的後記中賈平凹再一次抱怨到，「我不是理論家，我的寫作體會是摸著石頭過河，我把我的所思所想全寫在其中了。但我多麼悲哀，沒人理會這些後記。」參見賈平凹：《病相報告·後記》，上海：上海文藝出版社，2002 年 5 月第 1 版，第 303 頁。

記中他的自問自答：「小說是什麼？小說是一種說話」。如果繼續追問的話，
賈平凹的答案非常含混，大致給出了兩種神秘的解釋：一種是天才論，相信
神秘的天賦，所謂「鬼魅猙獰，上帝無言。奇才是冬雪夏雷，大才是四季轉
換」；一種是很通俗化的「禪」，所謂「禪是不能說出的，說出的都已不是了
禪」，這其實也是變相的「天才論」，輕蔑知識、邏輯的解決方式，強調內心
的感悟。且看賈平凹對「大才」的推崇：

> 這種覺悟使我陷於了尷尬，我看不起了我以前的作品，也失卻
> 了對世上很多作品的敬畏，雖然清清楚楚這樣的文章究竟還是人用
> 筆寫出來的，但爲什麼天下有了這樣的文章而我卻不能呢？！檢討
> 起來，往日企羨的什麼詞章燦爛，情趣盎然，風格獨特，其實正是
> 阻礙著天才的發展。鬼魅猙獰，上帝無言。奇才是冬雪夏雷，大才
> 是四季轉換。（P519）

以「天才」的方式解決「轉型」的問題，其實相當於沒有給出答案，而是將
答案「神秘化」了。從敘述策略而言，這種看重「天才」的轉變，類似於從
「摹仿論」到「表現論」的變化，落實到作品中，往往強調作者所投影的主
人公的內心世界，整個世界以主人公的精神世界爲核心而旋轉，其它人物的
聲音淹沒在主要人物綿延不斷的自我傾訴之中。在這個意義上，我們能夠理
解，賈平凹爲什麼在莊之蝶身上傾注了如此強烈的憐惜與同情，圍繞莊之蝶
的其它人物，尤其是和他發生了情感糾葛的女性人物，被剝奪了自己眞正的
聲音。

然而，不存在純粹的個人經驗，如同賈平凹所推重的曹雪芹這樣無可比
擬的天才，任何「自敘傳」總要和「現實」發生程度不一的「摩擦」。就《廢
都》而言，賈平凹雖然寫得是莊之蝶混亂頹廢的家庭生活，在既往的題材等
級上屬於「小題材」，但是他對人物身份的設定是「大知識分子」。在當時特
殊的時代氛圍中，嘗試去「現實」的《廢都》，反而充滿了強烈的「現實」色
彩。

2.2　作爲「病人」的知識分子

應該說，賈平凹認識到了「現實」的「碎裂」，轉向追求「心靈」的「眞
實」的「自我傾訴」。然而，他忽略了一點，「自我」本身，在當時的語境中，

同樣是高度歷史性的。尤其是作為「知識分子」身份的自我，有一套複雜的成規的設定。正如研究者對八十年代文論的分析，「對意識形態元話語之合法性基礎的學理反思由解構『自我』和『現實』入手。」〔註7〕不同的「自我」形象，聯繫著不同的對「現實」的指認，牽動著不同的意識形態的「大敘述」。賈平凹沒有顧及這一點，在歷史顛倒的時刻，《廢都》近乎「刻薄」地敘述了「知識分子」從「巨人」到「病人」的轉變。

　　細心的讀者會發現，在《廢都》中，在八十年代被想像為「拯救者」的「知識分子」（比如《浮躁》中的「考察人」），此刻卻是以「病人」的形象登場──莊之蝶在牛月清面前，幾乎喪失了性能力，兩個人遲遲不能生育。小說開篇不久，作者就重點刻畫了這位西京著名作家疲憊、窒息的「家庭生活」：

　　　　牛月清和老太太回來，情緒蠻高；吃罷飯了便端了水盆到臥室來洗，一邊洗一邊給莊之蝶說王婆婆的秘方是胡宗南那個秘書傳給她的。那秘書活著的時候隻字不吐，要倒頭了，可憐王婆婆後半生無依無靠，就給了她這個吃飯的秘方。莊之蝶沒有吭聲。牛月清洗畢了，在身上噴香水，換了淨水要莊之蝶也來洗。莊之蝶說他沒興頭。牛月清揭了蚊帳，扒了他的衣服，說：「你沒興頭，我還有興頭哩！王婆婆又給了一些藥，咱也吃著試試，我真要能懷上，就不去抱養乾表姐的孩子；若是咱還不行，乾表姐養下來暗中過繼給咱，一是咱們後邊有人，也培養一個作家出來，二是孩子長大，親上加親，不會變心背叛了咱們。」莊之蝶說：「你那乾表姐兩口，我倒見不得，哪一次來不是哭窮著要這樣索那樣，他們這麼積極著懷了孩子又打掉又懷上，我看出來的，全是想謀咱們這份家產的！」當下被牛月清逗弄起來，用水洗起下身，雙雙鑽進蚊帳，把燈就熄了。莊之蝶知道自己耐力弱，就百般撫摸夫人，□□□□□□（作者刪去一百一十一字）牛月清說：「說不定咱也能成的，你多說話呀，說些故事，要真人真事的。」莊之蝶說：「哪兒有那麼多的真故事給你說！能成就成，不成拉倒，大人物都是前無古人後無來者的。」牛月清說：「你是名人，可西京城裏汪希眠名氣比你還大，人家怎麼就三個兒子？聽說還有個私生子的，已經五歲了。」莊之蝶說：「你要

〔註7〕余虹：《解構批評與新歷史主義──中國文學理論的後現代性》，《海南師範學院學報》，2000年第4期。

不尋事，說不定我也會有私生子的！」牛月淸沒言傳，忽然莊之蝶
激動起來，說他要那個了，牛月淸只直叫「甭急甭急」，莊之蝶已不
動了，氣得牛月淸一把掀了他下來，罵道：「你心裏整天還五花六花
彈棉花的，憑這本事，還想去私生子呀！」莊之蝶登時喪了志氣。
牛月淸還不行，偏要他用手滿足她，過了一個時辰，兩人方背對背
睡下，一夜無話。〔註8〕

對莊之蝶而言，自老家潼關私奔到西京的唐宛兒，提供了焦慮已久的救贖的
可能。在表面上，小說是以莊之蝶的初戀情人景雪蔭狀告其侵犯名譽的官司
推衍情節的（肇始自唐宛兒的情人周敏爲了留在《西京雜誌》工作而拼湊的
一篇大作家情史），不過，莊之蝶在情人間的周旋與救贖，才是小說眞正的線
索。作爲「病人」，莊之蝶總是既虛弱頹廢又盼望或有可能的「新生」，他與
唐宛兒發生第一次性關係的場景，酷似一場「復活」的儀式：

　　婦人說：「你眞行的！」莊蝶說：「我行嗎？！」婦人說：「我眞
還沒有這麼舒服過的，你玩女人玩得眞好！」莊之蝶好不自豪，卻
認眞地說：「除過牛月淸，你可是我第一個接觸的女人，今天簡直有
些奇怪了，我從沒有這麼能行過。眞的，我和牛月淸在一塊總是早
泄。我只說我完了，不是男人家了呢。」唐宛兒說：「男人家沒有不
行的，要不行，那都是女人家的事。」莊之蝶聽了，忍不住又撲過
去，他抱住了婦人，突然頭埋在她的懷裏哭了，說道：「我謝謝你，
唐宛兒，今生今世我是不會忘記你了！」（P86）

某種程度上，儘管《廢都》一度被視爲「誨淫」之作，但賈平凹的自辯並非
毫無道理，「《廢都》通過了性，講的是一個與性毫不相關的故事。」〔註9〕「性」

〔註8〕　賈平凹：《廢都》，北京：北京出版社，1993 年 6 月第 1 版，第 62～63 頁。出
　　　　於閱讀的方便，下文徵引該小說原文，只在原文後標注出處的頁碼。
〔註9〕　參見賈平凹、陳澤順：《賈平凹答問錄》，選自賈平凹：《五十大話》，北京：
　　　　人民文學出版社，2008 年 1 月第 1 版，173 頁。當然，這種「自辯」值得審
　　　　視，《廢都》全書共有 46 處性描寫以「□□□□」替代，作者注明此處刪去
　　　　多少字，最多刪去 995 字，最少刪去 11 字，共刪去 7500 字左右。李星、孫
　　　　見喜認爲「這是一種不忍捨棄、卻不得不捨棄的無奈」（《賈平凹評傳》，第 124
　　　　頁），筆者則更傾向於「作者／刪者」統一的「□□□□□□」，未必意味著
　　　　「空白」，更像是「無字」的商業書寫。正如研究者指出的，「小說商業上的
　　　　成功也得益於精心的銷售與包裝策略，它被市場定位爲事關禁忌話題（比如
　　　　性）的作品。大街的書攤上都標上了誘人的標貼『當代《金瓶梅》』。讀者都
　　　　被引誘去一睹爲快。《廢都》成爲九十年代初期印刷媒體的通俗文化大獲成功

在《廢都》中不是單純的肉體之歡，而更近似重新確立「主體」的儀式。並不意外，作為「客體」的女性，在這種儀式化的性關係中難以奢求平等，勢必淪落到被狎玩的地位。甚至於，這種「狎玩」越是將女性不斷下壓到「物化」的地步，越有幫於主體病態的滿足。恕冒犯讀者，在這裏筆者將引用兩段不堪的性描寫予給說明，比如莊之蝶對「腳」的迷戀：

> 看那腳時，見小巧玲瓏，跗高得幾乎和小腿沒有過渡，腳心便十分空虛，能放下一枚杏子，而嫩得如一節一節筍尖的趾頭，大腳趾老長，後邊依次短下來，小腳趾還一張一合地動。莊之蝶從未見過這麼美的腳，差不多要長嘯了！（P53）

尤為不堪的，是莊之蝶輕浮的文人作派。所謂「無憂堂」，清楚點明了「性」的象徵性：

> 末了，一揭裙子，竟要在婦人腿根寫字，婦人也不理他，任他寫了，只在上邊拿了鏡子用粉餅抹臉。待莊之蝶寫畢，婦人低頭去看了，見上邊果真寫了字，念出了聲：無憂堂。（P179）

饒有意味的是，在這種性愛關係中，莊之蝶身邊的女人們也顯得「古怪」：她們無比仰慕莊之蝶的「四大名人」身份而甘於供其狎玩。一個近乎隱喻的細節是，莊之蝶結識唐宛兒後，先後送了兩件禮物：鞋與鏡。如果說「鞋」意味著一系列狎玩的程序的話，那麼「雙鶴銜綬鴛鴦銘帶紋銅鏡」近乎一面引導著女性文化想像的魔鏡，唐宛兒等女性迷失在重重鏡象之中〔註 10〕。就此我們似可理解，為什麼《廢都》的「性」有一股古怪的「文化」氣氛，「婦人」們常常按著董小宛的樣子想像自己，沉浸在「我在屋子裏聽下雪的聲音，莊之蝶踏著雪在院牆外等我」等爛俗的意境裏，動則徵引「所有古典書籍中描寫的那些語言」，等等。作者甚至為唐宛兒開列了一張與「作家」做愛的「必讀書目」：

> 書是一本叫《古典美文叢書》，裏邊收輯了沈三白的《浮生六記》和冒辟疆寫他與董小宛的《翠瀟庵記》。還有的一部分是李漁的《閒情偶記》中關於女人的片斷。（P114）

的典型案例。」參見魯曉鵬著、季進譯：《世紀末〈廢都〉中的文學與知識分子》，《當代作家評論》，2006 年第 3 期。

〔註 10〕 有趣的是，唐宛兒與莊之蝶的最後分別，是在「電影院」。唐宛兒被丈夫設下圈套引出「電影院」，塞進車裏鄉回了潼關。唐宛兒幻想中的紛繁鏡象，至此被現實重重擊碎，和莊之蝶再也未能相見。

正是基於「作家」或「名人」的文化想像，莊之蝶在情人唐宛兒、保姆柳月、
邂逅的陌生女子阿燦等心中有驚人的魅力：

> 阿燦卻又撲起來摟了他躺下，說：「我不後悔，我哪裏就後悔了？
> 我太激動，我要謝你的，真的我該怎麼感謝你呢？你讓我滿足了，
> 不光是身體滿足，我整個心靈也滿足了。你是不知道我多麼悲觀、
> 灰心，我只說我這一輩子就這樣完了，而你這麼喜歡我，我不求你
> 什麼，不求要你錢，不求你辦事，有你這麼一個名人能喜歡我，我
> 活著的自信心就又產生了！」（P244）

「狎玩」與「仰慕」的纏繞，引向了文本的秘密：知識分子的身份與想像，
成爲「性」的支點與動力。唐宛兒比較三個男人的內心獨白倒是說得清楚，
對理解《廢都》頗爲關鍵：

> 在以往的經驗裏，婦人第一個男人是個工人，那是他強行著把
> 她壓倒在床上，壓倒了，她也從此嫁了他。婚後的日子，她是他的
> 地，他是她的犁，他願意什麼時候來耕地她就得讓他耕，黑燈瞎火
> 地爬上來，她是連感覺都還沒來得及感覺。他卻事情畢了。和周敏
> 在一起，當然有著與第一個男人沒有的快活，但周敏畢竟是小縣城
> 的角兒，哪裏又比得了西京城裏的大名人。尤其莊之蝶先是羞羞怯
> 怯的樣子，而一旦入港，又那麼百般的撫愛和柔情，繁多的花樣和
> 手段，她才知道了什麼是城鄉差別，什麼是有知識和沒知識的差別，
> 什麼是真正的男人和女人了！（P116～117）

近乎戲虐地「有知識和沒知識的差別」甚或「城鄉差別」〔註11〕，暴露出《廢
都》中「性」與「知識分子」融洽貫通的真相。正如當時的評論家的看法，「性」
在《廢都》中是一個轉喻，莊之蝶的「自我確認」的過程，某種程度上象徵
著「知識分子」在社會轉型期渴望重返歷史主體的虛假滿足：「與其說個人的
白日夢在這裏找到了它的歷史起源，不如說，破損的歷史在這裏開始了它的

〔註11〕某種程度上，廢都的性確實存在著另一個層面的「城鄉差別」，莊之蝶「性征
服」的過程，內在地受階級地位所制約，包含著頗爲微妙的權力關係。如江
帆指出的，「在小說中，兩個女人沒有和莊之蝶發生性關係，她們對莊之蝶來
說是可望而不可及的一類女人。她們都是大學畢業生，景雪蔭又是高幹子女。」
莊之蝶只能得到了小縣城來的唐宛兒、農村來的小保姆、下層人阿燦。」參
見江帆：《性愛與自卑》。劉斌、王玲主編：《失足的賈平凹》，北京：華夏出
版社，1994 年 1 月版，第 62 頁。

衍生過程。然而，一個歷史主體重新崛起的神話，其實不過是一個性欲焦慮者的心理補償。」〔註12〕在這個意義上，如研究者指出的，「廢都的確是一本顯示了90年代文化的特色的小說。它最好地表現了知識分子在文化話語中地位的淪落以及對這種淪落的極度的恐懼。」〔註13〕

既然「性」作為知識分子重建歷史主體的轉喻，從「行」再次回落到「不行」，預示著知識分子最後的失敗。莊之蝶與唐宛兒的關係被牛月清發現，兩個人在苦楚中借著柳月婚禮的機會最後一次約會，近乎報復，唐宛兒選在莊之蝶與牛月清的臥室裏。然而，「家」似乎不是一個合適的地點，莊之蝶的「老毛病」犯了：

> □□□□□□（作者刪去六百六十六字）但是，怎麼也沒有成功。莊之蝶垂頭喪氣地坐起來，聽客廳的擺鐘嗒嗒嗒地是那麼響，他說：「不行的，宛兒，是我的老毛病又犯了嗎？」婦人說：「這怎麼會呢？你要吸一支煙嗎？」莊之蝶搖著頭，說：「不行的，宛兒，我對不起你……時間不早了，咱們能出去靜靜嗎？我會行的，我能讓你滿足，等出去靜靜了，咱們到『求缺屋』去，只要你願意。在那兒一下午一夜都行的！」（P467）

作為日常生活與秩序的象徵，「家」對知識分子虛弱的意淫而言，代表著無比堅硬的現實世界。諸神歸位的後新時期，倉惶失措的知識分子，在徐徐展開的庸常生活面前早已脆弱不堪。「性」的象徵性的征服之旅逼近「現實世界」的時刻，勢必面臨著被粉碎的命運。並不意外，小說的結尾重啓了我們熟悉的模式：莊之蝶離家出走。然而，如果說巴金的「家」意味著封建制度與腐朽的歷史，別處的生活是「現代性」的美麗新世界；《廢都》的「家」則是窒息的日常生活與現實秩序，歷史已然終結為無限的創痛，往昔「我以我血薦軒轅」的激情與抱負，換來的是「現代性」以知識分子瞠目結舌的方式展開。世紀末的重複，不再是青年五四的悲情大戲，而是知識分子人到中年的倉皇出逃，充滿象徵色彩的，莊之蝶在「車站」潰然倒下，知識分子以「中風」的方式謝幕：

> 周敏就幫著扛了皮箱，讓莊之蝶在一條長椅上坐了，說是買飲

〔註12〕陳曉明：《廢墟上的狂歡節──評〈廢都〉及其它》，《天津社會科學》，1994年第2期。

〔註13〕易毅：《〈廢都〉：皇帝的新衣》，《文藝爭鳴》，1993年第5期。

料去，就擠進了大廳的貨場去了。等周敏過來。莊之蝶卻臉上遮著半張小報睡在長椅上。周敏說：「你喝一瓶吧。」莊之蝶沒有動。把那半張報紙揭開，莊之蝶雙手抱著周敏裝有塡罐的小背包，卻雙目翻白，嘴歪在一邊了。（P518）

2.3　告別「八十年代」

或許賈平凹原本設想的，不過是借著《廢都》種種放誕的頹廢，發泄內心鬱積的悲哀與失落。然而，他沒有認識到自己所謂的個人經驗，恰恰是普遍性的，聯繫著「社會轉型」的歷史性的變動。遍佈悲涼之霧的知識界，在難以訴說的壓抑中，驟然與賈平凹這本頗富象徵意味的「知識分子」的「房中秘史」相遇。可以想見，《廢都》的出版，激起了強烈的反響與批評，成爲1993 年轟動性的文學事件。〔註14〕「中國當代文學史中事件頻仍，但只有《廢都》是文學界自發性的事件，其它的力量不過推波助瀾而已。」〔註15〕如果我們爲「八十年代文學」的「終結」尋找一個標誌性的「文學事件」，《廢都》及其引發的爭論應該是最重要的參照。《廢都》這一「轉型期」的代表文本，與當時的知識界構成了複雜的對峙與緊張。有研究者指出，「《廢都》的銷量如此之大，影響如此之廣，引發的爭論如此之劇，這可能是上個世紀末最大的文學事件」。〔註16〕對《廢都》的批判與圍剿，某種程度上，堪稱八十年代文學成規的最後一戰。經歷八十、九十年代的巨變，失語中的知識界，某種程度上因爲對《廢都》的共同批判，完成在九十年代的集結與再次出發。此役之後，「共識」漸次瓦解，知識界迎來了大分流的歷史宿命。

對《廢都》的批判，大體上是我們熟知的「道德」批判，集中在《廢都》的「性描寫」以及向「文化市場」獻媚。〔註17〕撰稿人以北京大學中文系文

〔註14〕限於篇幅，《廢都》前前後後的風波可參看李星、孫見喜《賈平凹評傳》第十三章《〈廢都〉風波》。

〔註15〕陳曉明：《本土、文化與閹割美學──評從〈廢都〉到〈秦腔〉的賈平凹》，《當代作家評論》，2006 年第 3 期。

〔註16〕同上。

〔註17〕《廢都》的稿費傳聞接近百萬，賈平凹在接受記者採訪中據此表示，「其中連雜誌帶書一共才有 6 萬元稿費。」參見劉慧同：《賈平凹談對傳媒的感受》，《新聞傳播》，1995 年第 2 期。限於篇幅以及論述主題，本文擱置了文化市場的崛起與《廢都》生產之間的梳理。從另一個側面，筆者想提示的是，對《廢都》

學博士、碩士爲主的《〈廢都〉滋味》堪爲代表。試翻開評論集的目錄，標題說得極爲直接：

> 「濕漉漉的世紀末」、「眞解放一回給你們看看」、「除了脫褲子無險可冒」、「看哪，其實，他什麼也沒穿」、「女人果眞紛紛上床？」、「認錢不認『文』，笑貧不笑娼」、「搔搔讀者的癢癢肉」……

在序言裏，李書磊認爲《廢都》「壓根就沒有了靈魂」：

> 文人們陷入了一種可恥的麻木之中，魯迅所代表的現代文人的人格成就已經忘卻：既沒有那種體現社會責任感的吶喊，也沒有那種體現個人豐富性的彷徨。文人們的情感、意象和語言已經失去了對人們的感召力和感染力，只能在沒有光榮的、小市民的市場上賣個好價錢。《廢都》及其作者的狀態使我們如此強烈地印證了這一切認識。〔註18〕

多年之後，撰稿人之一的陳曉明對當年的批判有了不同的看法，「整個九十年代上半期，人們對賈平凹的興趣和攻擊都有一定程度的錯位，其主導勢力是道德主義話語在起支配作用，那些批判不過是恢復知識分子話語的自言自語。」陳曉明頗爲坦率地承認，「因爲賈平凹喚起的是道德記憶，道德話語是知識分子最熟悉的話語，是在他呀呀學語時就掌握的語言。賈平凹不幸中又是萬幸，這樣的攻擊其實太外在，並沒有抓住賈平凹的實質。那時對賈平凹的批判集中於露骨地寫了性，而批判者也無法自圓其說。」〔註19〕畢竟，姑且不論陳曉明例舉的《金瓶梅》等等「經典」，欲望化的書寫在八十年代本來就被認爲是「人的文學」的題中應有之義。比如《男人的一半是女人》，「這種用女性來確認男性回歸自我（性、主體、歷史等等）的做法，並非賈氏首創，張賢亮早在八十

的批判其實也深深鑲嵌在文化市場的邏輯中，「在《廢都》尚未面世之前，好多家出版社已經在爲《〈廢都〉批判》、《〈廢都〉出版的前前後後》之類的書四處組稿，準備在《廢都》引起轟動之後，接踵而來地掀起第二次熱潮。」（參見羅崗發言，王曉明等：《精神廢墟的標記——漫談「〈廢都〉現象」》，《作家》，1994年第2期）此外，《〈廢都〉滋味》等評論集「十博士直擊當代文壇」的運作方式以及大眾化的、誇張的、戲劇性的文體風格，在近來批判「于丹《論語》心得」等事件中反覆出現。

〔註18〕李書磊：《序：壓根就沒有靈魂》。多維主編：《〈廢都〉滋味》，鄭州：河南人民出版社，1993年10月版，第2～3頁。

〔註19〕以上兩段引文參見陳曉明：《本土、文化與閹割美學——評從〈廢都〉到〈秦腔〉的賈平凹》，《當代作家評論》，2006年03期。

年代中期就已經濫用過。」〔註20〕然而，就八十年代「預設」的文學「成規」而言，知識界「消化」了這一文本的異質性，將其納入『人』與『非人』的啓蒙主義敍述結構當中：「張賢亮的中篇小說《男人的一半是女人》不僅寫了章永磷對女人的渴望，而且寫了這個性饑渴者面對女人活生生的裸體而產生的性欲衝動，甚至寫了他性功能喪失時的窘態和性功能恢復時的興奮。小說的主題仍然是反思文學中已多次表現的中心主題——對極左政治路線的控訴與批判，不同之處是它爲這種控訴提供了一個新的生命視角。」這一語境中談論「道德」其實是不合時宜的，往往被輕蔑地指認爲「道學家」。「在一大批作家的筆下，使道學家們惶惶不可終日的情慾之火成了健全人性中不可缺少的珍貴元素，因爲它常常是與生命力的自由狀態連在一起的。」〔註21〕

如果說，賈平凹以輓歌或史詩的方式，按照知識界的自我期許，講述一個不無悲憤的普羅米修斯的故事，《廢都》或許將是別樣的遭遇。有評論家指出，「重返歷史主體位置的夢想終至於破滅，如果說賈平凹是有意全面書寫知識分子的精神頹敗史，書寫這個時代的文化潰敗史，那倒是值得讚賞的偉大舉措。」〔註22〕然而，誠如賈平凹在若干年後所追述的，「《廢都》沒有順從和迎合，它有些出格，也就無法避免災難。」〔註23〕某種程度上，知識界對《廢都》的批判，爭論的核心並非「什麼是好的文學」，關鍵點在於「誰是『知識分子』」。究其根本，《廢都》之所以激起知識分子的暴怒，某種程度上，在於它在這樣一個過於敏感的歷史時刻，講述了「知識分子之死」。我們熟悉的八十年代知識分子的形象，接近於薩義德所謂的「爲正義、公理、自由而奮鬥」的「文化英雄」；但是，《廢都》撕裂了這一層溫情甚或悲情的想像，如評論者指出的，「小說主人公是一個作家，一個中國社會的『知識分子』。然而，他跟五四以來所謂的啓蒙者、人民的良心和『靈魂的工程師』的知識分子相距甚遠。」〔註24〕作爲八十年代這「第二個五四時期」的「歷史之子」，

〔註20〕陳曉明：《眞「解放」一回給你們看看》。多維主編：《〈廢都〉滋味》，鄭州：河南人民出版社，1993年10月版，第36頁。

〔註21〕以上兩段引文參見李新宇：《重返「人的文學」——1980年代中國文學的知識分子話語之四》，《吉林大學社會科學學報》，2005年第6期。

〔註22〕陳曉明：《廢墟上的狂歡節——評〈廢都〉及其它》，《天津社會科學》，1994年第2期。

〔註23〕賈平凹、黃平：《賈平凹與新時期文學三十年》，《南方文壇》，2007年第6期。

〔註24〕魯曉鵬著、李進譯：《世紀末〈廢都〉中的文學與知識分子》，《當代作家評論》，2006年第3期。

知識界不能承認莊之蝶這樣的一個「典型形象」,無法接受「知識分子之死」。

　　並不意外,知識界熟撚地以「新／舊」、「人／非人」等「五四」的框架,劃清彼此的界限,指認對方爲「他者」。有的研究者表述得頗爲清楚:「廢都中的人物,沒有知識分子,只有坐井觀天的舊文人。」〔註25〕換句話說,「八十年代」可以接受「失敗」的「知識分子」,無法接受「墮落」的「文人」。「知識分子」與「文人」,顯然聯繫著不同的姿態、立場、價值觀、話語方式,把「莊之蝶」寫成「知識分子」,賈平凹的視野是有「局限」的,「而這種視野,導致了《廢都》的『非城市化』與『非知識分子化』」。〔註26〕基於此,《廢都》被認爲是舊小說、《廢都》的趣味是舊文人的趣味,不過是蒼白的歷史回聲,不屬於我們這個「時代」。在這裏,「知識分子」尤其是「現代」意義上的「知識分子」,無疑是一個壓抑、排斥「他者」的概念,如當時的評論家的看法,「活動在《廢都》中的也並非現代意義上的知識分子,他們只是傳統社會所遺留下的『文人』甚至也不是『王綱解紐』時代那種以天下爲己任的『士』,而只是苟活在一統、承平時代的某類幫閒、清客。更要命的是,在他們身上,甚至也找不到幾千年士大夫文化涵養出來的那種風雅氣節,而只剩下一些來自市井社會的鄙俚的趨時附勢。」〔註27〕

　　知識界對「文學」與「知識分子」的「規定」,隱含著我們並不陌生的排斥與壓抑的機制。《廢都》與知識界的決裂,值得我們再思八十年代知識界所預設的「文學成規」以及宰制知識界的對「文學」的「共識」。〔註28〕對於知識界而言,穿越八十年代的眾聲喧嘩,「人的文學」成爲統治性的「成規」。作爲對「五四」傳統的「挪用與重構」(賀桂梅語),李澤厚的感歎頗爲代表:

　　　　一切都令人想起五四時代。人的啓蒙,人的覺醒,人道主義,

　　人性復歸……,都圍繞著感性血肉的個體從作爲理性異化的神的踐

〔註25〕吳亮:《城鎮、文人和舊小說——關於賈平凹的〈廢都〉》,《文藝爭鳴》,1993年第6期。

〔註26〕同上。

〔註27〕邵寧寧:《轉型期現象與無家可歸的文人——關於〈廢都〉的文化分析》,《甘肅社會科學》,2004年第1期。

〔註28〕當然,這一追問的前提不容迴避,我們在追問「誰「預設的成規,或者說,在討論「誰」的「共識」?限於論述的側重,筆者暫且擱置對主流意識形態預設並且失效的以「社會主義新人」爲代表的這一成規的分析,也粗略地迴避知識界與主流意識形態基於「現代化」這一同一的「國族想像」的互動與密約,將八十年代獲得相對的自足地位的知識界作爲分析的對象。

踏下要求解放出來的主題旋轉。『人啊，人』的吶喊遍及了各個領域，
各個方面。〔註29〕

借用堅守「啓蒙」的文學史家所描述的文學史圖景，「以科學、民主爲核心的
『五四』啓蒙精神的回歸，以個性解放、文學自覺爲要義的『人的文學』的
復興，隨著大陸思想解放與改革開放的大趨勢，始於 70 年代末，至 80 年代
達到高潮。」〔註30〕在這一脈絡裏，研究者曾不無滄桑地追本溯源，「從周作
人的『人的文學』到錢谷融的『文學是人學』，再到劉再復的『文學主體性』，
眞可謂一路風雨、幾經沉浮。」〔註31〕就此，如研究者指出的，「1976 年以前
的『當代文學』被統統抽象爲『非人化』的文學歷史。」「新時期文學」以「斷
裂」的敘述策略賦予自我「人的文學」的內涵：「如果說『當代文學思潮史』
是要修復『五四文學』──『左翼文學』在當代文學歷史過程中的『正宗』
地位，『新時期文學』則是通過對『當代文學』的替代賦予其『人的文學』也
即『世界文學』的新的內涵。某種意義上還可以說，『當代文學』的『錯誤』
（1979 年以前），正是爲『新時期文學』提供了新的生成機遇和發展的空間。」
〔註32〕

值得申明的是，筆者所關注的「人的文學」，不在於這一概念的內涵、外
延或是演變，而在於這一「統治性」的概念所內在的「知識分子」與「文學」
二者之間「合謀」與「緊張」的權力關係。自《廢都》論爭回顧「八十年代
文學」的「終結」，就內在於「人的文學」這一概念的「話語／權力」的關係
而言，「人的文學」或可以被更準確地表述爲「知識分子的文學」。在「現代」
的「知識分子」的標準下，規定了什麼是「人／非人」或者說「人／鬼」。〔註

〔註29〕李澤厚：《二十世紀中國文藝之一瞥》。中國現代思想史論，北京：東方出版
社，1987 年版，第 209 頁。

〔註30〕董健、丁帆、王彬彬主編：《中國當代文學史新稿‧緒論》。北京：人民文學
出版社，2005 年 8 月第 1 版。

〔註31〕李新宇：《重返「人的文學」──1980 年代中國文學的知識分子話語之四》，《吉
林大學社會科學學報》，2005 年第 6 期。

〔註32〕以上兩段引文參見程光煒：《歷史重釋與「當代」文學》，《文藝爭鳴》，2007
年第 7 期。

〔註33〕周作人在《人的文學》起首就說得清楚，「我們現在應該提倡的新文學，簡單
的說一句，是「人的文學」，應該排斥的，便是反對的非人的文學。」而在胡
適那裏，以頗能『捉妖』『打鬼』自負，以「國故」爲代表的「現代性」的「他
者」，被敘述爲「無數無數的老鬼」。誠如王德威在《魂兮歸來》中的分析，「爲
了維持自己的清明立場，啓蒙、革命文人必須要不斷指認妖魔鬼怪，並驅之

33〕合乎邏輯的，在這樣的等級秩序中，「知識分子」所規定的特定的「思想」、「意義」與「立場」高於「文學」的「藝術形式和表現技巧」：「1980 年代文學知識分子話語回歸的過程，同時也是一個重返「人的文學」的過程。一個畸形的時代結束之後，文學呈現的新光彩首先並不在於它的藝術形式和表現技巧，而是在於它以空前的熱忱呼喚著人情、人性、人道主義，呼喚人的價值、尊嚴與權利。」〔註34〕

不無弔詭的是，基於「新時期」對抗「社會主義現實主義」的語境，呼喚「純文學」反而成為「人的文學」的內在衝動；但是「純文學」被結構在「現實主義」的對立面上，「將『反現實主義』作為了文學的非意識形態化過程的意識形態。」〔註35〕就這一問題而言，筆者並不是再一次呼籲「純文學」，重彈「自主論／工具論」的老調──在堅持本質化的「八十年代」的評論者那裏，「自主論／工具論」是分析文學現代化進程的重要框架，但這一框架是值得反思甚或無效的。〔註 36〕一個不容遮蔽的事實是，宰制這一個框架的思維方式，是「政治／文學」可疑的「二元結構」。如研究者的分析，「文學／政治的對立固然宣判了『純文學』反叛的對象為非法，不過同時它也以『政治』的方式返身定義了自身。可以說，『純文學』的強大歷史效應並不在於它如何表述自身，而是在於它替代自己所批判的對象而成為新的政治理想的化身。」〔註37〕在這個意義上，筆者所謂的「知識分子的文學」，嘗試超越「自主論」與「工具論」這一「八十年代」式的分析框架。就「知識分子的文學」而言，其既是「文學」的，也是「政治」的，只不過說，不是我們所熟悉的「社會主義現實主義」意義上的「文學」與「政治」。但是，和「社會主義現

除之；傳統封建制度、俚俗迷信固然首當其衝，敵對意識形態、知識體系、政教機構，甚至異性，也都可附會為不像人，倒像鬼。」

〔註34〕李新宇：《重返「人的文學」──1980 年代中國文學的知識分子話語之四》，《吉林大學社會科學學報》，2005 年第 6 期。

〔註35〕賀桂梅：《先鋒小說的知識譜系與意識形態》，《文藝研究》，2005 年第 10 期。

〔註36〕董健、丁帆、王彬彬主編的《中國當代文學史新稿》認為：「『當代文學』這一文學時段，是『五四』啟蒙精神與『五四』新文學傳統從消解到復歸、文學現代化進程從阻斷到續接的一個文學時段。文學史走了一條『之』字形的路。」在這個複雜的過程中，文學工具化與文學自覺的對立，成為貫穿始終、影響巨大的三個問題之一。參見董健、丁帆、王彬彬主編：《中國當代文學史新稿·緒論》，北京：人民文學出版社，2005 年 8 月第 1 版。

〔註37〕賀桂梅：《「純文學」的知識譜系與意識形態──「文學性」問題在 1980 年代的發生》，《山東社會科學》，2007 年第 2 期。

實主義」驚人或並不意外的一致是，同樣是一個包含著等級、壓抑、排斥機制的「現代性裝置」。

可以想像，作為「新時期」所「餵養」出的「不肖之子」，《廢都》的出現必然激起這一機制的反思與調適。合乎邏輯的，《廢都》之後隨即興起的，是「人文精神大討論」。王曉明曾談到過，「『《廢都》現象』確實以相當的深度，證實了我們這個社會的人文精神的危機，在某種意義上，它正構成了精神廢墟的一枚觸目的標記。」〔註 38〕如研究者指出的，「《廢都》成為『人文精神的危機』最精確的文學見證。『人文精神的危機』的討論，是九十年代初期最為熱烈的全國範圍的論爭。似乎沒有哪部重要作品比《廢都》更好地契合了這場全國性論爭的主題：知識分子的邊緣化、英雄主義和理想主義時代的終結、價值的混亂和精神的困惑。」〔註 39〕「在『新時期』的現代性『話語中』，知識分子始終扮演著代言人的角色，居於話語的中心地位，陶醉於掌握話語的力量之中。」〔註 40〕然而，如佛克馬、蟻布思指出的，歷史語境的更迭，意味著「經典」的變動與「成規」的轉移，「新的歷史環境會產生一個新的協作問題而且需要一個新的成規性的解決方案。」〔註 41〕作為「八十年代」與「九十年代」一場充滿焦慮的對話，「人文精神大討論」恢復「知識分子」歷史主體地位的嘗試，意料之中地以失敗告終。誠如王曉明在後記中轉引他人看法時所透露的無奈，「『人文精神』的討論竟然弄成了這個樣子，知識界也太讓人失望了。」〔註 42〕終結的時刻終於來臨，回首八十年代的理想抱負，「莊之蝶」的命名真如讖語，誰人不是夢蝶的莊生。

2.4　進入「九十年代」

《廢都》惹起的風波，即便放在紛爭不斷的當代文學來看，就規模來說

〔註 38〕王曉明等：《精神廢墟的標記——漫談「〈廢都〉現象」》，《作家》，1994 年第 2 期。

〔註 39〕【美】魯曉鵬著、季進譯：《世紀末〈廢都〉中的文學與知識分子》，《當代作家評論》，2006 年第 3 期。

〔註 40〕易毅：《〈廢都〉：皇帝的新衣》，《文藝爭鳴》，1993 年第 5 期。

〔註 41〕【荷】佛克馬、蟻布思著、俞國強譯：《文學研究與文化參與》。北京：北京大學出版社，1996 年 6 月第 1 版，第 128 頁。

〔註 42〕王曉明編：《人文精神尋思錄》，上海：文匯出版社，1996 年 2 月第 1 版，第 274 頁。

也可以排在前列。而且，和以往的論爭不同，這次作家遭遇到的是「夾擊」：
不僅僅秉持「知識分子」立場的學者們紛紛斥其為「嫖妓小說」，官方也隨即
表明了態度：1994年1月20日，北京市新聞出版局下達《關於收繳〈廢都〉
一書的通知》，該文件指出：「該書出版發行後，在社會上引起了很大反響。
社會輿論普遍認為，《廢都》一書對兩性關係作了大量的低級的描寫，而且性
行為描寫很暴露，性心理描寫很具體，有害於青少年的身心健康。書中用方
框代表作者刪去的字，實際起了誘導作用，在社會上產生了很壞的影響。……
我局決定對北京出版社出版《廢都》作以下處理：《廢都》一書停印、停發，
並不得重印，凡已印刷而未發出或者在圖書市場上銷售的，必須全部收繳；
沒收北京出版社出版《廢都》一書的全部利潤，並加處二倍的罰款；責成北
京出版社就出版《廢都》一書寫出書面檢查，對《廢都》的責任者作出嚴肅
處理。」〔註43〕

　　考察「當代文學」的多次風波，這種兩面夾擊十分罕見，如果按照「常
規」理解，這種打擊對作者恐怕是致命的，至少其寫作方式將在「檢討」中
發生重大的調整。然而不再是因為《二月杏》等等在批判會議上沉默無言的
「青年作家」了，此時的賈平凹，在《白夜》裏反而借著人物之口，對《廢
都》的批評展開了冷嘲熱諷的「反批評」〔註44〕：

　　　　那些批評家──一旦成為批評家，他們就像所有的領導一樣，
　　無所不能，無所不通，農業會上講農業，工業會上講工業，科技、
　　稅務、建築、文學、刮宮流產、微機上打字，他們都是內行，要做
　　指示，你還得老老實實地聽著，拿筆做紀錄──他們根本不細讀人
　　家的小說，或許要把極複雜的事情搞得極簡單，或許要把極簡單的
　　事情搞得極複雜，或許僅僅是為了評職稱和獲得稿費而又要滿足發
　　表欲的文章而已。〔註45〕

　　　　夜郎說：「這樣的事是不能寫的，寫了總會被人看到。雖然人人

〔註43〕參見孫見喜：《賈平凹前傳：神遊人間（第三卷）》，廣州：花城出版社，2001
　　　年版，第7頁。
〔註44〕似乎拒絕「轉型」的賈平凹，在《白夜》中還是有所「微調」：刪除了「口口
　　　口口口口」這類性描寫。可以理解，來自有關方面的「封殺」，無疑比知識界
　　　的抨擊更為嚴重。
〔註45〕賈平凹：《白夜》，北京：人民文學出版社，2008年1月第1版，第44頁。出
　　　於閱讀的方便，下文徵引該小說原文，只在原文後標注出處的頁碼。

都幹過這事，但不能說破，不能寫出，不說不寫就是完人、賢人、

聖人，說了寫了就庸俗、下流，是可惡的流氓。」（P71）

以往似乎是難以想像的，剛剛經歷了劇烈批判的賈平凹，依舊續寫著「廢都」
的故事，寫作於 1994 年 7 月至 11 月的《白夜》，酷似《廢都》的續集或姊妹
篇。《廢都》以「鄉下人進城」的故事模式敘述了「莊之蝶」在「城市」的遭
遇。在莊之蝶之外，《廢都》其實還包括了另外一個「鄉下人進城」的故事——
—從潼關逃到西京的周敏。〔註 46〕《白夜》再次講述了「鄉下人進城」的故
事，「莊之蝶與夜郎等都是鄉下來的『都市人』。」〔註 47〕不過，這次作者將
敘述的重點從「莊之蝶」下降到「周敏」，展開敘述了「周敏」式的在城市的
遭遇。就人物而言，夜郎幾乎是「周敏」的翻版。當時的研究者曾經指出過，
「凡是看過《廢都》的人都會發現，這個人物和《廢都》中的周敏有極大的
相似之處」。〔註 48〕兩個人都是「進城」的「鄉下人」中頗爲怪異的一類「文
化農民」，和民工出賣勞力相比，他們更希望以文化的方式在城市贏得立足之
地——周敏選擇的是《西京雜誌》，夜郎先後選擇圖書館和戲班（這一人物譜
系最新的形象就是「劉高興」，拾荒者中的「文化人」）。

　　進一步說，包括莊之蝶在內，他們都是「文化閒人」，游離於城市這部「現
代機器」之外。賈平凹缺乏敘述「城市」的準備，他拙於描寫官員、資本家、
工人等等體制化的人物，寫作的重點還是帶有高度自敘傳色彩的「文人」。〔註
49〕難以避免，作者過於誇大「文化」的魅力而不自知——如果說作爲「大作
家」的莊之蝶頗有魅力尚可勉強理解，那麼僅僅在戲班打雜的夜郎，居然也
充滿著莊之蝶式的不可思議的文化魅力。比如，西京的政府秘書長，竟然見
到夜郎後立刻對他非常賞識：

〔註 46〕周敏和莊之蝶骨子裏是一類人，都是希望憑藉著文學才華進入城市（神似於
　　　　當年去州城當記者的「金狗」）。不同之處在於莊之蝶已經是功成名就的大作
　　　　家，周敏的寫作生涯才剛剛開始。由於作者把故事集中在莊之蝶身上，周敏
　　　　的故事一定程度上被壓抑了，他在敘述中更多的是作爲一個「功能性」的人
　　　　物：發表在《西京雜誌》上的處女作《莊之蝶的故事》惹出莊與景雪蔭的官
　　　　司；從潼關帶來的唐宛兒成爲莊的情人。

〔註 47〕孫德喜：《何以安妥的靈魂——〈廢都〉和〈白夜〉的文化解讀》，《唐都學刊》，
　　　　2000 年第 2 期。

〔註 48〕石傑：《煩惱即菩提：有意選擇而無力解脫——讀賈平凹長篇小說〈白夜〉》，
　　　　《唐都學刊》，1996 年第 1 期。

〔註 49〕就長篇而言，《高興》第一次做了這類嘗試，但是其中的「資產者」的形象等
　　　　等依然比較「怪異」，這方面論文第七章有所涉及。

　　　　樂得祝一鶴也説：「政府裏那麼多人，抬頭不見低頭見，可就是
　　　合不來。怎麼回事嘛，一見你倒喜歡上了！」（P6）
當然，少不了得還有對「女性」的魅力，在夜郎的情人眼中：
　　　　顏銘虎了眼説：「來做什麼？我揍死你！」卻趴在夜郎胸前來
　　　咬，故意渾身在使勁，整個頭部都在發顫，説道：「我恨死你咬死你！
　　　夜郎，這是怎麼回事嘛，我怎麼這樣愛你！」（P174）
不需多引，這種「魅力」和《廢都》中的描寫非常相似。不過，莊之蝶的大
作家身份多少還令人信服，夜郎身上卻沒有什麼有説服力的解釋。顯然作者
也察覺到這方面難以自圓其説，很生硬地歸結爲「怎麼回事嘛」、「這是怎麼
回事嘛」等等「莫須有」的解釋。

　　　眞正有説服力的解釋，不在這些「怎麼回事嘛」的文本內部，而在於文
本外部發生的「九十年代」的「變化」。在《白夜》的「後記」裏，賈平凹或
許讓《廢都》的批評者嗔目結舌的一條「道歉」，多少透露了「秘密」：
　　　　寫到這裏，我不能不説明我的內疚。《白夜》在寫到一半的時候，
　　　許多一直關心我的出版家就來電來函甚至人到西安約稿，因爲多年
　　　的交情，我不敢慢待這些尊敬的師長和朋友。直到稿子寫完，我還
　　　不知該交到哪個出版社，但稿子畢竟只能在一家出版社出版，這使
　　　我不得不逃避許多朋友，我在此拱手致歉，也只好以此發奮，勤於
　　　寫作，在日後的時候回報他們了。願我們的友誼常駐。〔註50〕
就此，研究者有一個補充交待，
　　　　在這部書稿尚未脱稿之際，已有人民文學出版社、作家出版社、
　　　花城出版社、天津人民出版社、雲南人民出版社、陝西人民出版社
　　　等出版社來人、來電求購版權，因稿未完成，平凹不置可否。後來，
　　　華夏出版社副總編輯陳澤順親赴西安，幾輪談判之後，雙方正式簽
　　　約出版。〔註51〕
顯然，進入「九十年代」，在「主流意識形態」與「知識分子」這種含混的劃
分之外，「市場」作爲一種「異質性」的力量進入了文學場域。作爲「文學生

〔註50〕賈平凹：《白夜後記》。參見賈平凹：《白夜》，北京：人民文學出版社，2008
　　　年1月第1版，第418頁。出於閱讀的方便，下文徵引該小説原文，只在原
　　　文後標注出處的頁碼。
〔註51〕孫見喜：《賈平凹傳》，上海：上海人民出版社，2008年1月第1版，第222
　　　頁。

產」的重要環節，出版行業當時正在經歷重大的改革，如何適應「社會主義市場經濟」，是當時出版界討論的焦點。由此，《出版科學》、《中國出版》等刊物紛紛開闢了專欄討論「出版改革」，相關專家給出的改革目標很相似，「出版改革的目標，是要建立與社會主義市場徑濟體制相適應的新的出版休制。這是 1992 年 12 月的概括。它明確指出出版改革不是初期的放權讓利承包等，而是要改革不適應社會主義市場經濟體制的舊出版體制，把出版改革納入國家整體改革的範圍。這是有積極意義的，在促使出版業與社會主義市場經濟相結合，面向市場，形成新的經管機制和運轉機制等方面，取得了顯著的進展。」〔註 52〕「市場化是社會主義市場經濟的首要特徵，它要求所有資源進入市場，並由市場確定商品價格。出版物雖屬精神產品，但在市場經濟條件下，其商品性特徵將越來越明顯地表現出來。」〔註 53〕

在這樣的背景下，《廢都》龐大的銷售量，無疑獲得了出版方面的青睞。《廢都》具體的銷量，由於圖書市場相關反饋機制的匱乏以及盜版市場的存在，一直缺乏精確的統計。賈平凹自己曾經給出一個數據，「於九三年十二月份有人做過調查，不到半年時間，除正式或半正式出版一百萬冊外，還有大約一千多萬冊的盜印本，這些年盜印仍在不停。」〔註 54〕可能是由此而來，一些研究資料含糊地給出「盜版兩千萬冊」。儘管缺乏精確的統計數據，不過《廢都》很有可能是九十年代發行量最大的小說，這種數以千萬計的銷量量，保證了賈平凹成爲慘淡的文學市場的寵兒。正如賈平凹感慨的，「它（指《廢都》，筆者注）帶給我個人的災難是最多的，也因爲它，擴大了我的讀者群。」〔註 55〕

在文化市場興起的背景下，「著名作家」類似於「著名品牌」，一定程度上控制了話語權。誠如研究者幾年後的感概，「現在賈平凹已物化爲『品牌』了，像耐克、海爾、摩托羅拉、愛立信、畫王、肯德基、馬蘭拉麵、上海本幫菜、奧迪等等一樣了，或性質上差不多。其名字本身即可以註冊一番。既屬名牌，不論賈平凹寫什麼，甚至胡扯，說昏話，語無倫次，只憑這個名字，

〔註 52〕蔡學儉：《出版改革的目標是什麼？》，《出版科學》，1994 年第 4 期。

〔註 53〕康慶強：《出版改革的發展趨勢》，《中國出版》，1994 年第 6 期。

〔註 54〕賈平凹：《給尚╳的信——關於獲法國費米娜文學獎的前後》，《五十大話》，北京：人民文學出版社，2008 年 1 月版，第 214 頁。

〔註 55〕劉瑋、賈平凹：《賈平凹：〈廢都〉帶給我災難和讀者》，《新京報》，2008 年 12 月 12 日。

往書攤上一亮，照樣可銷個十萬二十萬的。名品牌或名商標在市場上自有它條件反射似的召喚效應。」〔註 56〕伴隨著知識分子的「退場」〔註 57〕，以及「官方」文藝管治的變化〔註 58〕，市場的邏輯在文化場域裏急劇擴張。《白夜》對《廢都》的「複製」似乎在暗示著，「批評」影響「創作」的格局已然解體，「潮流化」的「裹挾」慢慢變弱，一切進入了「九十年代」。

〔註 56〕雷達：《長篇小說筆記之五——賈平凹〈懷念狼〉》，《小說評論》，2000 年第 5 期。

〔註 57〕關於學界對「批評」喪失「有效性」的反思，可參閱九十年代「批評的缺席」等討論，參見吳亮：《批評的缺席》，《文化藝術報》1992 年 10 月 2 日；陳思和：《也談「批評的缺席」》，《南方文壇》，1997 年第 6 期；陶東風：《「批評缺席」的真實含義》，《文學自由談》，1998 年第 1 期；陳榮貴：《當今文學批評缺席原因初探》，《上饒師範學院學報》，1997 年第 2 期等。

〔註 58〕這一問題可參考研究者對賈平凹與時任中共中央宣傳部副部長、中國作家協會黨組書記翟泰豐之間就「廢都問題」通信的梳理。參見洪治綱：《困頓中的掙扎——賈平凹論》，《鍾山》，2006 年第 4 期。

第3章 意象與寫實的結合

3.1 從「自我傾訴」到「意象寫實」

　　上一章討論了八、九十年代的轉型期，賈平凹小說觀念的轉變，並且以對《廢都》的文本細讀為中心，討論賈平凹如何告別「八十年代」。值得申明，筆者不是對《廢都》批評的反批評，而是擱置了價值上的判定，將其視為轉型期的「文學事件」。

　　從《廢都》開始，賈平凹寫作中「詩人」的一面逐漸重於「現實主義」，不過，《廢都》、《白夜》式的「表現論」意味濃厚的強調「心靈真實」的「自我傾訴」，在寫作實踐中暴露了明顯的問題。賈平凹把自己的文人經驗，不加克制地覆蓋作品中的世界，完全以「心靈」的「真實」取代了「現實」的「情理」。毫無疑問，敘述方式與敘述對象之間，勢必發生嚴重到甚或可笑的扭曲。如同研究者指出的，「《白夜》的人物，上至警察，下至小保姆，不分男女，無論職業、性別及受教育的程度，大都通音律，懂子曰，最差的也能熟誦《山海經》中的篇什。主人公們的音樂造詣，是當今並不普及的古琴古曲。就連一個死而復活的再生人，儘管生前只是一個居於陋巷、以織席勞作為生的下層市民，也莫名其妙地將古琴當作道具，攜琴而來，抱琴而歿。」〔註1〕

　　這種種不協調被集中在一起，使得整部小說讀起來很彆扭。賈平凹將所嚮往的《紅樓夢》的敘述方式，生硬地「嫁接」過來轉述現代生活。由

〔註1〕楊聯芬：《〈白夜〉與賈平凹的人生止境》，選自《孫犁：革命文學中的多餘人——二十世紀中國文學論》，北京：中國文聯出版社，2004年版，第336頁。

於《廢都》本身敘述的對象就是文人集團，情況略好一些；《白夜》的敘述
對象「下移」到「進城農民」，不協調的感覺最為強烈。賈平凹的「初衷」，
或許是想將夜郎、虞白寫成當代的賈寶玉、林黛玉，很多言行舉止明顯出
於摹仿：

> 夜郎使人想到賈寶玉，「再生人」則是頑石，自焚後留下一枚鑰
> 匙，它像「玉」聯繫著林黛玉、賈寶玉一般，將虞白與夜郎繫在一
> 起。虞白向夜郎討到鑰匙後，說了幾句頗有意味的話：「你是保存好
> 長的時間，我可是等待了三十一年！這等鑰匙一定也在等著我，怎
> 麼就有了再生人？又怎麼突然就來我家？這就是緣分！世上的東
> 西，所得所失都是緣分的。」〔註2〕

> 可笑這人物也和賈寶玉一樣，是個天下情種，見一個愛一個，
> 且比那傻乎乎的賈二爺更內行，婚前性生活便知試人家姑娘家是不
> 是處女，婚後繼續和情人藕斷絲連……更令人吃驚的是，只因胸口
> 掛了「再生人」的鑰匙，就夜夜夢遊去開戚老太的門。這不由不讓
> 人聯想起賈寶玉胸口的那塊通靈寶玉，戴在脖子便生出許多精奇古
> 怪的事兒來。還有那支「鏘哩嗚鏘哩嗚」的喪歌：「鏘哩嗚，鏘哩嗚，
> 嗚，嗚。人話在世上算什麼？說一聲死了就死了，親戚朋友都不知
> 道。鏘哩嗚，鏘哩嗚，嗚，嗚。親戚朋友知道了，亡人已過奈何橋……」
> 和《紅樓夢》裏的「好了歌」如出一轍，在文章一開頭，便給全書
> 定下灰濛濛的基調。〔註3〕

然而，夜郎畢竟不是具有高度文學修養的貴族青年，這種「心靈真實」和他
現實的社會身份產生了強烈的衝突。刻薄一點說，《白夜》中的夜郎，可謂是
「鄉下來的賈寶玉」。〔註4〕在小說中，讀者會詫異地發現這位組織琴社的才
子，並不是每個時刻都像在城牆上品位徽呂之音那般高雅：

> 夜郎噔噔地從樓梯往下走，樓梯上鋪著紅地毯，每一個轉彎處
> 都放著痰盂，牆上寫了「吐痰入盂，注意衛生」。夜郎吐了一口，又

〔註2〕 陳緒石：《《白夜》、〈廢都〉的延續與變異》，《九江師專學報》，1998 年第 1
期。

〔註3〕 吳曉平：《〈白夜〉──再落一回窠臼》，《雨花》，1996 年第 3 期。

〔註4〕 夜郎在小說最後對「身份」的「分裂」也有一定的認識，「明白了自己畢竟是
一個無權無勢無錢無職甚至也無才無貌的社會上浪蕩的閒人，原本是不該與
虞白有非分之想的。」（P252）

　　吐了一口，全吐在地毯上，下到一層，竟抬了腳高高地往那白牆壁

　　上蹬出一個鞋印。（P105）

同樣，以雪水沏龍井、點檀香彈古琴的虞白的「詩詞」，不用說和林黛玉相比，恐怕稍有詩歌修養的讀者，都會看得目瞪口呆：

　　　　後來坐下來記日記，原本要記記蓮湖的景色的，卻寫成一首詩：

　　　　秋蟬聲聲軟，綠荷片片殘，人近中年裏，無紅惹蝶戀，靜坐湖

　　　岸上，默數青蛙喚，忽覺身上冷，返屋添衣衫。（P318）

這樣的一種寫法，賈平凹在當時覺得「自然」、「平常」的理由，恐怕還是歸於《廢都》的卷首「聲明」：情節全然虛構，請勿對號入座；唯有心靈眞實，任人笑罵評說。從《廢都》到《白夜》，這兩部作品應是賈平凹所有作品中「自敘傳」色彩最爲強烈的了，被很多研究者認爲是「泄憤之作」，以仿「古典」的不倫不類的外殼，發泄著自己在城市裏的孤獨與憤懣。這種過於強烈的情感發泄，扭曲了人物本來應當「如其所是」的舉止言行，賈平凹筆下的每一個人物，都像是作者自己。比如夜郎的塤與樂社，本來是賈平凹身邊文人雅集的眞實寫照，把周邊文友的事蹟，安排到一個進城農民身上，難以避免地不倫不類。〔註5〕

　　賈平凹應該體驗到這一點，這種從個人體驗出發的將寫作視爲「安妥靈魂」的「自我傾訴」的小說觀，存在著不可避免的缺陷。而且，中年以來的幽憤深廣，作爲寫作資源的話，很快就將消耗殆盡。無論是小說觀念的糾正，或是寫作資源的調整，賈平凹都必須做出改變，他也認識到了這一點，在與《白夜》責編的對話中談到，「我的下一步作品，是不會像《廢都》、《白夜》這樣的寫法了，我得變一變了。」〔註6〕

　　如果做粗略的概括，在八十年代的「現實主義」與告別八十年代的「自我傾訴」之間，賈平凹試圖協調二者的緊張關係，綜合成統一的小說觀念。一方面，他不願意放棄「寫實」的面向，這不僅僅是他賴以成名的根本，也是他最重要的寫作資源；一方面，他也不願再遵循「潮流化」的方式指認「現實」，他還是看重自己的心靈體驗，只不過不會再以純粹個人化的方式出現，

〔註5〕賈平凹在爲《塤演奏法》（劉寬忍著，人民音樂出版社 2004 年版）寫的序言中，回憶了這一時期他和該書作者劉寬忍的交往以及組織樂社的經歷，劉寬忍應是《白夜》中「寬哥」的人物原型。

〔註6〕賈平凹、陳澤順：《賈平凹答問錄》，選自賈平凹：《五十大話》，北京：人民文學出版社，2008 年 1 月第 1 版，第 180 頁。

而是試圖具有更廣泛的象徵性。從這兩個方面出發，賈平凹在九十年代中期進行了一系列的嘗試，由研究者將其精彩地概括為「意象寫實」：

> 賈平凹的意象覺悟伴隨著他對現實主義的理解。按照意象的起源，它適合的文類當然是抒情性作品，而不太適合於敘事作品尤其是強調客觀反映的現實主義作品，這也是西方在相當晚近才關注意象的原因。所以當賈平凹表示要建構自己的意象世界時，他也意識到他不適合於嚴格的現實主義的創作。而為了保持他對現實社會的關懷，他放棄傳統的現實主義的總體反映的美學原則時卻堅定地堅持了寫實的標準。〔註7〕

值得注意的是，「意象」和「寫實」，對這時期的賈平凹而言，地位全然不同。和多年後強調「把自己的作品寫成一份份社會記錄而留給歷史」〔註8〕的想法全然不同，《秦腔》之前的賈平凹，對「寫實」一直評價不高，他曾經在訪談中直接批評到：

> 二十多年來，我認為主要是思維變化，當然現在文學思維還沒有徹底變過來。現在出版者、寫作者、讀者、文學管理者，對文學的觀念變化得各種各樣，最基本的還是五六十年代的看法：時代的鏡子呀，社會的記錄員呀、人民的代言人呀，文學的幾大要素呀，典型環境中的典型性格呀。這種對文學的看法，形成集體無意識的東西。這二十年來基本上是在改變這一方面做的鬥爭特別大。〔註9〕

某種程度上，「寫實」是承載文學「意義」或「價值」的一個必要的架子，他更看重的還是作品的「形而上」，並且認為這是彌補中國文學和「世界文學」差距的關鍵：

> 中國的作品和世界別的國家的作品有距離，問題就在這兒。看人家的作品，你覺得怎麼能想到那一步呀，文字中怎麼就彌漫了那

〔註7〕黃世權：《日常沉迷與詩性超越──論賈平凹作品的意象寫實藝術》，第21頁。博士論文，未刊。不過，筆者認為賈平凹的創作有明顯的階段性，嚴格意義上的「意象寫實」，只是從《土門》到《高老莊》這幾部作品。八十年代的作品隱含著這種傾向，但是基本上是潮流化的；《高老莊》之後的創作，比如《秦腔》，儘管依然有一些意象，但是「寫實」或者用賈平凹的話說「紀錄時代」完全壓倒了建構「形而上」的嘗試，這點在近作《高興》中更加明顯了。

〔註8〕賈平凹、黃平：《賈平凹與新時期文學三十年》，《南方文壇》，2007年第6期。

〔註9〕賈平凹、謝有順：《最是文人不自由》。郜元寶、張冉冉編：《賈平凹研究資料》，天津：天津人民出版社，2005年1月第1版，第11～12頁。

些東西呀？！咱就缺乏這些。咱的作品老升騰不起來，沒有翅膀，
就缺乏這些。這些東西怎樣轉化到作品中去，形而下的怎麼就形而
上？所以，你的觀念、意識那是生命中的，文學本身是生命的另一
種形態，它必然帶到裏面去了。作品要寫出人類性的東西，要有現
代意識，也就是人類意識。〔註10〕

坦率講，儘管賈平凹作爲小說家是出色的，但是他的這種文學理論顯然値得
商榷。所謂的「現代意識」與「人類意識」，指向非常模糊，什麼樣的意識是
「現代」意識，誰又可以代表「人類」，這一系列「大詞」必須有一個嚴格地
限定。當然，作家的文論不能用學院的標準來要求，筆者感興趣的也並不是
賈平凹是否表述地「準確」，筆者更感興趣的是賈平凹爲什麼這麼「表述」。

　　恐怕作家自己也沒有察覺到的是，他這時期的小說觀念是典型的「八十
年代」認識裝置的產物，在賈平凹這套典型的走向「世界文學」的表述背後，
隱含著「現代派／現實主義」的似乎不言自明的等級結構。進一步說，這個
等級結構又是「世界／中國」這個深層級的等級結構的呈現。故而，對賈平
凹而言，和余華、格非等「先鋒文學」不同，他更推重的還是以馬爾克斯等
爲代表的「魔幻現實主義」。倒不是在於他更欣賞馬爾克斯而非博爾赫斯，賈
平凹根本沒有讀過《百年孤獨》，他瞭解的是「八十年代」對《百年孤獨》「流
行」的觀點〔註11〕。賈平凹推重馬爾克斯，在於他以及拉美作家提供了一種
「第三世界國家」的文學如何與世界「接軌」的範例。在這個意義上我們方
能理解爲什麼賈平凹向來推重的另外一個作家是與馬爾克斯差異性很大的川
端康成：

　　　川端康城的感覺我是無法學到的，但川端康成作爲一個東方的
作家，他能將西方現代派的東西，日本民族傳統的東西，糅合在一
起，創造出一個獨特的境界，這一點太使我激動了。〔註12〕

賈平凹認爲，馬爾克斯與川端康成，這兩個名氣最大的「第三世界」的「諾

〔註10〕賈平凹、黃平：《賈平凹與新時期文學三十年》，《南方文壇》，2007 年第 6 期。
〔註11〕在與王堯的對話中，賈平凹承認自己從來沒有讀過《百年孤獨》，「後來《百
　　　年孤獨》風靡一時，我自己也沒有看過。大家都在談《百年孤獨》，我雖然沒
　　　看過，但知道大概那是啥東西。」賈平凹、王堯：《在傳統與現代之間的新漢
　　　語寫作》，《當代作家評論》，2002 年第 6 期。
〔註12〕賈平凹：《答〈文學家〉編輯部問》，《五十大話》，北京：人民文學出版社，
　　　2008 年 1 月第 1 版，第 122 頁。

貝爾獎」得主，指出了一種適合他的從「民族」走向「世界」的「偉大文學」
的道路：

> 文學或多或少，或大或小，都是要闡述著人生的一種境界，這
> 個最高境界反倒是我們借鑒的，無論古人與洋人。中國的儒釋道，
> 擴而大之，中國的宗教、哲學與西方的宗教、哲學，若究竟起來，
> 最高的境界是一回事，正應了雲層上面的都是一片陽光的燦爛。問
> 題是，有了一片陽光，還有陽光下各種各樣的，或濃或淡，是雨是
> 雪，高低急緩的雲層，它們各自有各自的形態和美學。〔註13〕

看得出來，他期待用自己理解的這種方式抵達文學的「最高境界」，這裏面有
「諾獎情節」，同樣也是值得佩服的脫離了「思潮化」之後的文學抱負，在文
學帶來的名利、紛爭歸於沉寂之後，賈平凹想寫出自己的「大作品」。可以料
定，這一時期的作品，在「寫實」的基礎上必然是「魔幻」的，而且這種「魔
幻」是「東方式」的，正是在這個意義上，賈平凹選擇了中國文學傳統中的
「意象」，來承載自己的小說觀念。如賈平凹自述的，「如何將西方的抽象融
入東方的意象，有豐富的事實又有深刻的看法，在誘惑著我也在煎熬著我。」
〔註14〕

由此，筆者在本章嘗試討論賈平凹九十年代中期基於「意象寫實」小說
觀念的幾部重要作品：《土門》、《高老莊》、《懷念狼》，以文本細讀爲基礎，
釐清賈平凹這一時期的寫作邏輯，分析賈平凹不同作品的「意象」與「現實」
的不同處理，檢討不同作品藝術成就上的得失。

3.2 《土門》：雙重批判與意象的寓言化

3.2.1 意象的寓言化

1996 年 10 月，賈平凹繼《廢都》、《白夜》之後，再次推出了長篇新作《土
門》，由春風文藝出版社編入著名的「布老虎叢書」推出。〔註15〕確實如賈平

〔註13〕賈平凹：《四十歲説》，《五十大話》，北京：人民文學出版社，2008 年 1 月第
　　　　1 版，第 145 頁。
〔註14〕賈平凹、胡天夫：《關於對賈平凹的閲讀》，選自賈平凹：《病相報告》，上海：
　　　　上海文藝出版社，2002 年 5 月第 1 版，第 313 頁。
〔註15〕1993 年 11 月，春風文藝出版社以「布老虎」爲註冊商標，推出「布老虎叢書」。

凹所說的，和《廢都》、《白夜》相比，這部新作「變一變」了，不再以「城市」作爲自己的敘述對象（到 09 年爲止，賈平凹所創作的「城市小說」依然只有這兩部，此外還有其它幾個反響平平的中短篇小說）。不過，和《商州初錄》等相比，賈平凹也沒有選擇重返鄉村（那是下一部小說《高老莊》的「主題」）。有趣的是，賈平凹選擇了「既有城市生活又有鄉下生活」〔註 16〕，講述了發生在「城鄉結合部」土地拆遷的糾葛：「仁厚村」被「西京」所吞沒。

出於對《廢都》、《白夜》過於「自我傾訴」的調整，或許還有「土地拆遷」以及「鄉村的城市化」這樣「重大題材」的要求，賈平凹在《土門》中，強化了「紀錄時代」的面向。就像他在小說中借小說家范景全之口說出的，「什麼是好小說家？一位作家首先面臨的是觀察社會，研究社會狀態，他觀察的結果被寫入小說，被小說納入的部分有多少可以成爲正在形成的歷史，小說本身的價值就有多大。」〔註 17〕《土門》在表面上，也具備「信史」的樣子，故事發生的時間非常明確，通過作者的不斷提示，一個用心的讀者能夠整理出這個故事清晰的時間線索：故事是由敘述人梅梅至少在「1996 年」的「五年後」（2001 年）來敘述的，小說各個事件對應的時間很明確，比如 1995 年六月十日，面對大大的拆字，包括梅梅在內的村民焦急地等待後來成爲村長的成義從遠方歸來；一九九五年七月二十七日梅梅與男友函授教師老冉第一次嘗試發生性關係；九六年五月十二日成義被槍決；六月九日仁厚村被拆遷等等。

然而，《土門》的「紀錄時代」，和既往的以「典型環境中的典型人物」來「反映時代」的現實主義相比，差異性非常明顯。賈平凹延續著自《廢都》以來的小說觀念，正如他就《土門》與陝西評論家的對話中談到的，「我是寫革命故事出身的，開始寫的是雷鋒的故事，一雙襪子的故事。後來我感覺一有情節就消滅眞實。」〔註 18〕顯然，賈平凹依然堅持上一章分析過的小說觀，「故事」是人爲而非自然的，眞正的「眞實」不是「故事」所能夠揭示的。

如上一章對 93 年以來文學出版市場化所簡要分析的，製造《廢都》銷售奇蹟的賈平凹，顯然是「布老虎叢書」青睞的對象。

〔註 16〕賈平凹接受《讀書時間》訪談。參見李潘：《眞不容易》，北京：西苑出版社，2002 年版，第 307 頁。

〔註 17〕賈平凹：《土門》，北京：人民文學出版社，2008 年 1 月第 1 版，第 81 頁。出於閱讀的方便，下文徵引該小說原文，只在原文後標注出處的頁碼。

〔註 18〕仵埂、閻建濱、李建軍、孫見喜、王永生：《〈土門〉與〈土門〉之外——關於賈平凹〈土門〉的對話》，《小說評論》，1997 年第 3 期。

　　《土門》給出了賈平凹「紀錄時代」的敘述方式，他的辦法是將故事「寓言化」，〔註19〕正如他在對話中所承認的，「我想把形而下與形而上結合起來。要是故事性太強就升騰不起來，不能創造一個自我的意象世界。弄不好兩頭不落好，老百姓認為咱的現實主義不真實，而在先鋒派的眼裏又都是一些真實的生活。我想把我的象徵意念塞進去。」〔註20〕此外，賈平凹試圖採用「意識流」的敘述方法來更接近「真實」：「聊天，咱們聊上一夜，從開始聊茶杯到說人，從這個話題轉到那個話題，中間的轉化是不知不覺的。（筆者注：試比較《白夜》後記中那個二爺的氈帽的例子）我一直想追求這種東西，慢慢地就又成習慣了。我看喬伊斯的《尤利西斯》，醒悟意識流不僅僅是思想在聯想。意識流基本上是潛意識的活動，不僅僅是聯想。王蒙式的中國意識流就是上下左右聯想，這其實是把周圍的事物全剝光了，這也是不真實的。小說重要的一點就是怎樣使它更接近真實。」〔註21〕

　　由此，《土門》充滿了大量寓言化的意象，以及敘述人恍惚迷蒙的意識流動。這二者同時體現在小說的開篇，小說第一段就是鮮明的意識流以及寓言化處理：

　　　　當阿冰被拖下來，汪地一叫，時間是一下子過去了多少歲月，我與狗，從此再也尋不著一種歸屬的感覺了。

　　　　那時候的人群急迫地向我擠來，背負了如同排山倒海的浪，我只有弓起脊梁去努力抗抵。傾斜了的院牆下，支撐的那根柳棍就是這樣吧？老冉收藏的博山陶鼎，以小鬼做成的鼎腿也是這樣吧？五十年前的晚上，正是風高月黑，雲林爺家的老牛掙脫了緝繩來到村口，不想遇著了那隻金錢豹的，兩廂就搏鬥開來，豹的前爪抓住牛肩，牛頭抵著了豹腹，誰也沒能力立即吃掉對方，誰卻也不敢鬆一口氣的———一夜的勢均力敵———天明時便雙雙累死在大石堰下。

　　（P1）

這一段的意識流手法非常明顯，敘述人「我」被圍觀的人群擠得弓起脊梁，這個姿態讓她聯想到近似的三處「弓形」的景物：支撐院牆的柳棍、老冉收

〔註19〕有趣的是小說中范景全介紹自己的小說時曾經自賣自誇：「這小說不僅有著故事，故事裏同樣帶著寓言似的意義，是不同凡響的」（P178）
〔註20〕仵埂、閻建濱、李建軍、孫見喜、王永生：《〈土門〉與〈土門〉之外———關於賈平凹〈土門〉的對話》，《小說評論》，1997年第3期。
〔註21〕同上。

藏的博山陶鼎、雲林爺家的老牛與金錢豹的對峙。此外，第一句還是寓言化的處理，將狗（阿冰）的命運與農民的命運對位。小說以城市廣場上對幾百條狗的捕殺開篇，結尾處躲開了這次浩劫的阿冰在仁厚村拆遷的時候還是被勒死了，同時仁厚村的村民們也喪失了自己的土地。就像小說在這裏暗示的，農民和狗一樣，都是「土命」：

　　　　有警察就將自己配用的塑料瓶礦泉水拿過來，往狗的口裏灌。水灌進去，發著咕娜哈郵聲，水又往出噴，又是粉紅色霧團。我從來沒有見過口噴出來的水柱這麼高，又這麼勻散，太陽下甚至出現過一道一閃即逝的彩虹。狗再一次四肢抽搐，後來安靜垂下，胖子才一放下繩，蠻臉警察就喊道：

　　　　「不能放在地上！沒完全冷卻，狗是不能見土的！狗是土命，見土就要復活——弔上去：弔上去！」

　　　　我不知道我怎麼就再也忘記不了這句話了。（P7）

　　　　以及結尾處：

　　　　我們是沒有家園了，不是真正的家園而暫居這裏的阿冰也沒有了家園和生命。真正的狗沒有了，我們成了有一群喪家的犬，我們將到何處去，何處將怎麼對待著我們呢？（P238）

由此開始，小說中密佈著大量富於象徵性的寓言化的細節。如同賈平凹自己說的，「我不想使這部小說故事太強，更喜歡運用象徵和營造一種意象世界來寓言。仁厚村就是一個整體象徵，而具體的象徵，如狗、狗的亮鞭、石牌樓、墳地、成義的陰陽手、梅梅的尾骨、仁厚村的祖先、足球比賽、神禾源、夢中的城、兇殺案、佛石等等。」〔註 22〕筆者試分析幾個重要的意象，比如仁厚村的「神」雲林爺，下肢癱瘓，住在祠堂裏，在多年以前的「三個月的發瘋之後」，具有了神一樣的醫術，不斷地醫治著西京城裏來的肝炎病人——如同敘述人梅梅點明的，「你們城裏人離開了土地和地氣，你們只有肝在損傷或壞死！我終於明白雲林爺為什麼是癱子，這四肢著地行走的人是上蒼的秉義和是給世人的一種啟示，雲林爺若是神的話，他並不是醫神或藥神，他實實在在是一個土地神！」（P155）；又如從西藏歸來試圖保護仁厚村的成義，他

〔註22〕賈平凹：《關於〈土門〉致穆濤信》，選自《賈平凹散文大系（第五卷）》，桂林，灕江出版社，1999 年版，第 320 頁。

的雙手「大小不一、粗細不一、黑白不一」，右手被砍斷後（在西藏盜竊「古格王國」的佛石後痛悔自殘）嫁接了女人的手。這雙陰陽手，象徵著成義性格中的兩面性：西藏的女手代表著對城市的拒絕，仁厚村的男手象徵著成義基於「封建傳統」的「專制」手段（下文將詳細分析）〔註23〕；還有，梅梅天生尾骨極為突出，這個細節恰好出現在仁厚村發現自己的祖先是江南首富賈萬三之後，象徵著現在農民的「退化」——正如梅梅摸著尾骨冒出的念頭：「賈萬三有沒有這樣突出的尾骨呢？」（P137）。〔註24〕

可以看出，賈平凹的寓言化處理很用心。然而，他的「寓言」像是大方地泄露著謎底的謎語，答案過於明確。同樣，他嘗試的「意識流」敘述手法，感覺也是做出來的，沒有超越賈平凹所不以為然的王蒙式的上下聯想〔註25〕，依舊是由一個核心出發對同類事物的聯想。除了上文引過的例子外，筆者再舉幾例，比如小說中最簡單的「意識流」，梅梅經過殺狗的廣場來到男友老冉家，告訴老冉廣場那裏上百隻狗被勒死了：

> 老冉似乎並沒有憂傷，卸下眼鏡擦拭，甚至笑眯眯了那一對魚泡眼。德國狼犬最後被弔上了水泥柱，舌頭從嘴角伸下來，眼珠蹦出，像兩顆線弔的玻璃球。（P9）

從老冉的眼鏡「聯想」到狼犬的眼睛，這裏的「意識流」過於簡單明白。也許讀者覺得這個簡短的例句不足以說明問題，筆者再舉全書最複雜的一段「意識流」：

> 一陣潮水般的哄哄聲從門外湧進來，這是球場上的噪音。一粒球是不是被踢進了球門，球員還是無休止地奔跑著，乘興而去，無

〔註23〕 在之前的《白夜》中，夜郎、虞白多次提到要去「西藏」「棲息靈魂」，參見該書第254、268頁。

〔註24〕 在《土門》中，賈平凹對「現實」的寓言化處理，和《廢都》、《白夜》發生了一點有意味的不同：《廢都》、《白夜》象徵著心靈的苦悶的「鬼」的世界，和現實世界還是可以區分的，莊之蝶和夜郎等等都是「正常人」，唯一打破人鬼殊途的「再生人」，在小說開始就被現實世界逼迫地「自殺」，退回到了鬼的世界；《土門》沒有一個「鬼」的世界，但是現實世界本身就充滿了「魔幻」，仁厚村的村民們普遍存在肢體的變異（值得深思的是，小說中作為另一端的西京，所有的市民都是「正常」的）。

〔註25〕 賈平凹就《土門》的意識流舉過反例，「王蒙式的中國意識流就是上下左右聯想，這其實是把周圍的事物全剝光了，這也是不真實的。」參見仵埂、閻建濱、李建軍、孫見喜、王永生：《〈土門〉與〈土門〉之外——關於賈平凹〈土門〉的對話》，《小說評論》，1997年第3期。

功返回？我就是如此地命苦啊！眼淚嘩嘩地流下來，盼望的是今晚的球場再騷亂去吧，所有的車輛被推翻，欄杆被踏斷，女人們被剝扯了衣服，抓破下身和摸掉奶頭，一批批的男人倒下去，再一批批男人倒下去！倒下去的應該有成義！今夜裏他又是剝脫了上衣，將球隊的隊徽用色彩塗在臉上，倒下去了，那胸肌一塊一塊凸起，一隻手還在空中挖著，是那一隻女性的手，女性的手抓住那個就不鬆嗎？這嫁接的手一定是一個騷貨的手。眉子就是這樣，今夜她又在狂歡嗎？在球場，還是在床上？（P170）

這是梅梅與老冉嘗試發生第一次性關係，但是在上床之前她發現老冉患有嚴重的痔瘡，覺得非常噁心的梅梅把老冉轟走了，隨即是這段意識流。細讀的話，這段意識流基本上是以足球比賽比擬性行爲（「球踢進了球門」），梅梅以對足球騷亂的幻想與回憶（成義就是在一次抓破了市長女兒下身的足球騷亂中出現在仁厚村的），發泄自己被壓抑的性的欲望，而且梅梅的欲望指向了平日裏暗戀的成義（成義在這段意識流裏明顯地「性徵化」，比如男性胸肌的凸顯），表現出對放縱的眉眉（小說中梅梅的女伴，每晚和「毛鬍子傳銷員」鬼混，其實是梅梅潛在的另一個「自我」）的認同。這段「意識流」已然是最複雜的了，但是依然脈絡清晰，這種明顯看得出「加工」過的「潛意識」，很難說是眞正的「意識流」。

依舊是賈平凹的「老毛病」：作爲講故事的高手與蹩腳的哲學家，賈平凹善於寫「實」，不善於寫「虛」。賈平凹曾在《高老莊》的後記中曾經分析自己這種寫法的「問題」：「我的不足是我的靈魂能量還不大，感知世界的氣度還不夠，形而上與形而下結合部的工作還沒有做好。」筆者覺得提前過來形容《土門》，可能更爲合適（和賈平凹的「自謙」相反，筆者覺得《高老莊》倒是這種寫法最成功的作品，詳見下一節分析）。

3.2.2　雙重批判的現實

將非常「現實」的「城鄉對抗」如此「寓言化」的處理，一方面是賈平凹自己的小說觀念的延續，另一方面，可能更爲根本的是，賈平凹無法直接面對這個故事：他沒有找到足以支撐他敘述現實的支點，在「城」與「鄉」之間，他左右爲難地無法確認「立場」。

　　初次接觸《土門》這樣一個「城市吞噬農村」的故事，往往會錯以爲這部小說將繼續延續賈平凹在《廢都》、《白夜》中對城市的種種批判。然而，這部作品是賈平凹所謂的「雙重批判」：城市依舊讓人不滿，但是往昔的鄉村同樣不堪。如同賈平凹在致友人信中所說的，「農村是落後的，城市也有城市的弊病，尤其在中國，如何去雙重的批判呢？」〔註26〕

　　這種「雙重批判」在作品中最根本的體現，在於賈平凹饒有深意地爲《土門》安排了第一人稱的女性敘述人──「梅梅」（有趣的是賈平凹之前的主要作品，都是以全知敘述展開的，唯一的例外是成名作《滿月兒》，那裏的「我」也是一個女性敘述人，同樣是限於文化的制約）。在接受《讀書時間》主持人相關採訪時，賈平凹含糊地回答說，「之所以選擇一個女性的角度，主要是結構的需要。」〔註27〕這種結構，正在於從梅梅的「敘述視點」出發，方能展開雙重批判：一方面梅梅自爺爺輩開始一直是仁厚村村民，是堅定的保衛派，在村子中享有一定威望〔註28〕；一方面梅梅還是「函授生」，和小說中的「知識分子」比如范景全關係「親密」，經常一起討論「傳統」與「現代」，能夠從「現代」的立場出發反思「仁厚村」。這種「雙重身份」，決定了梅梅的「敘述視點」的複雜性：同時審視「西京」與「仁厚村」，符合賈平凹期待的「雙重批判」。在這個根本的原因外，賈平凹選擇「梅梅」作爲敘述人，應該也考慮到從「女性」的視角敘述方便於暫且擱置「城鄉對抗」中的暴力色彩（無須諱言，「城鄉對抗」這類「群體性事件」是當下寫作的政治禁忌。在賈平凹的小說中，《高老莊》的村民暴動也是由女性西夏的視角來敘述的，《秦腔》中衝擊當地的政府機關，則是由瘋子引生來敘述）。同時，這個有著「犯迷瞪」、「糊塗」、「渾渾噩噩」的「毛病」的梅梅，方便於賈平凹展開他的「意識流」。〔註29〕

　　總之，在《土門》中，筆者概括爲有四種「敘述視點」的可能性，依次

〔註26〕賈平凹：《關於〈土門〉致穆濤信》，選自《賈平凹散文大系（第五卷）》，桂林，灕江出版社，1999年版，第320頁。

〔註27〕賈平凹接受《讀書時間》訪談。參見李潘：《眞不容易》，北京：西苑出版社，2002年版，第307頁。

〔註28〕成義被拘捕後，梅梅相當於代村長。小說寫道，「人們在吼叫著：『梅梅，村長不在，你就領我們！就安排吧！』」（P208）

〔註29〕賈平凹以梅梅這一人物嘗試「意識流」，在前面分析的原因外，或許還有另一個習焉不察的原因，在「大歷史」的進程中，梅梅「主體性」的分裂與離散。

為成義、梅梅、眉眉、房地產公司。從成義出發，這個故事是堅定的「反城市」敘述；同樣，從「房地產公司」出發則是堅定的「反鄉村」敘述。只有從城鄉之間含糊不絕的梅梅、眉眉出發，才能展開「雙重批判」。二者其實是對位的一體兩面（作者玩弄著「梅」與「眉」的諧音予以暗示），是一個人的不同面向，只不過梅梅在猶疑中大體站在「仁厚村」這邊，眉眉則最後選擇了出賣「仁厚村」搬進了「西京」。賈平凹的「雙重批判」，還是傾向於「仁厚村」的，所以他唯一的選擇只能是從「梅梅」的「敘述視點」出發，正如他對友人說的，「我是站在仁厚村的角度來寫這一進程的，寫行為上的抗拒，心理上的抗拒，在深深的同情裏寫他們的迷惘和無奈，寫他們的悲壯和悲涼，寫一個時代的消亡。正基於這種角度，我才選擇了第一人稱，以仁厚村梅梅（我）的目光去展開敘述。」〔註30〕

在梅梅看來，無論「西京」或是「仁厚村」，都是有問題的。「西京」這邊所謂的拆遷改造，實質是官商勾結的腐敗，仁厚村的村民看得明白，告訴梅梅，「可現在是一個副市長的兒子在南方搞房地產，在那裏吃不開了，二返身又回到西京來發展，與另一家房地產公司聯手又瞄上咱這塊地皮了」（P26）不過，在「仁厚村」這一邊，梅梅也充滿了「疑慮」，如當時的研究者指出的，「仁厚村是一個文明與野蠻共存的小村，以成義、梅梅為代表的村民固守著這塊未被改造的土地。他們如原始部落抵禦外族入侵一般，古墓、雲林爺治療肝病的藥引、市長題名的村牌樓、明王陣鼓等就是矛、戈、刀、戟。同時仁厚村的罵街、內江、為狗『阿冰』和別人聚毆、搞『堆糧袋椿』的低級遊戲等一系列表現又揭示了他們自身的劣根性。」〔註31〕

仁厚村的「雙重性」，體現在仁厚村的領袖成義身上。成義被視為「狼一般的人物」，是三十年前村子裏前清的老劊子手從野狼那裏撿回來的不折不扣的「狼之子」。儘管成義保護仁厚村有其合理性，但是這位「狼之子」所激活的資源，卻是村民們普遍存在的對「強人」的「個人崇拜」。作者不斷暗示仁厚村濃鬱的封建性，當時的研究者也發現了這一點：「仁厚村人似乎一直是清醒的、獨立的，實際上。他們已經於無意識中完全為既定觀念和權力人物所

〔註30〕賈平凹：《關於〈土門〉致穆濤信》，選自《賈平凹散文大系（第五卷）》，桂林，灕江出版社，1999年版，第320頁。

〔註31〕劉廣遠：《〈土門〉的探尋情結》，《錦州師範學院學報（哲學社會科學版）》，1997年03期。

操縱。他們一味地誇說著仁厚村的好和城市的壞，他們的眾人一心呼之即出到了驚人的地步，他們不停地服從著成義定出的一條條村規。即使偶有怨心，也是說不出口的。因爲成義是他們的村長。『仁厚村人就是這樣：在準備讓誰充當什麼領導時，說好的說壞的什麼話都有，而一旦誰已在領導的位上了，任何人又都聽這人的，哪怕這人是老的少的男的女的，反正你在位你就是我的首和腦一切就都交給你了！』」

利用仁厚村的「封建傳統」的成義，在梅梅看來，令人不安地變得「專制」，小說中暗示成義以爲自己是「仁厚村」的「毛澤東」。比如他的語言風格，完全是毛澤東式的，「你讓他們都鬧嘛，不暴露矛盾怎麼解決矛盾，不亂怎麼能治？」（P89）、「群眾是可愛的，只有不好的領導，沒有不好的群眾」（P119）。小說就此有一段非常清楚的描寫：

> 當牌樓豎起來的時候，鞭炮轟鳴，鼓樂喧天，遠遠近近的人都來看熱鬧。成義一定要爬到腳手架上，用金粉塗染牌樓正樓龍門坊上的「仁厚村」三個市長手書的大字，塗完了，一卷紅布就壓到樓頂脊上。原本這是工匠幹的事體，他卻翻身跳上脊頂，出奇的一幕就發生了：先端端地立在那裏，卸下小草帽，向下面的群眾揮手致意，那架式和作派在模仿著毛澤東在天安門城樓上。下面的群眾一時還未反應過來，他卻激動得幾乎要哭了。（P139）

就成義來說，他的思想資源很明確，「他在家自擬村規，參考的是《桃花源記》，是《延安整風運動文件彙集》，是《人民公社社員手冊》，是《曾文公家訓》（P153）。」而梅梅儘管也是仁厚村的村民，但是具備了一定程度的「現代」觀念，至少，在和成義的衝突中，她能大聲地捍衛現代觀念中非常關鍵的「個人」意識：「你是村長，你敢砸壞我私人的東西，我就去報案！」（P202）顯然，梅梅無法接受這樣的「抵抗城市」的方式。誠如她頗爲無奈的感歎，「上帝讓雲林爺來當耶穌，上帝也讓成義來當魔鬼，生活中不能沒有耶穌，但生活中也缺不了魔鬼。（P148）」

從梅梅的「敘述視點」出發的雙重批判，有利於呈現問題的複雜面貌，但是顯然作家對此並沒有最後的答案。在八十年代，賈平凹的小說基調很明朗，他筆下的鄉村儘管也有種種問題，但是解決問題的出路是確定的──「改革」，「城市」就是「鄉村」發展的方向。在《土門》中，他似乎無法找到出路了，能夠體會到他在感情上對鄉村日漸瓦解的痛惜，但是他無法回答「現

代」的質問。在《土門》中，這類嚴厲的質問反覆出現，梅梅一直沒有辦法回答：

比如老冉的嫂子質問梅梅：

> 女人說：「我就是這想法哩，保這村子有什麼好處？房破成這樣子，沒暖氣，沒洗澡水，沒下水道，土牆土頂的，住著能比城裏的洋樓好嗎？你捂住心口說，當農民好還是當城裏人好？」（P79）

或者是眉眉的質問：

> 我已經住煩了這地方，要氣派沒氣派，要舒服不舒服，自來水沒有，抽水馬桶沒有，煤氣沒有，熱水、空調沒有，改造了舊屋，一切現代化又怎麼啦，世世代代不再做農民又怎麼啦，我錯在哪裏啦，我這就是忘了本了，墮落啦？（P159）

包括《白夜》、《廢都》這類「鄉下人進城」的種種際遇在內，面對著九十年代以來「城」與「鄉」的驟然相遇與撞擊，賈平凹一直束手無策。作為來自陝南鄉村的農家子弟以及當下體制化的著名作家，他既是鄉村之子，又是城市的文化象徵，城鄉的分裂就是自我的分裂。並不奇怪，在《廢都》中，莊之蝶的解決方式只能是「車站」，欲走還留，無所適從，只能以中風收場（有意味的是 07 年的最新作品《高興》，結尾處依然是劉高興茫然站在車站廣場，只不過主人公的身份從「知識分子」變成了「民工」）。

在《白夜》中，賈平凹的解決方式，是以「禪」的形式取消問題。小說結尾處虞白準備送給夜郎一副《坐佛圖》：

> 有人生了煩惱，去遠方求佛，走呀走呀，已經水盡糧絕就要死了，還尋不到佛。煩惱愈發濃重，又浮躁起來。就坐在一棵枯樹下開始罵佛。這一罵，他成了佛。

> 三百年後，即冬季的一個白夜，口口徒步過一個山腳，看見了這棵樹，枯身有洞，禿枝堅硬，樹下有一塊黑石，苔斑如錢。口口很累，臥於石上歇息，頓覺心曠神怡，從此秘而不宣，時常來臥。

> 再後，口口坐於持，坐於墩，坐於廁，坐於椎，皆能舟靜忍安。

（P408）

在《土門》中，並不意外，成義的「解決方式」以失敗告終——他憑藉著自己的輕功去偷臨潼兵馬俑博物館的俑頭來換錢保住村子，然而被子彈打成了

「斷腿斷膊的廢人」，最後被執行槍決。〔註32〕在仁厚村的廢墟上，梅梅茫然
地問雲林爺「往哪兒去呢？」：

> 我問雲林爺：
>
> 「你說，去山區還是留在城裏……往哪兒去呢？」
>
> 雲林爺說：「你從哪兒來就往哪兒去吧。」
>
> 一時間，我又靈魂出竅了，我相信雲林爺，雲林爺的話永遠是
> 正確的，他說從哪兒來就往哪兒去，我是從哪兒來的呢？從仁厚村。
> 不是，仁厚村再也沒有了。我是從母親的身體裏來的，是的，是從
> 母親的子宮裏來的。於是，我見到了母親，母親豐乳肥臀的，我開
> 始走入一條隧道，隧道黑暗，又濕滑柔軟，融融地有一種舒服感，
> 我望見了母親的子宮，我在喃喃地說：這就是家園！
>
> 「梅姐！梅姐你看，梅姐！」
>
> 但我卻聽見了眉子在大聲叫喊我，那黑暗的濕滑柔軟的隧道幽
> 遠深長，而回過頭來，我看見了隧道的另一頭──我的眼就是隧道
> 口，我看見了我的眼──一個白亮的光塊裏，范景全竟就站在那裏，
> 他穿著一件 T 恤衫，衫上印著「神禾源」三個大字。（P242）

小說這最後一段饒有深意，在這裏作者其實給出了兩種混雜在一起的「出
路」：其一是雲林爺給出的「答案」，梅梅退回「母親」的「子宮」，返回到初
始的「家園」。這也是「土門」的寓意，如研究者指出的，「《土門》後記中說：
『土與地是一個詞，地與天做對應，天爲陽爲雄，地爲陰爲雌。』將諸種意
思在鑒賞基礎上參較領悟，『土門』的含義似乎就昭照若揭了。母親是土地，
『土門』是母親生養之門，在此對女性生殖器官的描寫均應從更深一層的意
義上來領悟。」〔註33〕

不過，退回到「土門」，本質上和《白夜》的解決方案相似，還是以取消
問題的方式回答問題。和《白夜》不同的是，這裏還包含著另外一種方案，

〔註32〕作者通過成義之死抨擊了「城市」的「工具理性」的殘忍，公安本來要活捉
成義，將其改造成爲公安局服務的人。但是在追捕中成義被打成殘廢了，「不
殘廢就應該活著，殘廢了就應該死去」。某種程度上，肢體變異的「仁厚村」，
就是「西京」眼中殘廢的村落。

〔註33〕包曉光：《循環與錯位》，《錦州師範學院學報（哲學社會科學版）》，1997 年
03 期。

范景全指出的「神禾源」。作爲小說中比較「標準」的知識分子，范景全像來到了九十年代的《浮躁》中的「考察人」，還在勉力承擔著指導的指責（有意味的是，范景全在小說中被安排成梅梅的「函授教師」，一個指導者的角色），建議梅梅把仁厚村整體搬遷到「神禾源」。〔註34〕這裏的「神禾源」，並非純粹的「桃花源」之類的「烏有之鄉」，且看范景全的介紹：

> 神禾原是城區文安縣的一個鄉，從西京往南的高速公路就經過那裏。如今以西京爲城市中心集團，繞西京的各縣又搞城市組團，而在神禾原卻正在興建一個新型的城鄉區，它是城市，有完整的城市功能，卻沒有像西京的這樣那樣弊害，它是農村，但更沒有農村的種種落後，那裏的交通方便，通訊方便，貿易方便，生活方便，文化娛樂方便，但環境優美，水不污染，空氣新鮮。當然它嚴格控制著人口，不是任何人都想去就去的，我的一個朋友現在這個大房地產公司當法律顧問，這公司正與新加坡一個集團在合作，既然仁厚村要被拆除，爲何不集體遷到那兒？（P147）〔註35〕

在以回到「土門」作爲解決問題之外，作者也預示了在「現實世界」解決問題的可能：梅梅在「子宮」中被眉眉（另一個自己）所召喚，看見了光影中穿著「神禾源」T恤衫的范景全。有研究者認爲這象徵著「再生」：「因爲母親的子宮畢竟不能久居，她將再生。再生後的家園何在？她看見了隧道口站著范景全，他的體恤衫上印著『神禾源』三個大字。也許，非城非鄉亦城亦鄉的神禾源將是梅梅們較理想的去處。」〔註36〕然而，「非城非鄉亦城亦鄉」的「神禾源」，根本上說依然是對「現實」美化之後的「烏托邦」。徘徊於「城

〔註34〕《土門》對知識分子的理解比較蕪雜，既有范景全之類傳統的「範導者」，還出現了老冉之類患著痔瘡的被厭惡的「男友」。和《廢都》、《白夜》相比，知識分子的「魅力」尤其對女性的魅力大大退化了。梅梅曾經因爲「老冉」而感慨到，「眉眉是對的，她要的是男人，而不是仁厚村的名號，也不是職稱和知識。」（P170）這預示著《高老莊》中的子路以及《秦腔》中的夏風之類「知識分子」的出場。

〔註35〕有趣的是，現實中的「神禾原」和「文學」一直頗有瓜葛，柳青先生就葬於此處，相鄰「白鹿源」。1993年陝西省委宣傳部曾經組織陝西電視臺拍攝11集同名電視劇，吳京安、蔣雯麗主演，鋪陳改村守舊的父一輩與變革的子一輩的衝突，最後以「改革」的勝利而告終，電視劇結尾處，一輪紅日從老人的墳前冉冉升起，該劇獲得1993年度第三屆五個一工程獎。

〔註36〕鍾本康：《世紀之交：蛻變的痛苦掙扎──〈土門〉的隱喻意識》，《小說評論》，1997年第6期。

鄉之間」試圖「雙重批判」的賈平凹，努力給出比上一部作品不一樣的「答案」，不無幻想地嘗試給出一點現實的可能，一片光明的陰影。〔註 37〕

3.3 《高老莊》：雙重視點與意象的故事化

3.3.1 雙重視點的現實

完成《土門》後的賈平凹，私人生活發生了重要的變動：1996 年秋天，賈平凹與第二任妻子郭梅結婚，1997 年農曆十二月初五，女兒賈若出生。這或多或少代表著賈平凹走出與韓俊芳離婚的陰影（兩人與 1992 年 11 月 26 日離婚，該事件對《廢都》寫作的影響，賈平凹在《廢都》後記中已略有交待。不過，「前妻」所帶來的創傷始終是一個心結，對《高老莊》、《秦腔》的寫作有明顯影響，讀者可比較菊娃、白雪等等一系列人物形象）。對寫作而言，更直接的，應該是文學挫折的平復──當時仍然處於查禁狀態的《廢都》，於 1997 年獲得了法國費米娜文學獎。〔註 38〕賈平凹曾經在公開場合表示，「獲得這個獎對我來說，大體無所謂。因為作家寫出的書還有讀者在繼續看就可以安慰了，而我大致已慢慢從陰影中走了出來。」〔註 39〕然而，賈平凹骨子裏還是非常在乎這個「外國」的文學獎的，「這個獎在法國，法國又是小說大國，它畢竟對校正這本書的誤讀有好處。」〔註 40〕通過以給「友人」寫信的方式，賈平凹詳盡地記載了包括「煎熬的等待」等等獲獎的前前後後，重心落在該獎的「權威性」以及法國方面的「盛讚」，比如他照錄了朋友擬好的宣傳稿：

據十一月三日法國巴黎消息：中國作家賈平凹的一部長篇小說
（《廢都》）榮獲「法國費米娜外國文學獎」。這是賈平凹繼一九八八
年獲「美國飛馬文學獎」之後又一次獲得重要的國際文學獎。

〔註 37〕《土門》中更為現實的「答案」，或許也有政治上的考慮。畢竟，「城鄉對抗」
　　　　是比較「敏感」的主題，「神禾源」的存在，多少是一條「光明的尾巴」。

〔註 38〕費米娜文學獎頗有「中國緣」，賈平凹是該獎第一位中國得主。一年後法籍華
　　　　裔作家、詩人、法蘭西學院院士程抱一先生以法文創作的長篇小說《天一言》
　　　　再次獲獎（該獎分法國、外國兩類，程抱一獲得的是法國文學獎）。03 年旅法
　　　　華人作家、電影導演戴思傑的小說《狄先生的情結》再次獲獎。

〔註 39〕賈平凹：《在休閒山莊說話》，《五十大話》，北京：人民文學出版社，2008 年
　　　　第 1 版，第 211 頁。

〔註 40〕同上。

　　「費米娜文學獎」與「龔古爾文學獎」、「梅迪西文學獎」共為
法國三大文學獎。該獎始創於一九〇四年，分設法國文學獎和外國
文學獎，每年十一月份第一個星期的第一天頒獎。本屆評委會由十
二位法國著名女作家、女評論家組成。賈平凹是今年獲得該獎項「外
國文學獎」的唯一作家，同時也是亞洲作家第一次獲取該獎。〔註41〕
以及法國方面的盛譽：

　　是法國的安博蘭女士在巴黎的那頭通知我：《廢都》的法譯本已
經出版，給我寄出了數冊，不知收到否，而此書一上市，立即得到
法國文學界、讀書界極為強烈的反響，評價甚高，有人稱是讀中國
的《紅樓夢》一樣有味道，有人驚訝當代中國還有這樣的作家，稱
之為中國最重要的作家，偉大的作家。並說此書已入圍今年法國費
米娜文學獎的外國文學獎。

　　而這期間，數次與安博蘭通電話，她講：「您在法國幾乎是人人
都知道了的人物了！我近來特別忙，每日有記者採訪或作家來詢問
您的情況，談對《廢都》的感受。」並告訴我，法國的《新觀察》
雜誌每年評世界十位傑出作家，並一起在該刊十二期寫同一題目的
短文亮相，今年我列入其中。〔註42〕

賈平凹也明白這種「介紹」有「自吹自擂」之嫌，而且很容易被詬病為「孤
證」，如同他在該文開頭感慨的，「問及《廢都》一書獲獎之事，我作以答覆。
這種答覆由我來做，確實有點不該，話也不好說，卻荒唐到我不說，誰也不
知道。」〔註43〕冒著被嘲諷的風險，他還是渴望講出來讓大家「知道」，當年
對《廢都》的批判是「誤讀」，和「國內批評家」相比，更具有權威性的「法
國」的「文學獎」證明了這一點。儘管筆者同意研究者就此的看法，賈平凹
有些誇大了當年《廢都》事件的嚴重性。〔註44〕但是無論如何，「傷痕」由此
慢慢撫平，《白夜》之類的「傷痕文學」，不必一直寫下去了。

〔註41〕賈平凹：《給尚×的信——關於獲法國費米娜文學獎的前後》《五十大話》，北
　　　　京：人民文學出版社，2008 年第 1 版，第 216 頁。
〔註42〕同上。
〔註43〕同上。
〔註44〕洪治綱認為「事實遠沒有賈平凹自己所強調的那麼嚴重」，「他又總是在一些
　　　　小小的挫折面前顯得『懦弱』不堪，訴說不已」。參見洪治綱：《困頓中的掙
　　　　扎——賈平凹論》，《鍾山》，2006 年第 4 期。

　　以上種種，賈平凹處於《廢都》以來難得的寫作狀態。97 年秋，賈平凹開始了《高老莊》的寫作。初稿完成於 1998 年 3 月 12 日，修訂稿完成於當年的 6 月 4 日。寫作的表面原因，是第九屆全國書市的「訂貨」，據孫見喜回憶，「第九屆全國書市將於 10 月在西安舉辦，作為主辦省，陝西省新聞出版局要求下屬的省內 16 家出版社必須為書市拿出拳頭產品。同時，陝西省新聞出版局與太白文藝出版社在咸陽電力賓館聯合召開作家座談會，希望作家們奉獻力作，為書市爭光」。〔註45〕在這樣的背景下，孫見喜代表太白文藝出版社與賈平凹簽訂了出版合同，要求「該小説的篇幅以 25～30 萬字為宜」、「交稿日期的最後期限為 1998 年 7 月 31 日」，「力爭在第九屆書市上推出，放個響炮」。〔註46〕

　　在這類「訂單式」的文學生產的表層下，賈平凹還是堅持著自己的寫作邏輯，「《廢都》之後，我大致是沿著我對小説的認識來完成我的作品的。」〔註47〕有研究者指出這一點，「高子路的還鄉，是莊之蝶受到城市的壓迫而逃避不得、來自鄉村的夜郎又不為城市所接納、被梅梅視為根基的仁厚村遭到蠶食後的必然結果。」〔註48〕從「西京」的種種孤憤到「西京／仁厚村」的城鄉對抗，賈平凹後撤回了「鄉土」。換句話說，他的寫作根據地從「西安的城鎮」退回到了「商州的鄉下」〔註49〕，從「鄉下人進城」轉而敘述了「進城後」的「城裏人」返鄉的故事。和《商州初錄》相比，十多年後，賈平凹再次重返家鄉。只不過，這次重返的目的地，不再是「三錄」中每一個地點像導遊圖般標識明確的「商州」，或者是《秦腔》中的「清風街」（棣花街），而是一個充滿寓言色彩的地點：「高老莊」。小説敘述了省城的古漢語教授高子路於亡父三週年的祭日，攜第二任妻子西夏重返故鄉「高老莊」，在老家大約一個月內的種種際遇。

〔註45〕孫見喜：《賈平凹傳》，上海：上海人民出版社，2008 年 1 月第 1 版，第 241 頁。

〔註46〕同上，241 頁。

〔註47〕賈平凹、穆濤：《寫作是我的宿命──關於賈平凹長篇小説新著〈高老莊〉訪談》，《文學報》，1998 年 8 月 6 日第 4 版。

〔註48〕於曼：《無奈的精神還鄉──讀賈平凹的長篇新作〈高老莊〉》，《小説評論》，1999 年第 1 期。

〔註49〕在《高老莊後記》裏賈平凹交待，「長期以來，商州的鄉下和西安的城鎮一直是我寫作的根據地」。

　　據賈平凹在後記中的自述,《高老莊》的寫作目的在於「關懷和憂患時下的中國」:「我不會寫歷史演義的故事,也寫不出未來的科學幻想,那樣的小說屬於別人去寫,我的情結始終在現當代。我的出身和我的生存的環境決定了我的平民地位和寫作的民間視角,關懷和憂患時下的中國是我的天職。」〔註 50〕這種「情結」和《土門》相似,有研究者就將《土門》視為「面對今日中國的關懷與憂患」。〔註 51〕然而,對於《土門》這個包含著兩個差異性面向的「城鄉對抗」的故事,賈平凹放棄了他的「雙重批判」中關乎「城市」的官商腐敗、野蠻拆遷等等「政治性」的面向(這些似乎不那麼「純文學」,「改革」的創痛一直是九十年代以來的文學界心照不宣的「禁忌」,對「城市」的批判往往也是《廢都》、《白夜》式的對壓抑、窒息的「文明病」的批判),而是選擇了「續寫」另外的一重批判,如同他在後記中談到的,「而在傳統文化的其中淫浸愈久,愈知傳統文化帶給我的痛苦,愈對其中的種種弊害深惡痛絕。」(P360)有的研究者發現了這一點,「《高老莊》的主題和某些情節容易讓人聯想到《土門》。二者雖然有著諸多方面的不同,但是作家從中表現出的對待古老的農業文明的態度卻極為相似,只是《土門》在審視與批判的同時,對古老的農業文明不可避免的衰亡命運多了幾分同情、歎惋,而《高老莊》則在審視與批判中表現出某種厭棄和絕裂情緒。」〔註 52〕

　　從「高老莊」的象徵性上能看出賈平凹的這一用意。賈平凹續寫了《土門》中「仁厚村」的退化(讀者試回憶梅梅的「尾骨」),「高老莊」如同被詛咒的村莊,這裏的村民一個個天生就是矮子(矮到什麼程度?小說中有個細節,石頭舅舅與西夏發生爭執,他抬起手僅僅能夠打到西夏的胸部)。有研究者認為,這是以「小村莊」隱喻「大民族」:「賈平凹的《高老莊》在以一個小村莊隱喻一個大民族的基礎上,詳細地列舉了這個純漢人的村落的體質特徵、歷史淵源、碑刻傳記、文物古磚以及方言土語,並對婚喪風俗、飲食起居如數家珍。這不僅為人類學的幾個分支,考古學、民族學、語言學提供了

〔註 50〕 賈平凹:《高老莊》,北京:人民文學出版社,2008 年 1 月第 1 版,第 359 頁。出於閱讀的方便,下文徵引該書原文,只在原文後標注出處的頁碼。

〔註 51〕 參見孟繁華:《面對今日中國的關懷與憂患——評賈平凹的長篇小說〈土門〉》,《當代作家評論》,1997 年第 1 期。顯然,賈平凹讀過這篇論文。

〔註 52〕 石傑、王馥香:《在文化的批判與建構之間——論賈平凹長篇小說〈高老莊〉兼及〈土門〉》,《錦州師範學院學報》,2000 年第 3 期。

豐富的研究資料，也是體質人類學與文化人類學研究的獨特素材。可以說，作者是有心爲民族文化作傳。」〔註53〕

正如研究者所分析的：

> 賈平凹大量用到了古代的碑文，裏面記述了高老莊的先人是尚武、尊神、知禮、高大而孔武有力的，可是到了現在的高老莊人，卻清一色是卑瑣、短視、矮小的，即便是高子路成了省城的教授，一回到高老莊，他的矮小就顯露出來了。高老莊人正在割斷自己與先人的傳統之間的聯繫，先人血液裏所流傳下來的優秀品質正在喪失，這可以從高老莊人把象徵先人歷史的碑石棄之於茅廁、野地、豬圈中見出。高老莊裏生活著的都是些矮人，這一筆，對現代人的諷喻是意味深長的。〔註54〕

有的研究者進一步指出，這種「退化」體現於「文化」的「斷裂」：

> 除了爭奪蠅頭小利，他們對文化的斷裂與衰敗毫無知覺。記載著高氏歷史的石碑用來壓堂屋臺階，有著浮雕圖案的古磚用來砌廁所、修水渠、向外族人西夏換取友誼和金錢，高氏家譜夾在破爛不堪被老鼠啃掉了書脊的《康熙字典》裏，來正媳婦輕易地拿來同西夏的梳子交換。更爲極端的是鄉民爲了發財，爭相砍伐樹林，連丈夫病在床上命在旦夕的三嬸也丟下病人去山上扛回小樹準備做碾杆。生存環境、子孫的將來統統地拋在腦後，祖先拼死護衛過的文化傳統、家族血脈在無聲無息中消亡。〔註55〕

然而，作家的「自述」與作品之間，向來不是簡單的對應關係，這種現象文學史上屢見不鮮。就《高老莊》而言，作品本身遠遠比賈平凹所設定的寫作意圖要複雜。這種「複雜」最深刻的體現，不是體現於「內容」上的變化，而是「形式」上的創新：以「子路」與「西夏」「雙重視角」出發展開敘述。

就子路而言，這種人物類型是賈平凹所熟撚的「進城」知識分子，只不過這次「城裏人」返回故鄉。然而，出生於「城市」的西夏，是賈平凹作品中十分罕見的人物——迄今爲止唯一的現代城市女性。當時的研究者注意到

〔註53〕李裴：《自述體民族志——從〈高老莊〉看中國小說新浪潮》，《民族藝術》1999年第3期。

〔註54〕謝有順：《賈平凹的實與虛》，《當代作家評論》，1999年第2期。

〔註55〕李裴：《自述體民族志——從〈高老莊〉看中國小說新浪潮》，《民族藝術》1999年第3期。

了這一點，將子路與西夏稱呼為「還鄉者「和」外來人」：「從還鄉者和外來人眼中，從兩個人的不同視野不同感受中，展現高老莊的鄉村圖畫。」而且，研究者格外注意到了西夏這個「視角」的意義：「高老莊的現實多是通過西夏的視角表現的。西夏在作品中既代表著一種文明模式，同時又是一個觀察角度，具有一定的結構意義。」〔註56〕

兩種不同的觀察視角的互相纏繞，使得「高老莊」的「內涵」格外複雜，而且，無論是子路的視角或是西夏的視角，本身都包含著悖論性的自我否定，保持著微妙的反諷。就子路來說，作為土生土長的農家子弟，他對「高老莊」的態度，更多的反而是厭惡。這種厭惡不是糾纏於枝節，而是根本性的對「人種」的否定，「子路之所以與原妻離異，同西夏結婚，他喜歡的並不是周圍人和家鄉人所說的因為西夏是城市人，年輕而漂亮。他喜歡的是高大」。（P7）由於祖先可能是胡人，西夏被視為改良「高老莊」這種「純漢人」的可能，「西夏大概就是歷史上北方的一個匈奴人種的國名，連不是平面臉龐，有著淡黃頭髮的西夏也覺得自己的祖先可能就是胡人，至少也該是漢胡的什麼混合血統了。」（P7）甚至於，這種對新的「人種」的渴望到了「走火入魔」的地步，和「胡人」相比，子路更期待外星人投胎：「西夏說：『飛碟？』子路說：『飛碟！』西夏說：『高老莊真的來過飛碟！』子路癱跪在了泥地上，他悔恨他們的做愛沒有成功，如果在那一刻成功，外星人或許會投胎於他們，他們就可以生一個新的人種了，但他們失敗了！」（P147）〔註57〕

然而，子路無論如何厭惡家鄉，返鄉後卻始終不斷地被「同化」。在西夏眼中，「簡直比城市人還城市化」的子路回到「高老莊」之後就變了，「怎麼一回到高老莊，子路的許多許多方面就都變了呢？」（P125）「你一回來地地道道成了個農民了嘛！」（P91）作者不斷激活「高老莊」這個神話原型來暗示，這是「豬八戒」回到了「高老莊」，「豬」的意象反覆出現：

> 西夏抱住了子路的頭，埮埮地在臉上親，一側頭，卻看見了臥屋門口那一片三角亮光處有一頭豬，豬四蹄伸得長長的，好像很舒服，就說：「家裏養的豬？」子路說：「沒的。」西夏說：「咳，我明明看見了的，怎麼又不見了？」（P19）

〔註56〕石傑、王馥香：《在文化的批判與建構之間——論賈平凹長篇小說〈高老莊〉兼及〈土門〉》，《錦州師範學院學報》，2000年第3期。

〔註57〕這裏有一種微妙的等級秩序：外星人＞地球人，胡人＞漢人，和現實世界的權力關係與文化想像頗為「吻合」。

　　　　西夏洗好了，讓子路也洗洗，子路說困，不洗了，西夏說你一
　　回來衛生都不講了？子路說我還想把刷牙的瞎毛病改了哩，還故意
　　努了一個屁。西夏說眞是豬八戒回到了高老莊，完完全全還原成一
　　頭豬了。（P69）

　　　　她癡癡地坐在那裏，直到窗紙灰白，低頭再看了看子路，猛地
　　發覺睡在自己身邊的是一頭豬！西夏啊地一聲，身子幾乎騰空而
　　起，跳坐在了炕的那頭，把燈拉開，子路還是子路，只是滿臉汗油，
　　嘴張著，嘴角流著口水。（P125）

和「取經」的偉大征途相似，在「現代化」的進程中，「高老莊」依然是一處
阻礙「前進」然而又充滿吸引力的不祥之地。〔註58〕不斷地嘗試棄絕又不斷地
被牽引的子路，最後在墳前撕毀了那個記載高老莊方言土語的筆記本，與「高
老莊」做了最後的了斷。誠如研究者分析的，「子路把那個記滿了高老莊方言
土語的筆記本撕掉了，又在爹的墳前磕了一個頭，說：『爹，我恐怕再也不回
來了！』語言與父親一樣都是民族根系的象徵。子路撕掉筆記本，告別父親，
獨自一人回到省城去，是與歷史悠久且具有漢族血統的高老莊的決裂」。〔註59〕

　　如果說「子路」的「視角」存在著厭棄又不斷被吸引的「複雜」的邏輯
關係，「西夏」的「視角」同樣密佈著悖論式的關聯，一樣包含著微妙的反諷，
或許比「子路」的「視角」更爲值得思量。和子路的厭棄不同，西夏出場伊
始，作者就反覆交待，這是一個初到「高老莊」的「天眞」、「好奇」到甚至
充滿「孩子氣」的「城市女性」：「西夏的腿長，生性又好奇」、「對於西夏來
說，什麼都是稀罕」（P59）；「西夏很開心、見了牛就跟在牛的後邊，牛往前
邁右腿，她也往前邁右腿，牛往前邁左腿，她也學著往前邁左腿，牛翹了尾
巴拉糞，噗地拉下一堆，她差點踩在牛糞裏。看見羊了，又跟著學羊叫，咩，
咩咩……」（P32）〔註60〕隨著西夏逐漸熟悉了「高老莊」，她開始主動或不由

〔註58〕有研究者指出，「對於神話主人公豬八戒而言，高老莊是一個阻擋取經志向的
　　　　回家情結。」參見前引的李裴《自述體民族志──從〈高老莊〉看中國小說
　　　　新浪潮》。筆者想補充指出，《西遊記》中孫悟空與沙和尚分別是從「山」與
　　　　「河」出發的來自「大自然」的神怪或聖徒，倒是豬八戒是唯一從人類社會
　　　　「高老莊」出發的，他身上的「農民」色彩最重。

〔註59〕石傑、王馥香：《在文化的批判與建構之間──論賈平凹長篇小說〈高老莊〉
　　　　兼及〈土門〉》，《錦州師範學院學報》，2000年第3期。

〔註60〕當然，賈平凹有時候強調西夏的「天眞」有些過頭，比如作爲知識分子的西
　　　　夏居然不知道什麼叫「吃軟飯」（P178）、「皮條客」（P209）。

自主地介入到「高老莊」的種種瓜葛，比如蔡老黑的葡萄園與王文龍、蘇紅
的地板廠的衝突，饒有意味的是，無論對於哪一邊而言，西夏扮演的都是「施
救者」的角色：

> 西夏不顧了一切衝過去，撿起了那已破的裙褲蓋住了蘇紅，發
> 了瘋地叫道：「誰要再來動她一指頭，我今天就和誰拼了！滾開！滾
> 開！都滾開！」說完，竟眼睛發白，身子軟下去不省人事了。（P333）

> 西夏說：「我明日想去派出所給蔡老黑說情。或許我說話不頂
> 用，但如果不頂用，我就到縣上去，即使他被正式逮捕，我尋律師
> 爲他辯護。」子路驚得目瞪口呆，足足過了三四分鐘，才說：「西夏，
> 你怕是眞中了白雲湫的邪了？」（P354）

此外，西夏不僅僅承擔著「施救者」的角色，她還肩負著自己「專業」的任
務，以類乎人類學家的方式收集抄錄「高老莊」的「古磚」與「碑文」，有研
究者就此指出：「西夏以高子路新妻的身份走進高老莊，以妻子和媳婦、繼母
的角色進入高老莊人的視野。她的角色意義如果只是囿於其遊刃有餘於這種
複雜的關係，那麼她充其量不過具有某種人倫的亮色，成爲一箇舊故事系列
形象中的一個新面孔。然而西夏超越了這一角色和身份，她以獨立的人類學
者的身份，把一次隨夫探親的程旅變成了一次人類學者的『田野調查』。」〔註
61〕且舉一例，在石頭神秘的怪畫的暗示下，西夏發現了改寫「美術史」的「偉
大作品」：

> 西夏心下也是一驚，沒敢說破，返身就又往土場下的水渠去，
> 果然在渠邊發現了半塊磚，磚上竟神奇地刻有「至正十四年」五字。
> 西夏已經猜出「至正十四年」五字肯定是年號，卻說不清是哪朝哪
> 代的年號。回來問子路，子路說是元代的。西夏大叫：「不得了了！
> 這麼說，美術史就將改變了，以前只是認爲敦煌宗教壁畫裏才有飛
> 天形象，原來元代民間也就有飛天麼！」就仰面倒在地上，腳手亂
> 蹬亂動如孩子。（P151）

無可否認，與委瑣優柔的子路相比，天眞、好奇的西夏很討人喜歡，她對「高
老莊」的村民們、和自己有利害衝突的子路的前妻菊娃、子路與菊娃的兒子
石頭，都充滿著眞摯的善意。然而，無論是作爲「施救者」或是「專業化」

〔註61〕轟進、何永生：《窘境與再生──評〈高老莊〉》，《當代文壇》，2000 年第 4
　　　　期。

的學者，「現代」的西夏自覺不自覺地將「高老莊」「客體化」或「他者化」
——「高老莊」的價值，終究是她的「研究對象」甚或「拯救對象」。這並非
西夏主動的選擇，然而由於西夏甚至於沒有覺察而尤爲可悲：隱秘的權力結
構完全「自然化」了。

總之，通過以上分析可見，無論是「子路」的「視角」或是「西夏」的
「視角」，都包含著悖論，這種充滿「反諷」意味的「雙重視角」作用下的敘
述，決定著全知敘述人與人物之間，無論是情感體驗或是價值立場，保持著
必要的「距離」。無須諱言，賈平凹之前的作品——《廢都》與《白夜》最爲
嚴重——敘述人高度「認同」主人公，敘述的「聲音」既單調又強大。坦率
講，這是一種情感沉溺到近乎「自戀」的寫作，尤其是情感或價值觀的立場
發生偏離時，極其容易激起讀者的厭惡（試想想可憐的莊之蝶）。一直到《高
老莊》這裏，賈平凹的小說才做到了富於「現代」意味，這不是由於他以往
所以爲的「內容」上的「現代意識」，而是眞正深刻的「形式」上的「敘述間
離」，貢獻了一個「平衡」與「張力」的藝術世界。

筆者不願濫套理論，但還是想起了巴赫金對「獨白型」與「對話型」小
說的卓越論述：「獨白原則最大限度地否認在自身之外還存在著他人的平等的
以及平等且有回應的意識，還存在著另一個平等的我（或你）。在獨白方法中
（極端的或純粹的獨白），他人只能完全地作爲意識的客體，而不是另一個意
識」〔註62〕然而，在「對話型」的作品中，「相信有可能把不同的聲音結合在
一起，但不是彙成一個聲音，而是彙成一種眾聲合唱；每個聲音的個性，每
個人眞正的個性，在這裏都能得到完全的保留。」〔註63〕援引過來的話，賈
平凹之前的作品——尤其是《廢都》——是典型的「獨白型」作品，「莊之蝶」
的「意識」凌駕於他人之上，他的「聲音」被放大到不可思議的地步（試比
較莊身邊的女性，完全是依附性的存在）。在《高老莊》中，我們體驗到了賈
平凹筆下罕見的「多聲部」，而且難得的是各個「聲部」本身還包含著自反性
因素，是一種「反諷式」的大合唱。

如果說還有遺憾的話，筆者覺得缺乏第三種聲音：「高老莊」自己的聲音。

〔註62〕【俄】巴赫金著、白春仁、顧亞鈴等譯：《詩學與訪談》，石家莊：河北教育
出版社，1998年6月第1版，第386頁。

〔註63〕【俄】巴赫金著、白春仁、顧亞鈴等譯：《文本·對話與人文》，石家莊：河
北教育出版社，1998年6月第1版，第356頁。

無論是八十年代的「返鄉系列」，還是這裏所分析的「高老莊」，在外界打量的目光中，鄉土世界始終是「沉默」的——唯一發聲的作品是《秦腔》，但是我們知道敘述人卻是一個「瘋子」。且容筆者大膽地說，某種程度上，賈平凹恰恰不是「鄉土作家」，而是「反鄉土」的作家，渙散分裂的鄉土世界，無法作為一個「正常」的主體，參與這場「歷史性」的「對話」。

3.3.2 「意象」的「故事化」等變化

就《高老莊》而言，不僅僅是「雙重視角」的採用克制了既往作品中過於強烈的「自敘傳」色彩，賈平凹對一直念茲在茲的「現實」與「意象」（「形而下／形而上」、「實／虛」）的處理也比他之前是作品要成功得多。筆者同意當時研究者的判斷，就賈平凹的小說觀念而言，「賈平凹在他 20 世紀 90 年代的前三部長篇小說中一直在進行這種實踐，只是到了《高老莊》，這種實踐才獲得了一個完整的果實。」〔註 64〕

在《高老莊》中，賈平凹一如既往地保持著他強大的寫實能力。有研究者指出，「從實的一面說，賈平凹的努力是非常成功的，那種流動的、日常的、細節的生活，被表現得原汁原味，行文也極為恣肆，場面的展開和調度從容而沈穩，尤其是對話，在小說中佔了很大的比重，它除了給我們一種現實關懷的氣象外，還起著推動故事和人物內心的進展的作用。」〔註 65〕這和筆者的閱讀體會類似，《高老莊》對農村日常生活的描寫臻於化境，幾乎看不到半點人為的痕跡。一個常常被提及的經典段落，就是子路父親三週年祭奠：「小說中有一個重要的場面，那就是子路父親祭日的宴席，幾乎所有的重要人物都登場了，那個窄小的範圍，可謂是鄉村的文明及其衝突的一次集中展示。賈平凹的能力就在這麼窄小的空間裏表現得淋漓盡致。西夏與菊娃的關係，子路的應酬，親朋好友的閒談，狗鎖的死要面子，迷胡叔的神裏神氣，蔡老黑、蘇紅、王廠長等人的與眾不同，往往經由寥寥數筆或是幾句簡短的對話就躍然紙上，這是只有傳統的白描手法才能達到的生動效果。就賈平凹這種對現實事象的表現力而言，在當今文壇是無人能出其右的。」〔註 66〕如同賈

〔註 64〕孫見喜：《文化批判的深層意味——〈高老莊〉編輯手記》，《小說評論》，1998 年第 6 期。

〔註 65〕謝有順：《賈平凹的實與虛》，《當代作家評論》，1999 年第 2 期。

〔註 66〕同上。

平凹自己在後記中交待的，「我熟悉這樣的人和這樣的生活，寫起來能得於心又能應於手。」（P360）〔註67〕

擱置近乎「共識」的賈平凹強大的寫實能力不論，筆者更想指出，賈平凹的「寫虛」，在《高老莊》中得到了明顯的提升。以往作品中的意象往往過於直白，最糟糕例子就是《廢都》中那頭奶牛對「野蠻」的懷念，顯得矯揉造作過於生硬。幸好，在《高老莊》中，賈平凹一定程度上克服了以往的缺陷，他的「象徵」手法發生了可喜的變化──爲了論述的清楚，筆者將這種變化歸爲三類：

其一，在《高老莊》中賈平凹將「意象」的世界推遠到「現實」世界的邊界，由於始終無法抵達以至於無從解釋。這不僅掩飾了賈平凹寫作的局限（賈平凹作品中最糟糕的部分往往就是他談論「現代意識」的哲學說教），還大大地增加了文本的「開放性」。和寓意清楚的《土門》相比，《高老莊》中作爲核心意象的「白雲湫」，顯得撲朔迷離。類似於「神禾源」，「白雲湫」在表面上似乎就存在於現實世界的某個角落，子路甚至給出了清晰的「路線圖」：「兩夏說：『患癌症哪兒的人都患的，如果患病率高，最多與水質有關，哪裏就是邪氣沖的？村裏人動不動就說白雲湫，白雲湫到底是個什麼地方？』子路說：『從西流河往下走二十里，然後鑽白雲寨山下的一條溝到兩岔口，順西岔口進去有個大石幢，大石幢上去三里路有個大湖，那就是白雲湫。』」（P115）然而，和「神禾源」顯著不同的是，「白雲湫」始終無法抵達，見識廣的子路娘告訴西夏，村子裏去過「白雲湫」的，只有三個人（嚴格地說蔡老黑和迷胡叔僅僅是靠近過「白雲湫」）：

> 娘聽不懂遺傳，卻說：「你那爺爺的二爺爺去過後，再沒聽誰去過，迷胡只是到了白雲寨下邊的山溝，倒吹噓他去了白雲湫，只是蔡老黑耍二毬，領過省裏一個人去過白雲寺，白雲寺在白雲湫前溝口，省城人再沒回來，他卻把那個和尚背回來了，爲這，差點也沒要了他的命哩！」（P160）

〔註67〕而且，由於「故事」發生的場景是鄉村，賈平凹放棄了《白夜》等城市小說裏那一套神神道道的對「文化」的迷戀，鄉下終於不見夜郎式的「賈寶玉」了（當然另外的原因在於《高老莊》有批評鄉民「文化斷裂」的向度），以往的「彆扭」終於變得「自然」──當然，西夏大談碑文古碑是合適的，「由於尋訪民間碑板是女主人公的專業愛好，符合人物身份，也構成表現她性格的一個因素」。（蕭雲儒：《賈平凹長篇系列中的〈高老莊〉》，《當代作家評論》，1999年第2期）

饒有意味的是，這三個人中，不信邪的「爺爺的二爺爺」去了再沒有回來，「留下一個女兒就出門嫁了外姓，就是現在蔡老黑的姥姥婆」。（P159）繼承了這種「血統」的蔡老黑，十三年前曾經到過距離「白雲湫」不遠的「白雲寺」，把該寺院「坐化」的一泓和尚的「肉胎」背了回來，隨他同去的一個「遊醫」模仿一泓和尚坐化，結果死在了寺後的山坡上，連累著幫他把自己釘在箱子裏的蔡老黑坐了兩年牢。最神秘的或許是迷胡叔的遭遇，他在「白雲湫」遭遇了一椿離奇的殺人事件，事發後他變成「瘋子」了：

> 西夏說：「聽說迷胡叔的瘋是在白雲湫瘋的？」子路說：「他哪兒敢去白雲湫？他是在白雲寨後邊的山溝裏採藥，那兒離白雲湫是靠近，夜裏睡在石崖下。有人來搶他，他拿刀就砍，砍下一顆腦袋來，自己倒嚇瘋了。」西夏說：「他還殺了人？」子路說：「他把那腦袋撿起來，腦袋是兩半個殼，趕回來就去派出所自首投案，但那腦袋不是腦袋，是垢圿殼，像頭盔一樣的垢圿殼。」西夏說：「垢圿殼？誰有那麼厚的垢圿殼？」子路說：「派出所當然把他放了，但他說他砍的就是人頭，是白雲湫野人的頭，瘋病就一值得下來。」
> （P146）

「好奇」的西夏，在小說結尾處曾經說動了迷胡叔，帶著她和蘇紅勇闖「白雲湫」，在那裏或許能夠揭開「高老莊」的一切秘密。然而，一種神秘的力量不斷地阻擋著她（「迷胡叔卻說：這是老天在阻擋她去白雲湫的，或許是好事哩」），她的「鞋子」被神奇地變成了「牛糞」，最後悻悻而歸：

> 到岸這邊，西夏說：「蘇紅姐，你去石頭邊把我的鞋拿來。」蘇紅去了石頭邊，並不見什麼鞋，倒是有兩堆牛糞，已經發乾。蘇紅說：「哪兒有鞋？」西夏說：「就在石頭邊放的。」自己也走過去，就是沒有鞋，說：「明明就在這兒放的，怎麼成乾牛糞了？！」話說畢，兩人都驚恐起來。蘇紅說：「鬧鬼了，西夏，鬧鬼了！」連聲喊迷胡叔。（P307）

儘管無法抵達，冥冥中「白雲湫」與「高老莊」卻存在著神秘的聯繫。有研究者指出，「也許是最為重要的文化寓言，就是貫穿全部小說的白雲湫。這個極度神秘的意象在小說中頻繁出現，但誰也不知道白雲湫有何種神秘的力量。唯一去過白雲湫的迷胡叔卻是個瘋子。西夏想去白雲湫的計劃因種種神秘的原因而始終無法實現。石頭的特異功能、迷胡叔的瘋以及高老

莊人多患癌症的種種奇異現象均與白雲湫有關。」〔註68〕最具象徵意味的，就是子路與前妻菊娃生的兒子石頭，這個下肢癱瘓（又是「癱瘓」，讀者試回憶《土門》中的雲林爺）的孩子和村民們比起來非常「不正常」：「石頭這個孩子能聽得懂蝴蝶的話，畫畫能測吉凶，沒有常人的情感，以至於遭綁架被解救出來後仍然無動於衷，只是想睡覺，平時寡言少語開口就是驚世駭俗之語。」〔註69〕子路曾經感慨到這個孩子是「白雲湫的妖魔附了體」：「就怪得要命了，這孩子自生下後家裏就沒安寧過，先是石頭砸壞廈屋房頂，後是爹去世，我又離婚．不該發生的事都發生了，莫非白雲湫的妖魔附了體？」（P151）〔註70〕

　　子路這句話並非虛言，小說中不斷暗示石頭與「白雲湫」神秘的淵源：

　　　　西夏也笑了，說：「我也想聽哩！剛才來時看石頭的一張畫，上邊就畫了一群人，子路說是三條腿的……」蔡老黑說：「說三條腿，我給說哩，那年我去白雲湫，白雲寺後五里地的山上就有崖畫，上邊刻的全是三條腿的人。」西夏說：「白雲湫也有崖畫？！」蔡老黑說：「有的。崖畫上的人可能就是畫當時的白雲湫野人的，民間裏傳說，白雲湫的野人渾身是毛，目光如手電一樣，能看十里遠的，那根東西又粗又長。」（P198）

石頭的畫與白雲湫崖畫的相似，多少留下了解讀神秘的「白雲湫」的可能。「高老莊」與「白雲湫」，相區別的關鍵還是「人種」──「高老莊」是純種漢人，白雲湫則是「野人」，「漢人」和「野人」之間，曾經發生過接觸：

　　　　狗鎖也在說，高老莊的人為了自己的純種與南蠻北夷不知打了多少仗，原本高老莊的人口才叫多哩，這裏曾是西南去關中的必經之路，是水旱的碼頭，現在稷甲嶺上會能發現一些洞穴痕跡，那就是當時人居住過的地方，為了保衛自己，高老莊也死了三分之二人口哩。那白雲湫的野人，傳說就是高老莊的人把那些零散的入侵者

〔註68〕葉立文：《開啟文化寓言之門──評賈平四新作〈高老莊〉》，《小說評論》，1999年第1期。

〔註69〕王輕鴻：《「石不能言最可人」──〈高老莊〉神話原型分析》，《荊門職業技術學院學報》，2000年第1期。

〔註70〕有研究者發現了「石頭」的原型：「在1997年的《美文》雜誌上，賈平四曾經著文《十幅兒童畫》。稱讚西安的一對學生兄弟敦煌和龍門在八歲以前的繪畫，並且誇獎其有神秘色彩。」參見張志忠：《賈平四創作中的幾個矛盾》，《當代作家評論》，1999年第5期。

趕進了深山密林，他們在那裏過著野獸的生活，慢慢就和獸類不分
習性了。（P235～236）

還是《廢都》式的思路，作者這裏以男性生育能力作爲「象徵」。「高老莊」
的男人普遍顯得孱弱，子路回到「高老莊」後「越來越不行了」，打算在「高
老莊」懷個孩子的願望一直沒有成功；不僅僅是返鄉的子路，當地的村民們
更糟，作者精心安排西夏「無意」中聽到一個小故事，慶升與慶升媳婦結婚
八年，連續三胎都是怪胎，最後被迫向來順「借種」，果然就懷上了，饒有意
味的是，「來順是外地人，又有文化，有工作，長得又人高馬大」（P274）。相
反，那些和「白雲湫」有關係的居民卻顯得「生氣勃勃」，因爲「白雲寺」離
「白雲湫」很近，一泓和尚「外號就叫三條腿」；去過白雲寺的蔡老黑，則是
「高老莊」罕見的「硬漢子」，西夏就認爲子路「我看有你十個也抵不住一個
蔡老黑哩！」（P261）。〔註71〕

總之，就如西夏的慨歎，「我感興趣的是白雲湫有那麼厲害的野人，可離
白雲湫這麼近，高老莊的人卻老化成這樣，你不覺得這有意思嗎？」（P201）
對「白雲湫」的渲染，歸根結底還是落在「高老莊」上——對「高老莊」所
代表的「傳統文化」的批判，如賈平凹所謂的，「我感興趣的是中國傳統文化
怎麼消失掉的，人格的精神是怎麼萎縮的，性是怎麼萎縮的。」〔註72〕

其二，由於「意象世界」神秘而難以抵達，《高老莊》的「虛」沒有游離
故事層面之外，而是以「懸疑」的方式成爲故事的一部分。比如上文分析的
「白雲湫」，小說一直暗示石頭和迷胡叔因爲「白雲湫」有一種神秘的關聯，
但是含含糊糊到小說結束也沒有說透。聯想到迷胡叔當年的「殺人事件」，作
者烘託的氣氛有一種充滿吸引力的驚悚：

石頭一抱出來，迷胡叔就不言語了，似乎變得老實溫和，還幫
著把石頭那一雙沒知覺的腳放好，然後就走了。西夏覺得奇怪，說：
「你不說了？」迷胡叔說：「我得去牛娃子家吃宴席呀！」娘看著他

〔註71〕有研究者發現，在高老莊中，興旺的都是「外姓「：「與高氏的衰敗相對比的
是外姓（即外族）的興旺。生活在高老莊的能人無一例外都不姓高。蔡老黑
承包了葡萄園，號稱莊上第一個改革家，王文龍與蘇紅經營的地板廠大有獨
霸一方之勢。」參見前引的李裴：《自述體民族志——從〈高老莊〉看中國小
說新浪潮》。
〔註72〕賈平凹、張英：《文學的力量：當代著名作家訪談錄》，北京：民族出版社，
2001 年版，第 155 頁。

> 出去，喜歡地說：「今日怎麼啦，不讓人趕竟自己走了！」西夏說：
> 「他怕石頭，石頭一來他就蔫下來了！」心裏卻想：他怎麼就怕石
> 頭？！（P272）

除了迷胡叔與石頭詭異的關係外，筆者再舉一個例子且做比較。《廢都》、《白
夜》中賈平凹都借助了「鬼」的意象，但是和故事的層面總是有隔，裏面的
人物動不動就大嚷街上有鬼，表意得過於直白。《高老莊》中賈平凹第一次把
「鬼」的意象完全融進了現實生活，做到了虛實融彙。且看子路與西夏動身
前往「高老莊」的時候，西夏在車站遇到了一個「好心」的女子：

> 女人說，要去高老莊，得剪個短髮的，到處是梢樹林子，雨後
> 進去撿菌子，長頭髮就不方便，高老莊的狗都是細狗，一生下來主
> 人就把尾巴剁了。說著從自己頭上摘下一支髮卡給了西夏。西夏不
> 願無故接受贈品，謝絕不要，但不行，再要付錢時，女人說這能值
> 幾個錢呀，動手幫西夏把頭髮攏整齊，別上了髮卡，直叫道漂亮。
> 西夏謝謝著這位陌路相逢的女人，邀請她去見見子路：說不定論起
> 來，她的那位親戚還是子路的什麼親戚，世界說大，大得很，說小
> 又小得就那麼幾個人呢！但那女人卻不想去見子路，說她是電視臺
> 的記者，得立即去很遠的地方出差呀，就拜拜，沒在人群不見了。
> （P4）

到了「高老莊」，一系列「因緣巧合」，西夏把髮卡送給了菊娃，隨即一個驚
人的「真相」被揭開了：

> 卻突然記起了什麼事，轉過身來，說：「西夏，我還要問你呢，
> 你送我的這個髮卡是別人送的嗎？」西夏說：「怎麼啦？是別人送
> 的。」菊娃：「是誰？」西夏就說了在車站的一幕，菊娃臉登時變
> 了顏色，煞白煞白。西夏說：「怎麼啦，你認識她？」菊娃說：「我
> 戴了這髮卡，前日地板廠的王廠長去店裏看見了，他眼睛就直了，
> 要了髮卡看來看去，問從哪兒得到的？他說這是他老婆的，是他去
> 上海出差時給他老婆買的，髮卡上有一個麻點的。」西夏說：「是王
> 廠長的老婆？怪不得那女人說她一個親戚在高老莊，原來她說的是
> 王廠長！」菊娃就問：「那女人長得怎麼樣？」西夏說：「白胖胖的，
> 四十出頭，一笑嘴角有個酒窩。」菊娃大驚失色，說：「還真的是她，
> 可她已經兩年前死了呀？！」西夏愣了半天，她簡直不能相信，那

個女人是死了的人，死過的人怎麼能復活呢，怎麼能會把這枚髮卡
送給她呢？（P110）

在不露聲色地徐徐敘述了一百多頁後，沒用一個「鬼」字，但是讀起來陰風
森然。而且，「前妻」的髮卡，成為故事的「線索」，象徵著菊娃與王文龍之
間微妙的關係，筆者概括其為「象徵」的「故事化」：

王文龍和菊娃出去，狗汪個不停，菊娃三躲兩躲的，頭上的髮
卡就溜脫下來，忙撿了一邊跑一邊往頭上別。西夏突然後悔沒有問
一問他老婆的事，倏忽間，卻覺得菊娃樣子似乎和她才回高老莊時
有些變化，是臉胖了，還是屁股肥了，趴在樓窗上看遠去的菊娃背
影，那腰肢斜斜地扭動勁兒真的是像汽車站上的那女人了。（P209）

其三，筆者還想指出，在以上的變化外，《高老莊》的「意象」系統更為開放，
不再僅僅拘泥於東方文化，比如「飛碟」的出現。在小說中，東方化的「白
雲湫」與更為「現代」的「飛碟」，在象徵的層面上構成了一種微妙的「平衡」。
比如石頭的「奇異」，在「白雲湫」之外，作者一直在暗示還有一種可能：

子路說：「就怪得要命了，這孩子自生下後家裏就沒安寧過，先
是石頭砸壞廈屋房頂，後是爹去世，我又離婚，不該發生的事都發
生了，莫非白雲湫的妖魔附了體？」西夏說：「說不定是外星人……」
（P151）

西夏只好走開，在遠遠的地方觀察著，想這孩子的奇異：要麼
是外星來客，要麼就與白雲湫有關了。外星的事無法證實，她便和
娘說起白雲湫，要看看石頭的反應。（P159）

就「飛碟」而言，筆者簡略地統計了一下，在小說中一共出現過五次，按故
事發生的時間順序排列的話，如下：

第一次　迷胡叔殺人：

他之所以在那裏砍殺了人就是看見了空中的草帽（P148）

第二次　子路回家：

子路決定了回高老莊，高老莊北五里地的稷甲嶺發生了崖崩。
稷甲嶺常常崖崩，但這一次情形十分嚴重，黃昏的時候有人看見了
一個橢圓形的東西在葡萄園的上空旋轉，接著一聲巨響，像地震一
般，驥林娘放在簷笓上晾米的瓦盆當即就跌碎。雙魚家的山牆頭掉
下一塊磚，砸著臥在牆下酣睡的母豬，母豬就流產了。

第三次　子路與西夏發現古代的磚石，兩個人得意地在野外做愛：

> 子路也就看見了在牛川溝的上空一個橢圓形的東西在空中浮著，西夕的陽光使它閃閃發亮，忽上忽下，顯得是那樣的輕盈和自在，猶如微波中的一隻輪胎，一隻從山崖頂上飄下的草帽（P147）

第四次　石頭預感到了舅舅的死：

> 猛地看見天邊有一個傘一樣的東西在旋轉，忽大忽小，閃閃發光，瞬間卻不見了，就說：「石頭，你看見天上有個啥了？」揉揉眼，天上依舊沒有了什麼，太陽紅紅地照著，一隻烏鴉馱著光直飛過來停落到了飛檐走壁柏上。石頭卻突兀地說了一句：「奶，我舅淹死了！」（P314）

第五次　西夏留在高老莊，子路決意離開家鄉：

> 當子路坐上去省城的過路班車，消逝在了鎮街的那頭，街上滿是些矮矮的男人和女人，都跑過來問西夏：子路走了？子路怎麼一個人走了？西夏抬起頭來，驀地看見了牛川溝的方向有白塔的那個地方，天空出現了一個圓盤，倏忽又消失了（P356）

可以看到，每當「故事」發生重要的變故時，飄忽輕盈的飛碟旋即出現，「故事」層面的緊張與「象徵」層面的飄逸，維持著一種迷人的張力。而且，和「白雲湫」相比，「飛碟」的寓意更為含蓄，倏忽來去，不著蹤跡──在古老神秘的「白雲湫」與現代想像的「飛碟」之間，「高老莊」的寓意顯得尤為深邃。當然，如果說還有缺憾，筆者覺得「白雲湫」與「飛碟」在「象徵」層面上多少有些「失衡」，「白雲湫」寫得太重，或者說「飛碟」寫得太輕。可以理解，沉浸於東方文化的賈平凹更善於寫「神禾源」、「白雲湫」這類「桃花源」原型的意象，以飛碟之類的「輕盈」寫「沉重」，那是卡爾維諾或米蘭・昆德拉的拿手好戲，賈平凹寫到如此程度，已經非常難得。

　　且略作總結，由於以上所分析的種種「進步」，無論持何種立場的研究者，在高老莊上倒是達成「共識」，這是賈平凹的「傑作」。支持賈平凹的研究者指出，「賈平凹的許多作品，尤其是 90 年代的長篇小說，都十分注重形而下的揮灑描寫與形而上的意象建構及寓意寄託的有機融合，並且愈來愈追求達到一種自然天成的藝術境界。從《高老莊》的情況來看，雖然還不能說它已臻於此境，但顯然比前幾部作品要更自然樸素、也更深沉渾厚一些，因而也

更耐人琢磨品味。」〔註73〕相反，對其作品評價甚低的研究者也認為，「當然在他寫得最瀟灑自如的時候，他也能糅合前面多種手段，使他這種放棄傳統情節模式的小說仍然能夠抓住讀者。可惜，這樣的時刻是並不多見的。《高老莊》可以說是一次很僥倖的勝利。在我的閱讀中，《高老莊》之後，賈平凹的藝術魅力幾乎已經喪失。」〔註74〕

然而，儘管有一些研究者一再指出《高老莊》在賈平凹作品系列中的地位，考察賈平凹的研究史與接受史，這部傑作目前依然被過分地低估，幾乎沒有得到學界的重視。筆者深知以下這個判斷充滿風險，和學界的「常識」截然相反，但還是想大膽指出：好於目前被頻頻提及的《秦腔》、《浮躁》或《廢都》，《高老莊》才是賈平凹最好的作品，可惜作家自己似乎都沒有認識到這一點。

3.4 《懷念狼》：雙重毀滅與意象的觀念化

3.4.1 意象的觀念化

如果賈平凹對《高老莊》的藝術成就有更清楚的認識，他不會在寫出《秦腔》之前迷路般地繞了七年。可惜的是，賈平凹還是固執於他所珍愛的小說觀念，在《高老莊》後記裏，他表達了自己的「遺憾」：「我之所以堅持我的寫法，我相信小說不是故事也不是純形式的文字遊戲，我的不足是我的靈魂能量還不大，感知世界的氣度還不夠，形而上與形而下結合部的工作還沒有做好。」上文提到過，這還是一種「八十年代」的「認識裝置」：把「現代派」看得比「現實主義」重要。〔註75〕

尤為可惜的是，研究界過於認同賈平凹對自己的錯誤估計，在賈平凹設

〔註73〕賴大仁：《文化轉型中的精神突圍——〈高老莊〉的文化意蘊》，《江西廣播電視大學學報》，2000 年第 2 期。

〔註74〕黃世權：《日常沉迷與詩性超越——論賈平凹作品的意象寫實藝術》，第 39 頁。博士論文，未刊。

〔註75〕賈平凹有一種缺乏反思的「純文學」觀念，似乎「形而上」的程度越高，小說越「純粹」：「從《廢都》以後，我一直想把小說寫得更加純粹一些，我希望小說裏形而上的東西能夠多一些，但是在以後的創作中這個問題一直沒有解決好。在寫這部《懷念狼》的時候，我就希望能夠跨過這個難關。」參見賈平凹、張英：《我除了寫作，還能幹些什麼呢？》，《作家》，2001 年第 7 期。

定的路徑中指出《高老莊》的不足,「我認為,《高老莊》的遺憾,就在於賈平凹進入了大實的境界,而在虛的方面,他還是沒有逃脫用意象來象徵的思路,把虛符號化了,沒有從作品的深處生長出大虛來。」〔註76〕研究界的看法強化了賈平凹對自己的判斷,「原來的小說,意象的東西非常多,但是都比較局部,而且用得比較生硬,在上次《高老莊》的座談會上,有的評論家就提出這個問題,我當時就想到瞭解決的辦法:以情節直接來寫這個象徵,這樣寫要求情節不能寫得很複雜,只夠用很明亮很單純的用細節寫,從整體去表現你那種象徵的東西。」〔註77〕

出於對《高老莊》的「反動」,發表於 2000 年的下一部長篇小說《懷念狼》完全「意象化」了,如賈平凹在後記裏雄心勃勃地盼望的:「《懷念狼》裏,我再次做我的試驗,局部的意象已不為我看重了,而是直接將情節處理成意象。這樣的試驗能不能產生預想的結果,我暫且不知,但寫作中使我產生了快慰卻是真的。如果說,以前小說企圖在一棵樹上用水泥做它的某一枝幹來造型,那麼,現在我一定是一棵樹就是一棵樹,它的水分通過脈絡傳遞到每一枝幹每一葉片,讓樹整體的本身賦形。」〔註78〕

某種程度上,《懷念狼》的情節本身,就是一個魔幻色彩強烈的意象。小說講個一個不算複雜但頗為詭異的故事,由敘述人「我」(西京作家、攝影記者高子明)回憶「初夏的四月」在故鄉的一場遭遇:在「西京」感到悲哀苦悶的「我」,去商州採訪大熊貓生崽,巧遇失散多年的舅舅獵狼隊隊長傅山,由於商州僅存的十五隻狼已經成為「保護動物」,舅舅的獵狼隊解散了,隊員們紛紛患上頭痛、軟骨病等「怪病」。在州行署專員的支持下,「懷念狼」的我和舅舅、爛頭(獵狼隊的另一名隊員)一起,漫遊商州的山地,為這十五隻狼拍照,然而經歷了路上一系列變故,十五隻狼儘管會魔幻地變身成人,卻先後被舅舅以及雄耳川的村民們識破而殺掉了。小說結局,失去狼的村民們和舅舅變成了「人狼」,回到西京的我聲嘶力竭地吶喊著「我需要狼」。

相對模糊的寓意,一度讓部分研究者盛讚其為呼喚「環保」的「綠色文

〔註76〕謝有順:《賈平凹的實與虛》,《當代作家評論》,1999 年第 2 期。

〔註77〕賈平凹、張英:《我除了寫作,還能幹些什麼呢?》,《作家》,2001 年第 7 期。

〔註78〕賈平凹:《懷念狼》,北京:作家出版社,第 270 頁,2000 年 6 月第 1 版。出於閱讀的方便,下文徵引該小說原文,只在原文後標注出處的頁碼。

學」:「《懷念狼》完全可以看作是一部生態倫理小說,屬於『綠色文學』」。〔註
79〕「《懷念狼》是賈平凹的一部生態力作,主要反映人與自然和諧同一的人生
理想。」〔註80〕「生態文學在西方有各種不同的稱謂,如美國的『自然書寫』,
德國的『公害文學』。中國臺灣地區稱『環保文學』,大陸稱『環境文學』。……
以人與狼的雙向互動關係隱喻了人與自然之間的關係,在充滿詭秘事象的人
狼故事中彌散著沉鬱的憂患意緒,凝結了強烈而鮮明的生態倫理意識,顯露
了作家的一種新的思考走向。」〔註 81〕對賈平凹持批判態度的研究者,則從
反面指出這種「環保」的「莫名其妙」:「一個簡單的常識是,環境保護或維
持生態平衡的目的,是為了人類能更好地生存,因此,環境保護的底線原則,
就是不能通過犧牲人的利益或傷害人的生命來維護環境的生態平衡,甚至,
當人與傷害人的自然力量的衝突達到你死我活的程度的時候,真正人道的選
擇只有一個,那就是人的生命和價值高於一切。……沒有狼,大自然裏缺少
了一種生命樣態,生態環境裏缺了一個重要的構成部分,但人類絕不至於活
不下去,也沒有必要莫名其妙地『懷念狼』。」〔註 82〕

　　坦率講,認為「懷念狼」是「環保文學」,多少有點望文生義,缺乏對文
本的足夠分析以及賈平凹寫作邏輯的把握。有研究者不無調侃地說,「賈平凹
說此書是『以實寫虛』,顯然表明寫法並非尋常的現實主義,至少帶點寓言性
吧,所以容易望文生義的環保、人與自然一類的主題大抵是可以免掉了。」
賈平凹也直接表示過:「寫作前,我的朋友也擔心我會寫成個環保式的東西。
但我給他看完一部分,他馬上去掉了擔心。」〔註 83〕

　　在香港《明報》出版社出版的繁體字版《懷念狼》的序言裏,賈平凹有
段話堪為「點題」:「當我帶著一串鑰匙,在水泥山堆的城市裏打開了屬於我
的房間的門,當我填寫著各種報表將我分解成了一堆阿拉伯數字的時候,我

〔註79〕 石傑:《賈平凹創作中的生態倫理思想》,《徐州師範大學學報(哲學社會科學
　　　　版)》,2004 年第 4 期。
〔註80〕 孫新峰:《狼意象的商州文化底蘊──以〈懷念狼〉為例》,《商洛師範專科學
　　　　校學報》,2004 年第 1 期。
〔註81〕 吳尚華:《賈平凹〈懷念狼〉的生態批評解讀》,《安徽師範大學學報(人文
　　　　社會科學版)》,2006 年第 2 期。
〔註82〕 李建軍:《消極寫作的典型文本──再評〈懷念狼〉兼論一種寫作模式》,《〈南
　　　　方文壇〉》,2002 年第 4 期。
〔註83〕 胡殷紅、賈平凹:《一隻孤獨的狼》,《南方周末》,2000 年 6 月 16 日。

就想起了狼，想起來有狼的鄉村和童年。」〔註84〕在與《懷念狼》前後發表的自傳《我是農民》中，賈平凹在開篇介紹過自己「一堆數字」的生活狀態：

> 又有人狼一樣地叫喊了：「407──！4──0──7──！」這當然喊的是我。我走下樓，是郵遞員送來電報。「你是407嗎？」他要證實。我說是的，現在我是407，住院時護士發藥，我是348，在單位我是001，電話局催交電話費時我是8302328，去機場安檢處，我是610103520221121。說完了，我也笑了，原來我賈平凹是一堆數字，猶如商店裏出售的那些飲料，包裝盒上就寫滿了各種成分的數字。社會的管理是以法律和金錢維繫的，而人卻完全在他的定數裏生活。世界是多麼巨大呀，但小起來就是十位以內的數字和那一把鑰匙！我重新返回樓上繼續填寫我的表格。在四樓的樓梯口上，隔壁的那位教授（他竟然正是數學系的教授！）正逗他的小兒玩耍。他指著小兒身上的每一個部位對小兒說：「這是你的頭，這是你的眼，這是你的鼻子……」小兒卻說：「都是我的，那我呢，我在哪兒？」教授和我都噎在那裏，虧得屋裏的電話急促地響起來，我就那麼狼狽地逃走了。〔註85〕

賈平凹顯然很讚賞這個「小兒」返璞歸真的洞見，曾經把這一段搬用到了《高老莊》中，比如石頭的「哲思」：

> 娘在窗內訓責著石頭：「越長越沒出息了，衣服也穿不好，頭呢？手呢？」石頭說：「誰的頭，誰的手？」娘說：「這是你的頭，你的手！」石頭說：「那我是啥？」西夏想：身上全都可以說是我的什麼什麼，那我真的是什麼呢？或者說，這頭、手是我的一部分，那麼剪指甲，鉸頭髮，那便是將我的一部分丟了？！（P284）

試比較賈平凹1984年那部《商州》的開篇，這種對「現代」的「標準化」、「陌生化」、「機械化」之類「異化」的煩躁何其相似。賈平凹所懷念的「狼」，不是基於環保的考慮，而是對「現代」帶來的「數字化」的「異化」的一種批判與平衡。賈平凹的這種思考肇始於84年的《商州》，彌漫於90代初期的《廢

〔註84〕轉引自孫見喜：《賈平凹傳》，上海：上海人民出版社，2008年1月第1版，第286頁。

〔註85〕賈平凹：《我是農民》，北京：中國社會出版社，2006年6月第1版，第5～6頁。

都》、《白夜》，在 2000 年的《懷念狼》中，得到了集大成的體現。讀者應還記得《廢都》結尾處「大熊貓」和「牛」的喻指，在《懷念狼》中這種關係被替換成「大熊貓」與「狼」，小說在開篇饒有深意地介紹了大熊貓保護和繁殖基地裏一隻叫「後」的大熊貓產仔，結果難產致死，三隻狼在夜裏銜著野花來哀悼這個「笨拙而衰弱不堪」的傢夥。在賈平凹看來，「現代人」的命運就徘徊在既往的「狼」與未來的「大熊貓」之間，在向「大熊貓」的不斷「異化」中，賈平凹懷念著狼的「野蠻」。誠如研究者所說，「這種從自然的原始野性來針砭現代人類生命的貧乏與退化，最終成爲《懷念狼》直白的主題。可以說，《廢都》的老牛，正是《懷念狼》裏那十四隻狼的先聲。」〔註 86〕

　　當然，和《廢都》等作品相比，賈平凹對這類「異化」主題的處理還是有一定「微調」。在之前的作品中，賈平凹對「城市」的厭惡與批判非常明顯，「牛」或「狼」的故鄉類乎一種「桃花源」的所在，喻指著一種茫茫的「拯救」的可能。然而，經歷了《高老莊》這類「返鄉之旅」，賈平凹的心中已經沒有「桃花源」之類所在了，「現代」之外的世界恐怕更加委瑣不堪。故而，「雙重批判」後的賈平凹，在《懷念狼》中所呼籲的，不再於「返回鄉土」，而是一種比較含糊的「文明」與「野蠻」的平衡。所謂「懷念狼」，就在於「人」是需要「對立面」的：

　　　　廖增湖：《懷念狼》裏有一個重要的細節：當野狼接近於滅絕的
　　　時候，捕狼隊的隊員都得了一種奇怪的毛病，似乎正在不斷地萎縮。
　　　這裏究竟是一種什麼意思？

　　　　賈平凹：人是需要對立面的，可今日，伴隨著我們的是什麼呢？
　　　是馴化了的狗與貓的寵物，還有便是古老的蒼蠅、蚊子、老鼠和蝨
　　　子。〔註 87〕

可以看出，賈平凹所重視的，是「人」與「狼」這種「相生相剋」的「關係」，如同他在訪談中所概括的：「懷念狼是懷念著勃發的生命，懷念英雄，懷念著世界的平衡。」〔註 88〕這種平衡關係被打破之後，人或者轉化爲大

〔註 86〕黃世權：《日常沉迷與詩性超越——論賈平凹作品的意象寫實藝術》，第 35 頁。
　　　　博士論文，未刊。
〔註 87〕廖增湖：《賈平凹訪談錄——關於〈懷念狼〉》，《當代作家評論》，2000 年第 4
　　　　期。
〔註 88〕同上。

熊貓，或者轉化爲人狼，對立面的喪失即是「人的危機」。誠如研究者指出的，「《懷念狼》即使相剋相生的哲學概括在極具民間色彩的人狼關係中得到具體演繹，又使人狼之間的對峙和依存成爲一種普遍象徵。一旦這種對峙消失，即如人的對立面狼被滅絕（這裏「狼」是象徵），則相剋相生的平衡不復存焉，人便面臨嚴峻的危機。而人的危機正是《懷念狼》所有敘事的重心。」〔註 89〕

　　進一步說，這種對人與自然「相生相剋」的認識，是對傳統文化尤其是《易經》思想比較「通俗化」的理解。費秉勳曾指出這一點，「平凹寫這本書，用的是『以實寫虛』的方法，這一點他在『後記』中已經指明了。『以虛寫實』好理解，『以實寫虛』對現在的一般讀者來說比較費解。其實，對熟悉中國古文化的人來說，『以實寫虛』並不陌生，它就是『易象』的那種傳接思維方式。易在表述閎闊而紛紜的宇宙自然社會的變化規律時，其所以能做到『彌綸天地，無所不包』，就因爲它沒有用一般的語言，一般語言的包容性太小，故爲易所摒棄，易用的是『象』。言不能盡意，而『聖人立象』卻可以盡意。」〔註 90〕

　　討論《易經》等等是否能夠恢復所謂的「現代」的「異化」，或者說「東方智慧」能否拯救「破產了的西方」，這是爭吵了一百年也沒有答案的問題，最後往往不過是強化了彼此的立場。儘管筆者認爲以傳統文化的方式理解現代，很容易犯的問題就是沉浸在對「東方智慧」過於誇張的想像中，最後往往是對「東方」與「西方」的核心概念做脫離語境的似是而非的理解與闡釋，但是這裏暫且不討論這類「相生相剋」的「藥方」是否合理。回到文學上來，就《懷念狼》而言，這種處理方式注定將小說完全「觀念化」了，相當於賈平凹放棄了自己「寫實」的長處，而以自己的「短處」示人。這種策略非常不明智，並不奇怪，研究者紛紛指出了其「概念化」、「觀念化」的弊病：

　　　　在小說藝術方面，《懷念狼》雖然實現了賈平凹將小說意象化和以實寫虛的追求，但是，小說中的許多描寫卻因作者意念的過分強化而顯得概念化，如對獵人們種種怪病的描寫。就是對記者子明和熊貓保護和繁殖基地的施德主任的描寫也是意念大於形象。小說自

〔註 89〕姜飛：《〈懷念狼〉簡論》，《欽州師範高等專科學校學報》，2001 年第 3 期。
〔註 90〕費秉勳、葉輝：《〈懷念狼〉懷念什麼》，《小說評論》，2001 年第 1 期。

始至終都在渲染狼禍的慘烈，而子明僅因爲商州的生態平衡，而不顧一切地保護那剩餘的十五隻狼，當這十五隻狼因各種意外而被消滅殆盡後，卻在熱切地懷念狼（儘管這其中有作者的寓意），顯得非常矯情且不符合情理。〔註91〕

> 我覺得有一個分寸作者並沒有把握好，那就是作者的觀念和他所表現的生活的關係，這好比家裏來了客人，你再興奮再好客，也不能赤身裸體從被窩中爬出來待客一樣，賈平凹就是一個沒穿衣服的待客者，在這篇作品中急於跑出來見客，以致讓我得出這樣的結論：這是一個肉不多的觀念性的作品。〔註92〕

儘管崇尚「神秘文化」的研究者認爲《懷念狼》的問題恰恰是「觀念化」的還不夠〔註93〕，筆者還是更爲認同上述的判斷，《懷念狼》作爲一部失敗的作品，癥結就在於過於「觀念化」了。如果從《土門》引出的「雙重批判」來看待《高老莊》與《懷念狼》，同樣是處理「人種退化」的主題，《高老莊》所批判的傳統文化，由於依託於賈平凹所熟悉的農村生活，觀念化的情況還不明顯；《懷念狼》所質疑的現代文明，則是缺乏結結實實的生活場景的依託，完全觀念化了——每當賈平凹將「小說」當作「哲學」來寫的時候（他偏偏放不下這個心結），他的作品往往不忍卒讀。畢竟，賈平凹不是哲學家，而是一個優秀的小說家。〔註94〕

〔註91〕章器閣：《狼的傳奇與生命的疑慮——略論賈平凹的長篇小說〈懷念狼〉》，《河池師專學報》，2001 年第 3 期。

〔註92〕周立民：《當代作家評論》「印象點擊」欄目，2000 年第 4 期。

〔註93〕有研究者認爲，「《懷念狼》通過人狼關係的具體化意象（『象』），所欲表現的更高題旨（『道』），則是對人類役使自然對抗自然的罪愆發出警示，就天地人組成的這一宇宙系統的失衡和淆亂對人類加以棒喝。客觀衡鑒此書的長短，可以說人狼關係寫得非常出色，僅憑此，它的文學價值也在一般當代小說之上；但用對賈平凹這一具體作家所應提出的高度來要求，我們便嫌此書較多地沾著於表層的『象』，而未達到表現『道』的應有的形上高度。」參見費秉勳、葉輝：《〈懷念狼〉懷念什麼》，《小說評論》，2001 年第 1 期。

〔註94〕賈平凹日後還是察覺到了這一點，在回答採訪者《懷念狼》是否「概念化」或「理念大於形象」的問題時，他坦率地承認，「你講得或許有道理。問題可能是這樣的，《廢都》和《高老莊》是從土裏長出的苗，《土門》和《懷念狼》則是把苗囤裏的苗拔出來栽到另一塊地裏。」「《土門》和《懷念狼》應該寫得再實在些就好了，它扶搖過分，沉著不足。」參見李遇春、賈平凹：《傳統暗影中的現代靈魂——賈平凹訪談錄》，《小說評論》，2003 年第 6 期。

3.4.2　雙重毀滅的現實

當然，和《高老莊》相似，《懷念狼》的文本比賈平凹所設定的要複雜。在觀念化的表象下，筆者認為還有一個潛在的主題值得注意，這也預示著賈平凹下一步寫作的發展：以不斷移動的「漫遊者」的視點，發現了「故鄉」瀕於毀滅的「現實」。

從《滿月兒》以來，賈平凹之前的大多數作品，都是集中在「一城」或「一鄉」的「典型環境」。不過，《商州初錄》和《懷念狼》是兩個例外。筆者在第 1 章中有所分析，《商州初錄》是在「現代」的視角下移形換景地展現「故鄉風物」的「美好」；相比較而言，《懷念狼》是《商州初錄》的「反寫」，在一個厭惡「城市」的敘述人帶領下漫遊商州上地，展現了被所謂「現代文明」所毀滅的「故鄉」。

有研究者發現，「從整體結構上看，它（即《懷念狼》，筆者注）近乎是一種『流浪漢小說』」。〔註 95〕在二十一天的時間內，敘述人懷著尋找十五隻狼的願望，「一寨連一寨，一原繼一原，一溝接一溝，或在河邊，或在土屋裏，或在山崖邊」，〔註 96〕漫遊在生龍鎮、紅岩寺、雄耳川等等一系列充滿象徵意味的商州山地。〔註 97〕《商州初錄》的《莽嶺一條溝》裏，老狼請醫術高明的老漢替另一隻狼接骨而叼來銀項圈、銅寶鎖之類的「和諧」再也不見了，相反，習慣於《商州初錄》式的「八十年代」的「美好」的讀者，將不無驚駭地發現一個「醜陋」的「商州」。這種「醜陋」如果細分的話，筆者將其概括為「生活方式」的「骯髒」以及「精神世界」的「墮落」兩類。

就「生活方式」的「骯髒」而言，小說中的具體描寫實在有點「噁心」（筆者初讀的時候曾經真真切切地感到反胃），為避免冒犯讀者，在此不詳細地一一列舉。且參考李建軍對《懷念狼》所做的一個統計：「在這部不足 20 萬字的小說中，寫及屎及屙屎、尿及溺尿的事象多達 13 次，寫及屁股、屁眼（肛門）、放屁、洗屁股、痔瘡的事象多達 14 次，寫及人及動物生殖器及生殖器隱匿與生殖器展露的事象多達 20 次，寫及精液及排精的事象有 5 次，寫及性

〔註 95〕劉瑜：《「家」之思──關於賈平凹 90 年代以來長篇小說的整體解讀》，《西南民族大學學報（人文社科版）》，2005 年第 4 期。

〔註 96〕周國清：《精緻化文本模式的構建──讀〈懷念狼〉》，《常德師範學院學報（社會科學版）》，2001 年第 5 期。

〔註 97〕有研究者分析了「地點」的「象徵性」，參見姜飛：《〈懷念狼〉簡論》，《欽州師範高等專科學校學報》，2001 年第 3 期。

交（包括烏龜性交一次、人雞性交一次、人『狼』性交一次）、手淫、強姦 10
次，寫及屍體 4 次，寫及月經帶（經血帶、經血棉花套子）、髒褲頭 4 次，總
共 70 次，平均不到 4 頁，就寫及一次性歧變事象。」〔註98〕

就「精神世界」的「墮落」而言，有研究者也做了一個總結：

> 《懷念狼》裏的商州已經被現代文明衝擊得千瘡百孔：有拋擲
> 孩子撞車以訛詐錢財的爲富不仁者，有吃活牛肉的小店，有倚樓賣
> 笑的風塵女子，有捕狼路上風流韻事始終不斷的爛頭，有權欲薰心、
> 財迷心竅的鄉幹部……歸根結底，《懷念狼》裏展示的是物欲橫流的
> 商州，一個已被人類無限膨脹了的欲望徹底顛覆了的商州，昔時的
> 古樸淳厚之風已經式微乃至蕩然無存。〔註99〕

梳理這種「醜陋」的書寫的話，值得注意的是，賈平凹在九十年代重新回到
「鄉村」的時候，已然初露端倪。比如《土門》，當時的研究者發現了「仁厚
村」這種變化，在研討會上拋出了這個問題：

> 邢：《土門》中還有一個很突出的現象，這就是醜陋現象。比如
> 寫人在廁所裏的椿樹上揩屁股，比如梅梅與老冉的幾次做愛，愛沒
> 有做成，反而在潔白的床單上留下黃黃的痔瘡印，都寫得很醜陋，
> 甚至很髒，很噁心。也包括是非巷女人們的打架罵仗。這些當然與
> 作品的主題有關，比如表現鄉村習俗的某些醜陋面，進而表現舊農
> 村消亡的必不可免，如同那個有著七百年歷史的古格王國最後必將
> 消亡一樣，它有它消亡的歷史的必然原因。從眞實性來說，些醜陋
> 的現象也是很眞實的，我們在生活中能看到。但這種醜陋化描寫出
> 現在作品中是很觸目的，能引起人強烈的心理反應。對這個問題我
> 們怎麽看？〔註100〕

賈平凹也在這個研討會現場，但是包括作者在內，沒有任何一個人嘗試給出
解釋。《高老莊》依然延續著這種對「鄉村」審醜式的描寫，不過賈平凹給出
了自己的解釋，他認爲這是基於「良知和責任」：

〔註98〕李建軍：《時代及其文學的敵人》，北京：中國工人出版社，2004 年版，第 82
　　　　頁。
〔註99〕王軍、喬世華：《重尋文學的根——談賈平凹長篇新作〈懷念狼〉》，《瀋陽師
　　　　範學院學報（社會科學版）》，2001 年第 3 期。
〔註100〕仵埂、閻建濱、李建軍、孫見喜、王永生：《〈土門〉與〈土門〉之外——關
　　　　於賈平凹〈土門〉的對話》，《小說評論》，1997 年第 3 期。

穆：《高老莊》裏有些鄉俗的描寫讓人忍受不了，我指的是高老莊人一些生活習慣的「髒」處，對這些「髒」習慣的描寫對整部書很重要麼？

賈：《高老莊》裏的一些鄉俗我之所以寫到那些生活習慣的「髒」處，意在哀高老莊的不幸，這正是他們的文化僵死，人種退化的環境。生活中常常有這樣的例子，比如在人稠廣眾中，我的親屬和我的好友頭髮很亂眼角有眼屎，我會小聲告訴他或暗示他理好頭髮和擦掉眼屎，若是外人，我則不去理會而暗自嘲笑和賤看他們。把農民身上的垢甲搓下來讓農民看，這是一個農民的兒子的良知和責任。〔註101〕

不得不說，這是一個缺乏說服力的解釋。諸如「眼屎」之類的例子以及那些「鄉俗」，筆者相信《商州初錄》的「商州」和《懷念狼》的「商州」是一樣的。為什麼故鄉從「美好」轉化為「醜陋」，歸根結底還是賈平凹「認識裝置」的變化。在八十年代，賈平凹是以「尋根文學」的「認識裝置」去發現「商州」，這套認識裝置裏是自動遮蔽掉「垢甲」這類東西的。然而，世紀末的賈平凹，一方面認識到「傳統文化」的「秩序」解體了，一方面也體驗到對「現代文明」的「樂觀想像」崩潰了。誠如研究者對《高老莊》的分析：

整個國家都在經濟大潮中沸騰了，鄉村不再是什麼寧靜的角落，它同樣經受著欲望與罪惡的磨碾，而因長期閉抑所造成的無知和蒙昧卻沒有絲毫的改觀，沒有。它直接帶來了現代人精神上的萎縮，使其遭受著物質主義、荒誕現實、虛無精神的奴役而不自知，也無力自拔。這是一個巨大的現實的泥淖，只有置身其中且有切膚之痛的人才會意識到它的危險性。……高老莊成了當下矛盾、混亂的中國社會的縮影。現代化粗暴的捲入，給我們帶來了較為寬裕的物質生活的同時，也助長了中國民眾由來已久的陋習。〔註102〕

從《土門》、《高老莊》到《懷念狼》，作者似乎對當下的場面感到驚駭，以一種複雜的方式強化地展覽這一切。這裏面多少有賈平凹趣味的偏好，有研究

〔註101〕賈平凹、穆濤：《寫作是我的宿命——關於賈平凹長篇小說新著〈高老莊〉訪談》，《文學報》，1998 年 8 月 6 日。又見於人大複印資料《中國現代、當代文學研究》1998 年 09 期。

〔註102〕謝有順：《賈平凹的實與虛》，《當代作家評論》，1999 年第 2 期。

者認爲，「這些細節有很多是沒有必要的，也看不出有多少是眞正產生於人物身上的『垢甲』，是眞正源於人物精神本原上的『垢甲』，而賈平凹卻每每對之進行自然主義式的敘述，以至於讓人覺得『髒』，與他早期的唯美性敘事構成了一種巨大的反差。也同樣在很大程度上降低了其作品的審美格調，削減了作者對人性惡的揭示效果和批判的力量。」〔註103〕上文所引的李建軍的文章也認爲，「如果這些敘寫對於小說的主題和人物塑造來講，是必不可少的，那麼，作者的勇氣和努力，是應該受到肯定和鼓勵的。問題是，在賈平凹的幾乎所有小說中，關於性景戀和性歧變的敘寫，都是游離性的，可有可無的，都顯得渲染過度，既不雅，又不美，反映出作者追求生理快感的非審美傾向，也可見出他在審美趣味上已墮入病態的境地。」〔註104〕

　　不過，個人趣味之外，更根本的，還是一種絕望而無法發洩的情緒，賈平凹不是一個批判性的作家，一方面他不能僭越體制內的身份以及「社會主義新農村」之類的宏大敘述，一方面他尋找不到支持批判的理論資源。他只能以近乎惡作劇地方式荒誕地展示著故鄉的一切，眼睜睜地看著故鄉不斷沉淪，直至毀滅。

　　這種展示故鄉毀滅的敘事，同時也是不斷毀滅自身的敘事。在這個意義上，筆者將《懷念狼》的「現實」概括爲「雙重毀滅」的「現實」：一方面是現實的毀滅，一方面是對「現實」的「敘述」的毀滅。當時的研究者精闢地指出了，「當商州以另一種被破壞、穢污的面目出現在讀者面前，尤其作品中商州的一隅雄耳川因爲人狼的出現已成爲『禁區』時，我們有理由相信，賈平凹在重新返回商州尋找文化之根的同時，也終結了商州的敘事。」〔註105〕研究者的眼光非常精準，但是預言地稍稍早了一點，賈平凹的下一部作品《秦腔》，才眞正終結了商州的敘事。

〔註103〕洪治綱：《困頓中的掙扎──賈平凹論》，《鍾山》，2006 年第 4 期。

〔註104〕李建軍：《時代及其文學的敵人》，北京：中國工人出版社，2004 年版，第 82 頁。

〔註105〕王軍、喬世華：《重尋文學的根──談賈平凹長篇新作〈懷念狼〉》，《瀋陽師範學院學報（社會科學版）》，2001 年第 3 期。

第 4 章　「實」與「虛」的分裂

　　從七十年代末初登文壇以來，賈平凹所創作的幾乎所有作品，都在面對家鄉商州寫作，敘述「鄉土中國」與「現代中國」的相遇。八十年代的賈平凹，相對樂觀地以《小月前本》、《浮躁》記錄「改革開放」的鄉村，「城市」扮演著「鄉村」的拯救者，主人公困境中的選擇往往是「到城裏去」。九十年代以後，自《廢都》開始，賈平凹更在乎的是城鄉之間的緊張關係，《廢都》、《白夜》分別從社會上層、下層兩個層面記錄著「鄉下人進城」的悲劇故事；《高老莊》、《懷念狼》反向地敘述了「城裏人返鄉」的失落與茫然；夾在二者中間的《土門》，更是直接地揭示「城市」對「鄉村」的吞噬，由於土地改造，「西京」郊外的「仁厚村」化為烏有。

　　在這樣的敘事譜系上，經歷了《病相報告》轉向革命歷史與傳奇愛情的失敗後，《秦腔》（2005 年《收穫》第一期、第二期，作家出版社 2005 年 4 月版）注定是賈平凹三十年寫作生涯集大成的作品與不無悲涼色彩的總結——誠如賈平凹在作品後記所說的，這部作品是故鄉的墓碑。

　　和《廢都》之後多年來的「冷遇」不同，這部總結性的作品，獲得了學界的高度關注，掀起了一場評論的熱潮，甚至於「《秦腔》評論」本身成為多篇論文的研究對象：「在 2004～2005 年之交，隆重推廣賈平凹的長篇新作《秦腔》，是京滬兩地的『先鋒批評』南北呼應、聯袂參演的一次『批評——出版——傳媒』一體化運作的文壇盛大活動。據相關報導，京滬兩次『《秦腔》研討會』，各數十人計，『幾乎囊括了中國評論界最有實力也最活躍的批評家』。這是新時期『終結』以來空前的『批評盛會』。」〔註 1〕在廣泛的盛譽中，《秦

〔註 1〕　蕭鷹：《沉溺於消費時代的文化速寫——「先鋒批評」與「〈秦腔〉事件」》，《文藝研究》，2005 年第 12 期。

腔》開始了驚人的「大獎」之旅，先後獲得「《當代》長篇小說年度 2005 最佳獎」、「中國小說學會專家獎」、「華語文學傳媒盛典 2005 年度傑出作家獎」、第一屆世界華文長篇小說大獎「紅樓夢獎」以及賈平凹期待已久的第七屆「茅盾文學獎」。

在這樣的情況下，本章對《秦腔》的分析，將從三個方面展開：一方面是作爲基礎的對《秦腔》文本的細讀；一方面是與「秦腔評論」的對話；最後一個方面，筆者尤爲看重的，是在對「文本」的「細讀」與對「批評」的「再批評」的基礎上，指出賈平凹的「分裂」以及所代表的鄉土敘事崩潰的最終命運——《秦腔》不僅僅是故鄉的墓碑，同時也象徵著我們熟悉的「賈平凹」寫作的終結。一定程度上，《秦腔》的出現具有高度的「歷史性」，不僅僅是當代文學光榮的收穫，同時也顯示出當代文學致命的匱乏。

4.1 尷尬的敘述者

梳理《秦腔》05 年至當下以來的研究成果，研究界的關注點主要集中在兩個方面：作爲敘述者的「引生」以及「細密流年」的敘述方式。且看「敘述者」，閱讀《秦腔》，第一段「敘述人」就主動跳出來了，讀者會發現，小說採用第一人稱限制敘事，「敘述人」引生是個神神叨叨的「瘋子」，神似《商州》中的「禿頭」，同樣無望地癡戀著當地的「名角」：

> 要我說，我最喜歡的女人還是白雪。
>
> 喜歡白雪的男人在清風街很多，都是些狼，眼珠子發綠，我就一直在暗中監視著。誰一旦給白雪送了髮卡，一個梨子，說太多的奉承，或者背過了白雪又說她的不是，我就會用刀子割掉他家柿樹上的一圈兒皮，讓樹慢慢枯死。這些白雪都不知道。她還在村裏的時候，常去包穀地裏給豬剜草，她一走，我光了腳就踩進她的腳窩子裏，腳窩子一直到包穀地深處，在那裏有一泡尿，我會呆呆地站上多久，回頭能發現腳窩子裏都長滿了蒲公英。〔註2〕

從這段顯得怪誕的「瘋話」開始，作者交待了白雪與夏風的婚禮，從引生的「視點」出發，清風街的人物陸續在婚禮上登場。然而，婚禮結束之後，小說第 17 頁，作者突然轉換了敘述視角：

〔註 2〕 賈平凹：《秦腔》，北京：作家出版社，2005 年 4 月第 1 版，第 1 頁。出於閱讀的方便，下文徵引該書原文，只在原文後標注出處的頁碼。

　　　　年好過，月好過，日子難過，這一天就這麼過去了。夏家待客
　　的第二天早晨，夏天智照例是起來最早的。大概從前年起吧，他的
　　瞌睡少了，無論頭一夜睡得多晚，天明五點就要起床，起了床總是
　　先到清風街南邊的州河堤上散步，然後八字步走到東街，沿途搖一
　　些人家的門環，硪喝：睡起啦！睡起啦！等回到家了，門窗大開，
　　燒水沏茶，一邊端了白銅水煙袋吸著一邊看掛在中堂上的字畫，看
　　得字畫上的人都能下來。（P17）

稍加留心的話就會發現，這個場景是引生「看不見」的，而且敘述腔調客觀、
冷靜，完全不同於引生的「瘋癲」。顯然，這時作者開始以第三人稱全知敘事
的方式開始敘述，隱含的敘述人富於理性，不僅僅會發出「年好過，月好過，
日子難過」這類涉及人生體驗的又多少顯得爛俗的感慨，而且邏輯清楚地記
敘了白雪的公公夏天智第二天早晨的一系列行為。

　　　　從第17頁開始，這種從「引生」出發的敘述腔調「瘋瘋癲癲」的第一人
稱限制敘事以及以一個全知視角出發的敘述腔調客觀、冷靜的第三人稱全知
敘述的分裂，一直貫穿到小說的結束。作者在很多時候對這種分裂渾然不覺，
寫出這類明顯違背敘述規範的例子，比如小說第48頁，引生由於自我閹割住
進了縣醫院，但是他居然可以「敘述」他不可能看見的清風街河堤上發生的
一切：

　　　　夏風在河堤上散了心過來，口袋裏裝了一包紙煙，撕開了，給
　　眾人散了個精光，自己倒拿過書正的旱煙鍋來吸。兩人又是說些閒
　　話，不知不覺話題扯到了我（著重號為筆者所加）。書正先是罵我，
　　再是勸夏風不要生氣，夏風說：「我不生氣。」書正說：「生他的氣
　　不如咱給狗數毛去！」夏風說：「引生是不是真瘋子？」書正說：「不
　　是瘋子也是個沒熟的貨！」夏風說：「也是可憐他，一個男人沒了根，
　　那後半生的日子怎麼過呢？」書正聽夏風說這話，抱了夏風的頭，
　　說：「夏風夏風，你可憐那牲畜了，你大人大量啊！」（P48）

有的時候，作者似乎也體會到了「敘述」的分裂，他嘗試著將這種「分裂」
以「魔幻」的方式加以掩飾，在小說中引生化身為老鼠、螳螂、蜘蛛等等去
「偷聽」、「偷看」他原本看不見的場景：

　　　　上善又看著牆上的蜘蛛，覺得蜘蛛背上怎麼會有圖案呢？他站
　　起來走近了牆，看清了圖案是張人臉相。他說：「蜘蛛背上有人臉！」

許多人都近來看了，説：「眞個呀！」君亭就停止了講話，也過來看，覺得奇怪。上善説：「蜘蛛蜘蛛，是知道了的蟲，君亭你講的這些事情它都知道了！」君亭説：「胡扯！」伸手去捉蜘蛛，蜘蛛卻極快地順著牆往上爬，爬到屋頂席棚處，不見了。

　　現在我告訴你，這蜘蛛是我。（P302）

然而，這種魔幻化地處理只能解釋偶而幾處的「分裂」，對於大多數場景都無法解釋。比如筆者上面引得例子，夏天智早晨的經歷，又是引生變成什麼看見得呢？很多時候，作者乾脆自在地隨意切換，全然不顧及敘述視角的分裂了，最突兀的是很多時候他甚至於直接敘述引生之外其它人物的「心理活動」了。

　　顯然，這種敘述的「分裂」引起了研究界的重視。就如何理解這種「分裂」而言，學界大致有以下幾種看法：

　　第一種，迴避這種敘述上的「分裂」的敘事原則的違背，將其概括爲一種巧妙的「創造」：

　　　　《秦腔》裏最大的成功就是因爲有個人物「我」，瘋子張引生。他是把作者全知的無所不在的角度和人物的有限視角有機、巧秒的，天衣無縫地結合在一起，超越了第一人稱敘述和第三人稱敘述的局限，從而創造了一種兩者角度相結合的敘事可能性和完美性的範例。〔註3〕

第二種，對於這種「分裂」試圖建立一種有效的解釋，將這種「分裂」彌合於「引生」是個「瘋子」，這種解釋在筆者讀到的文獻中是最普遍的：

　　　　由於賈平凹對敘述人引生「瘋子」身份的定位，以及他所具有的能與萬物感應和幻化的「通靈」特性，從而使敘述人獲得了極大的敘述自由。〔註4〕

　　　　敘述學反覆的強調在文本中必須保持統一的視角，因爲視角隨意的變換和越界，必然會在文本中引起邏輯上的混亂和矛盾，還會破壞整個文本基調的和諧。可是在《秦腔》中，第一人稱限知性敘

〔註3〕張勝友、雷達等：《〈秦腔〉：鄉土中國敘事終結的傑出文本──北京〈秦腔〉研討會發言摘要》，《當代作家評論》，2005年第5期。

〔註4〕褚自剛：《「瘋」眼看世界，「癡」心品萬象──論〈秦腔〉在敘事藝術探索方面的突破與局限》，《開封教育學院學報》，2006年第3期。

事視角「我」卻具有瘋子的「特權」，作家正是通過「我」這個獨特的瘋子，成功做到了向全知全能視角的越界。……由於特殊的視角「我」——瘋子張引生的作用，在《秦腔》的整個文本中，這種第一人稱敘事視角「我」向全知全能視角恣意的越界「侵權」的現象，看起來顯得既合情又合理。〔註5〕

這種解釋坦率講經不起推敲，「瘋子」涉及的是敘述腔調，和視角的越界沒有關係。如果說人物瘋了，故而就可以「看見」他所看不到的，那麼這類場景不應該是「現實」的，只能是瘋子的幻覺。

第三種，注意到了作者「蜘蛛」之類的魔幻化處理，將視角的越界理解為「靈異化」等等：

依照一種通常的敘事原則，既然小說中明確地出現了第一人稱「我」，那麼小說文本便應嚴格地講述展示「我」所見所聞的故事，不可以將「我」所未見未聞的故事納入敘事範圍之中。然而，賈平凹的《秦腔》中雖然出現了「我」，但實際上卻並未嚴格地遵循第一人稱的敘事常規，其講述展示的人與事常常地逾越於「我」所能見聞的範圍之外。但這並不意味著賈平凹對於敘事學常識的有意冒犯，而是作家所設定的這樣一個帶有明顯靈異色彩的半瘋半傻的傻子引生賦予了賈平凹一種得以逾越規範界限的敘事特權。〔註6〕

就敘事而言，《秦腔》是一個大膽的嘗試。小說乍一看是第一人稱敘事，但瘋子引生卻又是一個全知全能的人物。我們不僅能從他的眼裏看到白雪，更可以看到清風街的老老小小。第一人稱的敘事策略給人以真實感，但它要求作者不能超出「我」的所見所聞。而作者卻要打破這個樊籬，以全知全能的「他者」目光凌駕於作品之上。「我」的感知範圍畢竟是有限的，道理很簡單：「我」不可能既在自己家又注視著全村的每戶人家，「我」更沒有分身術、千里眼、順風耳。作者便借助於引生聽別人說，通過補充說明，以至於隨他的思想意識而無孔不入。引生可以讓他家的老鼠替他去偷看白雪，

〔註5〕 張軍：《「瘋子」：瘋癲・魔幻・驚詫——試談《秦腔》的敘事視角》，《小說評論》，2007 年 S1 期。

〔註6〕 王春林：《鄉村世界的凋敝與傳統文化的輓歌——評賈平凹長篇小說〈秦腔〉》，《海南師範學院學報（社會科學版）》，2005 年第 5 期。

可以讓七里溝的鳥說話，可以看到人頭上的火焰，甚至可以變成蜘蛛去聽「兩委會」：「現在我告訴你，這蜘蛛是我。……我看見牆上有個蜘蛛在爬動，我就想，蜘蛛蜘蛛你替我到會場上聽聽他們提沒提到還我爹補助費的事，蜘蛛沒有動彈。我又說：『蜘蛛你聽著了沒，聽著了你往上爬。』蜘蛛真的就往上爬了，爬到屋梁上不見了。」又如：「我跑得越遠，魂卻離白雪越近，如果白雪能注意的話，一隻螳螂爬在她的肩膀上，那就是我。」引生就是一個「串」，他串起了這些細節，更使敘事得以跳出第一人稱的局限而達到完整。於是，第一人稱的敘事障礙便得以在某些方面解決。但一個正常人難以「全知全能」，所以引生是個瘋子。〔註7〕

這種解釋略好一些，但是只能解釋一小部分的場景，上述的某位研究者也老老實實承認，「文本中也確有不少內容即使用這種預設也無法解釋」：

敘事視點的無條件變換，造成文本真實感的受損。小說一開篇，使用敘述人引生的內心獨白拉開了文本敘事的大幕：「要我說，我最喜歡的女人還是白雪。」這就為整部小說的敘事視角定下了基調，那就是極為「私密化」的第一人稱限制敘事，並且文本中絕大部分內容也的確如此，主要為引生親歷、親為、親聞、親見或他自己的所思所感，即使稍有突破亦不出引生這一通靈人物的身份預設。但是，文本中也確有不少內容即使用這種預設也無法解釋。例如，夏雨得知父親的病是胃癌後大段的心理活動；又如，夏天義看到孫子輩們都外出打工後內心的苦悶和感慨。嚴格來講，敘述人引生是不能進入夏雨或夏天義的內心世界的，而要展示他們的心理活動必須轉換敘事視點，但文中又沒有明顯的提示。這就很容易使讀者對敘述人的視點越界現象產生困惑，並進而對文本的真實性發生懷疑。

〔註8〕

故而，在以上三種解釋之外，有的研究者放棄了彌合的可能，直接乾脆地指出，這種「分裂」是敘述上重大的缺陷。有研究者就此總結，「《秦腔》的敘

〔註7〕 范晶晶：《鄉土中國的最後守望──評賈平凹的小說〈秦腔〉》，《晉中學院學報》，2006 年第 1 期。

〔註8〕 褚自剛：《「瘋」眼看世界，「癡」心品萬象──論〈秦腔〉在敘事藝術探索方面的突破與局限》，《開封教育學院學報》，2006 年第 3 期。

事人問題曾引起了文學界的廣泛爭議，有些批評家甚至認爲小說的敘事是失敗的，缺乏邏輯根據。」〔註9〕比如以下的看法：

> 全書透過引生的眼睛看世界，通過他的所見所聞所想綴連和轉敘故事。引生不像作家，可以具有全知視角，是全知者，引生的所見所聞要受到自己人生活動和日常行蹤具體時空的左右，他的所知所想又受到特定自我認知系統和感覺系統的局限，這樣，作家便往往需要枉費許多筆墨來解釋他爲什麼能知曉那些他不在場的事情，又爲什麼能感知到那些他無法感知到的東西，多少顯得累贅拖沓，，不夠清晰也不很可信。〔註10〕

> 《秦腔》卻無視第一人稱敘述的紀律制約，以一種過分隨意的態度展開敘事：勇氣固可嘉，但效果令人失望。例如，對小說中的人物進行直接的心理描寫，在第一人稱敘述的小說中，是不可能展開的，道理很簡單：敘述者對別人的隱秘的心理活動是不知情的。
> 〔註11〕

在以上的基礎上，筆者的看法是，不必爲大作家「避諱」，違背了敘事原則，對知名作家或者是文學新人都是一樣的嚴重缺陷。但是一種更有效的討論方式似乎被學界所忽略了，即不是局限在文本內部討論「敘述視角」越界的合法性，而是把這種「分裂」理解爲一種「歷史性」的症候，聯繫著作者的歷史語境給予一種可能性的解釋。誠如趙毅衡所指出的，「形式分析是走出形式分析死胡同的唯一道路，在形式到文學生產的社會——文化機制中，有一條直通的路。是形式，而不是內容，更具有歷史性。」〔註12〕

筆者認爲，這種瘋瘋癲癲的第一人稱限制敘事與客觀冷靜的第三人稱全知敘事的分裂，根本是賈平凹內心的「分裂」，這種「分裂」具有高度的「歷史性」。書寫鄉土世界達三十年之久的賈平凹，對故鄉的「眞相」有深切的體味，在《秦腔》的後記裏，作家一方面懷念著幼時「腐敗的老街」與「濕草

〔註9〕 吳義勤：《鄉土經驗與「中國之心」——《秦腔》論》，《當代作家評論》，2006年第4期。

〔註10〕 蕭雲儒：《〈秦腔〉：賈平凹的新變》，《當代文壇》，2005年第5期。

〔註11〕 李建軍：《是高峰，還是低谷——評長篇小說〈秦腔〉》，《文藝爭鳴》，2005年第4期。

〔註12〕 趙毅衡：《苦惱的敘述者——中國小說的敘述形式與中國文化》，北京：十月文藝出版社，1994年版，第282～283頁。

燃起薰蚊子的火」；另一方面哀悼著當下故鄉的塌陷，悲哀地注視著那些下煤窯、撿破爛的男人與打扮地花枝招展進城去的女人。儘管賈平凹「雄心勃勃」地表示著，「我決心以這本書爲故鄉樹起一塊碑子」（P563），但是同時他又在不斷提醒自己，「樹一塊碑子，並不是在修一座祠堂。」（P566）就此，賈平凹沒有迴避自我的分裂：「我的寫作充滿了矛盾與痛苦，我不知道該讚美現實還是詛咒現實，是爲棣花街的父老鄉親慶幸還是爲他們悲哀。」（P563）

　　作家內心的搖擺、猶疑與痛苦，注定了這部作品敘述的尷尬：「史詩性」所要求的宏大的全知敘述視角與引生這一類瘋癲的第一人稱限制敘述並存。很多研究者注意到了「史詩」的層面，在這個單一的標準下表示不理解「引生」的敘述視角，「我是覺得這部小說其實是不需要那麼一個很有特點的敘述者的。小說表達的是一種非常樸素的感情，這種樸素的感情本身便是好的，不太需要過分的裝飾。如此看來，小說中那個癡癡傻傻、瘋瘋癲癲、神神道道的敘述者，便顯得太突兀，太有特點，從這樣的凹凸不平的透鏡中看過去，再樸素的感情也不免變形了。」〔註13〕或者，「讓讀者始終透過不可靠敘事者的眼光來感知書中的世界，極易產生零碎、失真的後果。」〔註 14〕然而，這種瘋癲的情感與零碎的世界，恰恰是作者有所察覺卻不可避免的。只不過，賈平凹難以整合自己的「分裂」，不斷地在「史詩」與「瘋癲」之間轉換，「我們看到，小說的敘述人明明設定爲癲癡的引生，卻又常常不知不覺地轉換爲全知全能；作家也沒能壓抑住所有的情感，到後半部，對夏天義這樣悲劇人物的同情和敬意越來越濃，這也是全書最引人最流暢的部分。在這裏，賈平凹流露了他的不忍和不甘。或許，他正等待著對這個新世界的本質有著更可靠的把握，以走出無奈的茫然。」〔註15〕

4.2　「故事」與「反故事」

　　上一節簡要分析，鄉土世界不斷淪陷的慘痛現實，帶來了作家內心的搖擺、猶疑與痛苦。在這個意義上，「內容」確實是「決定」著「形式「的，「史

〔註13〕陳思和、楊劍龍等：《秦腔：一曲輓歌，一段情深——上海〈秦腔〉研討會發言摘要》《當代作家評論》，2005 年第 5 期。

〔註14〕蕭雲儒：《〈秦腔〉：賈平凹的新變》，《當代文壇》，2005 年第 5 期。

〔註15〕邵燕君：《「宏大敘事」解體後如何進行「宏大的敘事」？——近年長篇創作的「史詩化」追求及其困境》，《南方文壇》，2006 年第 6 期。

詩性」所要求的宏大的全知敘述視角與引生這一類瘋癲的第一人稱限制敘述，違背了敘事原則又合乎邏輯地在《秦腔》中同時出現。同樣的邏輯，也決定著《秦腔》所謂「細密流年」的敘述風格。

《秦腔》一直被認為是一部不好讀的作品，一些非常優秀的批評家紛紛承認有閱讀障礙，表示閱讀《秦腔》困難得讓人惱火，讀了九遍才將小說讀完，等等。老實說，在讀《秦腔》前半部分的時候，筆者也有同感。有研究者感慨，「進入《秦腔》，立即被細節的洪流淹沒了。賈平凹在《後記》之中申明，他寫的是『一堆雞零狗碎的潑煩日子』。無數重重疊疊的細節密不透風，人們簡直無法浮出來喘一口氣。潑煩的日子走馬燈似地旋轉，找不到一個出口。」〔註16〕畢竟，和那類緊張刺激、線索清晰的「故事」相比，《秦腔》的寫法敵視「戲劇性」。

就此，有研究者很敏銳地指出賈平凹其實有兩個「鄉土世界」，「《秦腔》一出，我們可以發現，賈平凹的鄉土世界呈現出兩個世界，一個是商州世界，一個是清風街世界。」〔註17〕並且，將兩個世界區分為「理念化」與「生活流」（當然這類區分在清晰的同時有點過於簡單）：「《秦腔》中的『清風街世界』以對生活流的現象還原化寫法而告別了1980年代的『商州世界』的理念化寫作。」如同賈平凹自己說的，「以前寫商州，是概念化的故鄉，《秦腔》寫我自己的村子，家族內部的事情，我是在寫故鄉留給我的最後一塊寶藏。」〔註18〕

從《秦腔》後記中可以很清楚地發現，從商州回到故鄉棣花街的賈平凹，終於放下了他一度念茲在茲的「觀念化寫作」，或者說，放下了他一直苦苦追求的「形而上」與「形而下」相結合的「抽象」層面，落實到「現實生活」。某種程度上，他認識到了《懷念狼》之類寫作的失敗之處，回到了《高老莊》的敘述方式（賈平凹曾經談到《高老莊》是《秦腔》的「前奏」，〔註19〕筆者同意這個看法，但是補充一個明顯的不同之處：《高老莊》的象徵性很強，《秦

〔註16〕南帆：《找不到歷史——〈秦腔〉閱讀札記》，《當代作家評論》，2006 年第 4 期。

〔註17〕白浩：《賈平凹詛咒了什麼——析〈秦腔〉對鄉土神話的還原與告別》，《江漢論壇》，2007 年第 6 期。

〔註18〕賈平凹、郜元寶：《關於〈秦腔〉和鄉土文學的對談》，《上海文學》，2005 年第 7 期。

〔註19〕賈平凹、蒲荔子：《賈平凹談〈廢都〉之爭：寫的時候沒有想到風險》，《南方日報》，2008 年 11 月 2 日。

腔》中基本看不到「形而上」的意味了），「《高老莊》裏依舊是一群社會最基層的卑微的人，依舊是蠅營狗苟的瑣碎小事。我熟悉這樣的人和這樣的生活，寫起來能得於心又能應於手。爲什麼如此落筆，沒有乍眼的結構又沒有華麗的技巧，喪失了往昔的秀麗和清晰，無序而來，蒼茫而去，湯湯水水又黏黏乎乎，這緣於我對小説的觀念改變。」（P360～361）《秦腔》後記裏的説法很相似，「我不是不懂得也不是沒寫過戲劇性的情節，也不是陌生和拒絕那一種『有意味的形式』，只因我寫的是一堆雞零狗碎的潑煩日子，它只能是這一種寫法，這如同馬腿的矯健是馬爲覓食跑出來的，鳥聲的悦耳是鳥爲求愛唱出來的。」（P565）九十年代以來一直推崇小説應當「平平常常」的賈平凹，在《秦腔》中把這種風格發揮到了極致，「清風街的故事從來沒有茄子一行豇豆一行，它老是黏糊到一起的。你收過核桃樹上的核桃嗎，用長竹竿打核桃，明明已經打淨了，可換個地方一看，樹梢上怎麼還有一顆？再去打了，再換個地方，又有一顆。核桃永遠是打不淨的。」（P99）正如研究者梳理的，「批評界最近的很多議論都是孤立地稱讚《秦腔》的日常描寫技巧，如果縱向的審視賈品凹的作品就不足爲奇。早在1992年左右，賈平凹便試圖在小説中拋棄傳統的故事，追求小説的日常化的傾向，有評論家曾經表示反對並希望賈平凹重返故事，但賈平凹根本聽不進去，仍然我行我素。《廢都》、《白夜》、《高老莊》等便是這種小説在內容上的實驗，最新的《秦腔》則是這種背離故事的成熟作品。」〔註20〕

應該説，《秦腔》追求「自然化」的這類「反故事」的敍述風格，學界已經屢有論及。筆者就此更想指出，細讀作品的話，在「反故事」的同時，《秦腔》仍然帶有明顯的故事性。和「敍述人」的分裂類似，在敍述風格上同樣存在「故事」與「反故事」的分裂。有的研究者過於關注賈平凹「反故事」的一面，指責賈平凹「毫無節制地編造情節，羅列了大量瑣碎的事情」，整理出《秦腔》似乎漫無頭緒的「故事內容」。

> 小説從夏天智的兒子夏風與白雪的婚宴寫起，寫了諸多鄉鎮事
> 件：爲電站增容，清風街幹部們宴請鄉幹部；爲解乾旱之急老主任
> 夏天義強求水庫放水；清風街幹部形成建農貿市場和淤地種糧兩種
> 主張；狗剩因在退耕還林的地裏耕種被罰款而自盡；村主任秦安患

〔註20〕邰科祥：《論長篇小説〈秦腔〉在創作上的漲與跌》，《小説評論》，2005年04
期。

> 腦瘤村幹部動員村民捐款；村民們哄搶金蓮承包的魚塘；三伯夏天
> 禮販銀圓遭打被搶致死；夏天智籌劃出版秦腔臉譜書；白雪河邊受
> 驚嚇而早產；村支書君亭到高巴縣推銷蔬菜土特產；夏天智患胃癌
> 過世；夏天義的淤地七里溝被大面積滑坡所埋……〔註21〕

然而，在「反故事」的另一面，《秦腔》其實是有基本的「故事主線」的，有研究者發現了這一點：「雖然從總體的情節敘事來看，《秦腔》的確是一部明顯的『去中心化』了的長篇小說，但在其中我們還是能夠梳理出兩條基本的故事主線來。一條是與夏天義有關的關於土地，關於鄉村世界凋蔽現狀的描寫。而另一條則是與夏天智有關的關於秦腔，關於傳統文化不可避免地失落衰敗的描寫，而在某種意義上，我們也完全可以說，鄉村世界的凋蔽過程同時也正是秦腔，正是農村中傳統文化日漸衰敗的過程，二者是互為因果地同步進行的。」〔註22〕

　　在這個意義上，「夏天義是清風街最後一個『守土者』，夏天智則是最後的『守道者』。」〔註23〕《秦腔》內在地包含著「父輩」與「子輩」的衝突，或者說「傳統」與「現代」的對抗。誠如書名「秦腔」所象徵的，「《秦腔》中有兩個重要的意象，一個是民間戲劇『秦腔』，一個是荒地七里溝。『秦腔』不僅是秦地的一種戲劇，同時也是鄉土文化的載體，傳統文化的象徵，秦人精神的寄託。七里溝是一塊『能淤出幾百畝土地』的荒地，是傳統農民和傳統農業生產方式的象徵體，是農民精神的最後寄居地。和這兩個意象相對的是日占上風的流行歌曲和最後冷冷清清的農貿市場。隨著以流行歌曲為代表的現代都市文化的侵入，秦腔敵不過流行歌曲，逐漸被擠出了農村舞臺，而七里溝正當夏天義們發揚愚公精神奮力淤平的時候，大面積滑坡，轟然坍塌。」〔註24〕

　　就此，有研究者非常精彩地使用格雷馬斯的「符號矩陣」，清楚地分析了《秦腔》的「矛盾衝突」：

〔註21〕 參見於仲達：《無路的絕望和精神的匱乏──賈平凹病象觀察》。網文，參見「真名網」讀書論壇。

〔註22〕 王春林：《鄉村世界的凋蔽與傳統文化的輓歌──評賈平凹長篇小說〈秦腔〉》，《海南師範學院學報（社會科學版）》，2005 年第 5 期。

〔註23〕 胡蘇珍：《〈秦腔〉：純粹的鄉村經驗敘事》，《寧波大學學報（人文科學版）》，2006 年 04 期。

〔註24〕 李德虎：《堅守與尋找──兼談〈秦腔〉中引生的象徵意味》，《貴州民族學院學報（哲學社會科學版）》，2007 年第 1 期。

夏天智　　　　　　　反對　　　　夏天義（非夏天智）

對 X 立

夏君亭（非反夏天智）　　　　　　夏風（反夏天智）

　　在傳統和新文化的角力中，得勝的是新文化，夏義和夏君亭的
幾次鬥爭都以夏天義的失敗而告終。在小說的結束，白雪這位秦腔
培養出來的靈秀只得和新文化的代表離婚，他們生下的孩子只會是
怪胎。小說預示的白雪和張引生的可能關係剛剛開始就被土地的破
碎流離（泥石流的象徵）所壓垮，清風街的年輕人開始離開土地四
處流浪，接受新的秩序的安排。至此，《秦腔》的文化隱喻意義被生
產出來。〔註25〕

在這個意義上，《秦腔》不僅僅是作者自謂或是部分研究者認同的「細密流年」
之作，「反故事」的同時包括著鮮明的故事性，只不過是以日常生活對「故事」
的淹沒來呈現故事性的，或者說，「反故事」的敘述風格以吞噬故事的方式來
敘述「故事」。如研究者指出的，「很大程度上，《秦腔》的敘述似乎在有意地
淡化甚至取消情節線索，小說中雖然有一些人事線索，譬如農貿市場的建立
帶來的變化，譬如夏風和白雪的婚事變遷，譬如夏天義、夏天智等老輩人的
老與死，但這些線索淹沒在陳年流水賬般的敘述之中，一個事情前面講了一
點因頭，很快便淹沒在日常世界種種雜事、細節的洪流之中，敘述進展許多
頁後才又似不經意地再將以前事情的由頭提起繼續講述，然後又淹沒到敘述
的洪流之中。」〔註26〕

　　正是基於這種「故事」與「反故事」悖論般地並行不悖，有研究者體驗
到了《秦腔》的「矛盾」，將其概括為「反史詩的史詩性寫作」：

　　關於這部作品的總體風格，如果要概括一下的話，我想用一個
矛盾的說法：《秦腔》是「反史詩的史詩性寫作」。一般來講，史詩
是記載英雄業績的，很宏大很崇高，傳統的史詩往往用於謳歌和讚
美。而賈的這種矛盾、痛苦甚至驚恐的心理，不允許他去寫一部這
樣的史詩出來。但《秦腔》的確又具有史詩的規模，它所包容的生

〔註25〕袁愛華：《無言以對的鄉土──賈平凹〈秦腔〉敘事解讀》，《理論與創作》，
　　　　2005年第6期。
〔註26〕劉志榮：《緩慢的流水與惶恐的輓歌──關於賈平凹的〈秦腔〉》，《文學評論》，
　　　　2006年02期。

　　活具有整體性，從政治、經濟、權力一直到日常生活的細節，以及
　　文化、信仰、習俗，展示幾乎是全景式的。他對鄉土的感覺太複雜，
　　太悖謬，很難用觀念化的東西來加以統攝。在這個意義上講，它是
　　「反史詩的史詩」。這種寫法給文學史提供了重要的參照和啓示。
　　〔註27〕

總之，和第一節分析的「敘述人」的分裂一致，這一歷史性的「分裂」同樣
制約著故事的編織，顯然，賈平凹懷疑那類結構清晰技巧嫻熟的「故事」，能
否呈現「複雜」的故鄉生活？在《秦腔》中，賈平凹繼續著《高老莊》開始
的「無序而來，蒼茫而去」的筆法，「儘量原生態地寫出生活的流動」。這種
「雞零狗碎的潑煩日子」的敘述風格，以「反故事」的「故事」的方式，紀
錄著夏天義與夏天智的逝去，紀念著「秦腔」所代表的傳「統」與「鄉土」
的消忘。誠如賈平凹在後記中概歎的，這是「爲了忘卻的回憶」。（P563）

4.3　鄉村敘事的破碎

　　無論是「史詩」的「宏大敘述」與「引生」的「瘋癲敘述」的分裂，抑
或「故事」與「反故事」的分裂，都喻指著「歷史」的「分裂」以及對應的
「歷史敘事」的分裂。在《秦腔》的研究中，陳曉明的觀點很受關注，他將
《秦腔》指認爲「鄉土文學的終結和開啓」，並且梳理出兩個層面，現實層面
的「鄉土中國歷史的終結」，以及敘事層面的「表現鄉土中國文化想像的終
結」。〔註28〕

　　筆者認同研究者的相關描述，首先，《秦腔》確實展現了鄉土世界的現實
創痛，某種程度上可以被讀解爲社會學文獻。一個頻頻被徵引的「典型情節」，
就是夏天智去世後，若干個清風街，找不到抬棺材的青年了：

　　　　君亭說：「東街連抬棺材的都沒有了？」上善說：「咱再算算。」
　　就扳了指頭，說：「書正腿是好了，但一直還跛著，不行的。武林跟
　　陳亮去州里進貨了，東來去了金礦，水生去了金礦，百華和大有去
　　省城撿破爛，武軍販藥材，英民都在外邊攬了活，德水在州城打工，

〔註27〕　王鴻生會議發言，參見張勝友、雷達等：《〈秦腔〉：鄉土中國敘事終結的傑出
　　　　　文本——北京〈秦腔〉研討會發言摘要》，《當代作家評論》，2005 年第 5 期。
〔註28〕　參見陳曉明：《鄉土敘事的終結和開啓——賈平凹的〈秦腔〉預示的新世紀的
　　　　　美學意義》，《文藝爭鳴》，2005 年第 6 期。

從腳手架上掉下來，聽說還在危險期，德勝去看望了。剩下的只有俊奇、三娃、三踅、樹成了。俊奇又是個沒力氣的，三踅靠不住，現在力氣好的只有你們夏家弟兄們，可總不能讓你們抬棺呀！」君亭說：「還真是的，不計算不覺得，一計算這村裏沒勞力了麼！把他的，咱當村幹部哩，就領了些老弱病殘麼！」（P538～539）

其次，面對嚴峻的處境，既有的鄉土中國文化想像難以避免地解體了。「農民離開土地，那和土地聯繫在一起的生活方式，將無法繼續。解放以來，農村的那種基本形態也已經沒有了。解放以來所形成的農村題材的寫法，也不適合了。」〔註29〕以往《李家莊的變遷》、《創業時》這類作品的敘述之所以條分縷析，並不是鄉土世界在彼時是「清晰」的，而是敘述鄉土世界的認識裝置是「確定」的。然而在《秦腔》這裏，賈平凹找不到一個可以整合破碎的鄉土世界的一套意識形態的宏大敘述，如同鄉村的現實處境，「舊的東西稀裏嘩啦地沒了，像潑去的水，新的東西遲遲沒再來，來了也抓不住，四面八方的風方向不定地吹」（P561）。賈平凹終於體驗到，「所有的知識、思維方式都不起作用了」，「抽象的理念好像都不對」：

賈平凹：我覺得自己渺小，無能為力。我把這一部分呈現出來，就好了。活到五十以後就不「顯擺」了，以前鋪排的，過後一想，都幼稚得很。把一切都端出來，是什麼就是什麼。也只能端出來，所有的知識、思維方式都不起作用了……我所目睹的農村情況太複雜，不知道如何處理，確實無能為力，也很痛苦。實際上我並非不想找出理念來提升，但實在尋找不到。最後，我只能在《秦腔》裏藏一點東西。至於說，抽象的理念，不知道應該是什麼，抽象的理念好像都不對。〔註30〕

然而，筆者更想指出，與其說《秦腔》象徵著鄉土敘事的終結和開啓，毋寧說象徵著鄉土敘事的破碎。從「終結和開啓」到筆者所謂的「破碎」，不是標新立異的語詞之辯，筆者認為，賈平凹並沒有在《秦腔》中提供一種新的美學範式，他所提供的是既有的美學範式破碎後的殘留。和上兩節的分析一致，筆者認為《秦腔》根本上是一部以「分裂」為基礎的「破碎」之作，在鄉土世界敘述傳統完結的基礎上，賈平凹並沒有指出一套另一種敘述的可能。

〔註29〕賈平凹、郜元寶：《關於〈秦腔〉和鄉土文學的對談》，《上海文學》，2005年第7期。
〔註30〕同上。

　　「破碎」的核心體現，還是落實到「引生」這個特殊的敘述人，「敘述者是敘述本文分析中最中心的概念。敘述者的身份，這一身份在本文中的表現程度和方式，以及隱含的選擇，賦予了本文以特徵。」〔註31〕文本的「秘密」，集中在引生的「自我閹割」。熟悉賈平凹作品的讀者會發現，這個情節其實是有「原型」的：

　　　　人窩裏，我看到了鄰村的引生。他是個瘋子，過兩天清醒了，過兩天又瘋癲，而且是個自殘了生殖器的人。他早早死了娘，跟一個終年害紅眼病的父親過日子，家貧到光腿打得炕沿響的程度，但吃不飽穿不暖並不影響到性，甚至更強烈。可哪裏有尾巴一倒是個女的肯進他家門的呢？那一個晚上，父子倆腳蹬腳地睡著，又為請媒人的一份錢爭執開來，爭執到雞叫了三遍。引生畢竟是孝子，覺得不能再怨父親，要生氣就生氣自己身上長了個東西，沒有這東西也就沒那麼多焦躁、急迫和煩惱，便摸黑用剃頭刀將那根東西割了。割了，蹬醒已睡著的老父，說：「我把××割了！」老父說：「今年不行了，明年養個豬，年終媳婦就有了……」他說：「我不要媳婦，我把××割了！」老父說：「睡吧睡吧，胡說些啥？！」他說：「我真的把××割了，就擺在炕下。」老父拉開燈，果然看見那一根肉在炕腳地蹦跳，而一隻貓卻忽地撲上去按住。老父呼叫著跳下炕，把貓攆走了，但老父沒辦法把斷的東西接上，連想到醫院能接的念頭也沒有。在沒有了生殖器的一年之後，引生發現終日的煩惱並不只是那根東西引起的。而沒有了那根東西卻遭受了所有知道情況的人的輕視和恥笑，於是，他就瘋了。他清醒的時候就問老父將他的××埋在了哪裏？其實，老父是將那東西埋在了院中的腳踏石下，那裏曾經埋著他的胎盤，但老父騙說埋在村頭那截石柱下。石柱是豎起的半人高的石頭，經常拴牛。老父四處訪醫尋藥，當然他都在使用著偏方土方，瘋病終未好轉。村人就常見他靠坐在拴牛的石柱下，哭著鬧著要他的××哩！〔註32〕

〔註31〕【荷】米克‧巴爾著，譚君強譯：《敘述學：敘事理論導論》（第二版），北京：中國社會科學出版社，2003 年版，第 19 頁。
〔註32〕賈平凹：《我是農民》，北京：中國社會出版社，2006 年 6 月第 1 版，第 86頁。

這段描寫見於賈平凹發表於 2000 年的自傳《我是農民》，窮困的生活逼迫著現實中的引生自殘，在《秦腔》中，作者略去了「貧窮」這類原因，一切似乎肇始於引生偷了暗戀的白雪胸罩後的羞愧：

> 我自言自語說：「我不是流氓，我是正直人啊！」屋子裏的傢具，桌子呀，笤帚呀，梁上的弔籠呀，它們突然都活了，全都羞我，羞羞羞，能羞綠，正直人麼，正直的很麼，正值得說不成，那正直麼，正值得比竹竿還正，正值得比梧桐樹還正麼！我掏出褲襠裏的東西，它夯拉著，一言不發，我的心思，它給暴露了，一世的名聲，它給毀了，我就拿巴掌扇它，給貓說：「你把它吃了去！」貓不吃。貓都不肯吃，我說：「我殺了你！」拿了把剃頭刀子就去殺，一下子殺下來了。血流下來，染紅了我的褲子，我不覺得疼，走到了院門外，院門外竟然站了那麼多人，他們用指頭戳我，用口水吐我。我對他們說：「我殺了！」染坊的白恩傑說：「你把啥殺了？」我說：「我把×殺了！」白恩傑就笑，眾人也都笑。我說：「我真的把×殺了！」白恩傑第一個跑進我的家，他果然看見×在地上還蹦著，像隻青蛙，他一抓沒抓住，再一抓還沒抓住，後來是用腳踩住了，大聲喊：「瘋子把×割了！割了×了！」我立馬被眾人抱住，我以為會被亂拳打死，他們卻是要拉我去大清堂。我不去，他們絆倒了腿，把我捆在門扇上抬了去。

就這一象徵性的情節，陳曉明就此有多次分析，「小說的閹割是一個象喻，引生作為一個敘述人過早地自我閹割，他不只是閹割了自己對白雪的欲望，也閹割了對歷史傾訴的欲望。他只是看到鄉村的日常生活，這裏只有平凡的瑣碎的生活。」〔註33〕他在另一篇論文中就此補充到，「敘述人引生的自我閹割是個敘述行為的象徵，只有去除個人的欲望、個人話語欲望，去除建構歷史神話的衝動，才能真正面對鄉土中國的生活。」〔註34〕

陳曉明精彩地指出了「閹割」與「敘述」的象徵性關係，賈平凹在故事剛剛開場就設計了敘述人的自殘，某種程度上確實在有意驅逐以往關乎「鄉

〔註33〕陳曉明：《鄉土敘事的終結和開啟——賈平凹的〈秦腔〉預示的新世紀的美學意義》，《文藝爭鳴》，2005 年第 6 期。

〔註34〕陳曉明：《本土、文化與閹割美學——評從〈廢都〉到〈秦腔〉的賈平凹》，《當代作家評論》，2006 年 03 期。

村」的「話語」內在的權力結構。然而，筆者不同意鄉土中國是在「閹割」了「敘述」後變得「可見」，相反，沒有一套成熟的敘述，鄉土中國將徹底淪為虛無，隱匿到「不可見」的沉默的深淵。引生的閹割與敘述的關聯，筆者認為更多的是喪失了敘述可能性的焦慮與象徵。

前幾章已經有所分析，在賈平凹的作品中，往往有一類人物承擔「意義」的功能，就是從《滿月兒》的「陸老師」、《浮躁》的「考察人」以來的知識分子。儘管《廢都》、《白夜》中的知識分子形象開始下移，但還是能夠看出敘述人對這類人物的傾斜，只不過更多的是情感的認同，而不是理念上的宣傳。《土門》算是一個變化，儘管范景全指出了「神禾源」作為「救贖」的可能，但是他的同事老冉卻高度負面化了。《高老莊》中依然有知識分子的「聲音」，但是在複調敘述的框架下，僅僅是眾聲喧嘩的一種「聲音」；《懷念狼》的高子明渴望找到拯救「現代人」的出路，但是最後自己幾乎變成「精神病」，只能在親人憐憫的目光不斷聲嘶力竭地「吶喊」。某種程度上，考察人——莊之蝶——夜郎——吳景全——高子路——高子明，知識分子的「功能」不斷弱化，他們無法給出文本的意義。

就《秦腔》而言，賈平凹第一次剔除了鄉土世界外界的「聲音」〔註35〕：「《高老莊》、《土門》是出走的人又回來，所以才有那麼多來自他們世界之外的話語和思考。現在我把這些全剔除了。」〔註36〕部分研究者發現了這一點，「夏風這樣的過客還鄉者敘述人已經被放棄。」〔註37〕有研究者詳盡地指出：

> 當他面對的二十世紀末以來的鄉土時，他無法再通過一個知識
> 分子還鄉的模式置入個人的主觀情感，也即是說知識分子敘述鄉土
> 立場無法再表達新的鄉土經驗，所以，《秦腔》採取一個貧窮的「瘋
> 子」農民張引生而不是採取的夏風的視角敘事。但是，仔細閱讀就
> 會發現小說對夏風和張引生有一個奇特的對比。夏風是清風街人人

〔註35〕 「商州三錄」、「改革系列」這類沒有「知識分子」出場的作品，同樣強烈地充斥著外界的「聲音」，敘述人自身是高度認同「現代」的價值立場的。

〔註36〕 賈平凹、郜元寶：《關於〈秦腔〉和鄉土文學的對談》，《上海文學》，2005 年第 7 期。

〔註37〕 白浩：《賈平凹詛咒了什麼——析〈秦腔〉對鄉土神話的還原與告別》，《江漢論壇》，2007 年第 6 期。

羨慕的知識分子，娶了清風街最漂亮最善良的女子白雪。而張引生
卻是一個貧窮又能被任何人侮辱恥笑的農民，只能對白雪單相思，
最後陷人幻想以至自殘。夏風反感聽到秦腔，張引生卻有著秦腔寓
示的鄉土文化精神──醇厚豪爽而又善良多晴，在清風街只有夏天
智說他不是瘋子，從精神聯繫上他似乎倒應該是夏天智的兒子，夏
風能夠理解並原諒張引生偷白雪乳罩的舉動，也只有張引生對夏風
的知識分子形象地位敢於蔑視。可以這麼理解，夏風和張引生應該
是一體兩面，換句話說，張引生和夏風的合體倒應該是賈平凹過去
小說的知識分子形象，現在，賈平凹過去的小說主體實際上分裂成
了兩個人，這是賈平凹告別鄉土，清理自己與鄉土精神聯繫的一種
精神分裂狀態的寫作，靈魂在此分裂互相撕咬，並最終以張引生的
失敗，夏風不再回鄉而結束，因此可以明白賈平凹為什麼說他寫《秦
腔》充滿了矛盾和痛苦。〔註38〕

直面慘痛的鄉土世界，賈平凹尋找不到一個可靠的「敘述者」，或者說，找
不到一種可靠的「理念」來指認「現實」。賈平凹曾經談到：「夏風由鄉村
人城市的經歷與我有相似之處，而引生的個性與審美追求則與我十分相
似。」〔註39〕有研究者指出，「無論是作為引生還是作為夏風，賈平凹都無
法安妥自己的靈魂。無論是面對終結之前的徘徊姿態.還是面對終結之後的
茫然凝望，都比不上這個分裂更讓他迷惘和辛酸。在文本的最後，以引生
的一句『從那以後，我就一直在盼著夏風回來。』結束了清風街故事的講
述。引生竟然盼望見到復風，這是第一次。他們的見面將會是什麼樣的悄
態？作者不知道該怎樣去想和敘述，於是知難而止了。這個結尾很突兀，
寓有深意。」〔註40〕

且看《秦腔》這個耐人尋味的結尾：

慶金去請趙宏聲給石碑上題辭，趙宏聲便推託了，說：「寫上『夏

〔註38〕袁愛華：《無言以對的鄉土──賈平凹〈秦腔〉敘事解讀》，《理論與創作》，
2005 年第 6 期。

〔註39〕卜昌偉：《賈平凹稱有「剝皮之痛」》，《深圳特區報》，2005 年 5 月 17 版「今
版・文化」版。

〔註40〕邵國義：《鄉村終結處的迷惘和辛酸》，《時代文學（雙月版）》，2006 年第 2
期。

天義之墓』？那太簡單了。夏風臨走的時候說了，他要給他爹墓前
豎一個碑子的，概括一句話刻上去的。二叔英武了一輩子，他又是
這麼個死法，才應該給他的碑子上刻一段話的，可這話我概括不了，
咱就先豎個白碑子，等著夏風回來了咱再刻字吧。」趙宏聲的話也
在理，那滑脫下來的土石崖前就豎起了一面白碑子。

　　從那以後，我就一直在盼著夏風回來。（P557）

小說結尾，「引生」對「夏風」的召喚，是無法敘述（「閹割」）的鄉土世界對
偉大的鄉土敘事的召喚。如同「分成兩半的子爵」，只有「引生」與「夏風」
彌合的那一刻，鄉土敘事將再次激活，並且以「革命性」的方式歸來。在此
之前，無論如何努力或不甘，鄉土敘事的處境只能如這塊象徵性的墓碑：有
「墓碑」而無「碑文」的「立碑」。

　　顯然，儘管《秦腔》的「立碑」近乎抵達了當下「鄉土敘事」的「極致」，
但是以一個理想的標準來衡量，《秦腔》離「偉大的作品」還有無法彌合的距
離。有研究者敏銳地感覺到了這塊「墓碑」上「碑文」的「空缺」：「在抽掉
了『宏大敘事』常規的寫作要素後，賈平凹採取的那種『生活流』的寫作方
式，『用細節與場面對日子進行結構性的模仿』真的是成功的嗎？難道茫然的
世界只能用茫然的態度來敘述？雞零狗碎的日子只能用雞零狗碎的方式結
構？由此造成的閱讀上的疲憊潑煩感、沉悶拖沓感是否只能由讀者抱著對現
代小說閱讀挑戰的敬畏感以加強耐心來克服？」〔註 41〕在這個意義上，有研
究者指出賈平凹沒有超越「碎片化現實」的「歷史意識」：「歷史意識的分裂
所呈現出的碎片化的現實，是當下文學進入鄉村歷史、現實的一條有效途徑
嗎？作家歷史意識的分裂是社會轉型導致現實碎片化而引起的後果，但是在
藝術創作過程中，作家的歷史意識是不能與現實一起碎片化的。……作家應
有一種超越『碎片化現實』的歷史意識、一種人類終極價值的關懷，才能獲
得對現實的美學表現。」〔註 42〕

　　畢竟，「今天的文學問題，不在於賈平凹所說的『理念寫作』已造成災難，
而是中國作家最缺乏的是『自己的理念』，從而既使得中國作家的觀念，也使
得中國作家的情感表達多雷同和重複。這種重複不僅表現在『引生』與『天

〔註 41〕 邵燕君：《「宏大敘事」解體後如何進行「宏大的敘事」？──近年長篇創作
　　　　 的「史詩化」追求及其困境》，《南方文壇》，2006 年第 6 期。
〔註 42〕 王光東：《「鄉土世界」文學表達的新因素》，《文學評論》，2007 年第 4 期。

狗』、『光子』是同一種類型的人物，而且表現在我們只能在群體化的文化觀念與同樣對現實的群體化的『無言』之間徘徊。」〔註43〕在這個意義上，《秦腔》是一部偉大的未完成之作。

〔註43〕吳炫：《我看當前若干走紅作品的「文學性問題」》，《南方文壇》，2007 年第 3 期。

附錄　再次「潮流化」:「高興」的「打工者」

苛刻一點講,《秦腔》標誌著賈平凹寫作的終結。通過前文的分析可見,從八十年代作爲「城鄉」的「共識」的對於「改革」的「思潮化」敘述開始,經歷「鄉下人進城」——「城鄉對抗」——「城裏人返鄉」,終結於「故鄉之死」,作爲賈平凹寫作資源的「城鄉想像」,已然耗盡了所有的可能。

饒有意味的是,賈平凹選擇了重新「潮流化」,以返回「起點」的方式,再次激活自己的寫作——出版於 2007 年 9 月的《高興》,加入了彼時方興未艾的「底層文學」的大合唱,重新敘述了一個「鄉下人進城」的故事。隨著《廢都》以來相對「個人化」的寫作譜系的完結,賈平凹再次「潮流化」。然而,和三十年前初登文壇的「溫順」不同,作爲「著名作家」的賈平凹,在「文學潮流」中寫作的同時,也和「文學潮流」本身展開了批判色彩的對話。某種程度上,《高興》是「底層文學」潮流的「異類」,筆者將其概括爲「左翼」之外的「底層文學」。

一、從「悲情」到「高興」

《高興》的開篇,賈平凹頗有意味地安排了一場關於「姓名」的爭論。地上是裹在被褥卷裏的五富的屍體,高興被銬在了火車站廣場的旗杆上,一個滿臉青春痘的警察嚴肅地問話:

　　名字?

　　劉高興。

身份證上是劉哈娃咋成了劉高興？

我改名了，現在他們只叫我劉高興。

還高興……劉哈娃！

同志，你得叫我劉高興。

劉高興！

在。

你知道為啥銬你？

是因這死鬼嗎？

交待你的事！（P〔註1〕）

由此開始，高興絮絮回憶他與五富——兩個西安郊外清風鎮的農民——進城打工的經歷。不需贅言，以「農民工」為「典型形象」之一的「底層文學」，近幾年在文學界、研究界幾成呼嘯之勢，似曾相識的「左翼」現實主義從「歷史」的深處再次歸來。值得注意的是，《高興》與這一「潮流」頗為不同，作者放棄了高高在上的「全知」敘事視點，自覺疏離「代言人」這一角色及其裹挾著的「激情」與「正義」，以「第一人稱限制敘事」連綿展開「劉高興」的打工追憶。〔註2〕

與「底層文學」密佈的慘痛與死亡相比，《高興》「悲情」的色彩很淡。開篇伊始，原名劉哈娃的進城青年，頗具象徵色彩地自我「命名」為「高興」：

我這一身皮肉是清風鎮的，是劉哈娃，可我一隻腎早賣給了西安，那我當然要算是西安人。是西安人！我很得意自己的想法了，

〔註1〕 賈平凹：《高興》，第2頁。北京：作家出版社，2007年9月第1版。出於閱讀的方便，下文徵引該小說原文，只在原文後標注出處的頁碼。

〔註2〕 除了《那兒》等不多的幾部作品以第三人稱限制敘事展開外，近年來的「底層文學」作家出於對「判斷真理」的需要，常常將敘述人拉升至「上帝」的位置，以「全知敘事」展開敘述：第一人稱敘述如《我們的路》等，打工者「我」的「聲音」往往也被敘事人強行扭曲，滿嘴可疑的知識分子腔調，談論自由、尊嚴與城鄉的「對峙和交融」。賈平凹對此有自覺地意識，在接受《北京晚報》（11月19日版）的採訪中談到，「最初以第三人稱寫，後來試過第二人稱，現在變成第一人稱。看起來是敘述人稱的轉變，其實是心態的修改。」當然，這裏依然包含著「知識分子」對「農民」的「偏見」的過濾，「農民進城後面對城市有許多偏見，而我也有許多偏見，究其實是農民意識在作祟，當我也在同情進城農民又和他們一樣發洩種種不滿時，我發現我寫的不對。」（參見07年10月《南都周刊》對賈平凹的相關採訪。）

因此有了那麼一點兒的孤，也有了那麼一點兒的傲，挺直了脖子，

大方地跛步子，一步一個聲響。那聲響在示威：我不是劉哈娃，我

也不是商州炒麵客，我是西安的劉高興，劉——高——興！（P4）

這種快活、樂觀的對「城市」的認同，與「底層文學」所塑造的「典型形象」差別很大。在我們所熟知的《太平狗》、《霓虹》等作品裏，主人公無論是農民工或是下崗女工，往往被迫地出賣自己的勞動、身體、尊嚴乃至生命。霓虹閃爍的現代城市，更近似於血紅色的屠場，慘烈血腥的氣息撲面而來。〔註3〕就此而言，高興是「民工」的一個「異類」，「我一直以爲我和周圍人不一樣」；在正式講述這個故事之前，他絮絮地舉例說明他的七點「貴氣」的不同，包括精於數學、熱愛文學與音樂、愛乾淨，注意體面，等等。饒有意味的是，有的不是「愛好」這麼簡單：高興先後賣血、賣腎，買主是西安的「一個大老闆」。這本是「左翼文學」最爲常見的敘事模式，但高興對此似乎「缺乏覺悟」，將一個在「左翼」的「成規」裏的階級問題，歸結爲無常的命運（「天」）乃至於家庭出身（而不是「階級歸屬」）：

我反感怨恨詛咒，天你恨嗎，你父母也恨嗎，何必呀！

（P5）（即第六點「愛好」，筆者注）

在訪談中賈平凹將高興概括爲「新農民」，以此與「傳統」的「農民形象」予以區別：「劉高興這些人都是有文化知識又不安分的一代新農民。所以寫這部小說時，一定要寫出這一代農民不一樣的精神狀況，他們不想回農村，想在城市安家落戶，他們對城市的看法和以往的農民完全不同。」〔註4〕某種程度上，高興近乎於一個來自「底層」的「外省青年」，「自覺」地認同城市，希望「接納」了他的腎的西安也接納他「做西安人」。

〔註3〕陳應松的《太平狗》裏，作者將民工程大種和他的那條叫「太平」的狗並置，將「城市」比擬成血淋淋的剮狗市場，潰爛、骯髒、腐臭等意象密度極大。最後程大種以肢體殘缺的方式慘死，成爲這一屠場的又一個犧牲者。「太平再一次潛入院子是在五天以後，它看見它的主人程大種已經死在床上，七竅流血，骨瘦如柴，老鼠已經啃壞了他的腳趾，兩個耳朵也沒有了。」（參見陳應松：《太平狗》，《人民文學》，2005年第10期。）頗耐思量的是，這篇殘酷、血腥的作品先後獲得第二屆中國小說學會大獎、《小說月報》百花獎（讀者投票）等多個獎項，被傳媒指認爲「『底層敘事』和『打工文學』的代表作」。對「底層」的主流想像由此可見一斑。

〔註4〕參見《南方周末》的訪談：《賈平凹：從廢鄉到廢人》，《南方周末》07年10月25日文化版。

　　五富顯然有不同的看法，作為作者塑造的「傳統農民」，和劉高興一起到西安打工的五富與城市格格不入。面對巨大的落差，五富內心難以平衡，一次次被輕賤後，他抱怨到：

> 都是一樣的人，怎麼就有了城裏人和鄉下人，怎麼城裏人和鄉下人那樣不一樣的過日子？他說，他沒有產生要去搶劫的念頭，這他不敢，但如果讓他進去，家裏沒人，他會用泥腳踩髒那地毯的，會在那餐桌上的咖啡杯裏吐痰，一口濃痰！（P119）

和高興、五富住在一起的黃八──池頭村拾破爛的同行──表達地更為激烈，

> 為什麼這個世界上有窮和富，國家有了南有了北為什麼還有城和鄉，城裏這麼多高樓大廈都叫豬住了，這麼多漂亮的女人都叫狗睡了，為什麼不地震、為什麼不打仗呢，為什麼毛主席沒有萬壽無疆，再沒有了文化大革命呢？（P163）

高興非常反對這樣的看法，「新農民」認為：

> 咱既然來西安了就要認同西安，西安城不像來時想像的那麼好，卻絕不是你恨的那麼不好，不要怨恨，怨恨有什麼用呢，而且你怨恨了就更難在西安生活。五富，咱要讓西安認同咱，要相信咱能在西安活得好，你就覺得看啥都不一樣了。比如，路邊的一棵樹被風吹歪了，你要以為這是咱的樹，去把它扶正。比如，前面即便停著一輛高級轎車，從車上下來了衣著楚楚的人，你要欣賞那鋥光鋥亮的轎車，欣賞他們優雅的握手、點頭和微笑，欣賞那些女人的走姿，長長吸一口飄過來的香水味……（P121）

可惜，冷漠的現實逐漸戳穿了高興過於天眞的願望。在緊張的生存空間裏，他努力地靠著自己的聰明閃展騰挪──扮演暗訪的領導嚇退市容隊（第 12 章），扮演記者幫翠花要回身份證（第 16 章），扮演接送病人的以瞞過警察（第 22 章）……演來演去，街巷裏傳言到他是音樂學院的畢業生，飯館裏的老人以為他是體驗生活的作家。高興津津得意於他的一次次小聰明，很希望被指認成「城裏人」，「一日兩日，我自己也搞不清了自己是不是音樂學院畢業生，也眞的表現出了很有文化的樣子。」然而，和五富一起走街串巷地拾破爛，留給劉高興上陞的空間實在過於局促，這構成了高興難以言說的痛楚與焦慮。當他再一次扮演「城裏人」為被欺負地滿身髒水的五富討回公道後，五富以「清風鎮式的咒罵」發泄著委屈，高興突然感到難過，他明白自己一直

沉浸「城裏人」虛幻的自欺、扮演與想像裏：

> 當一隻蒼蠅在這座古老的城市飛動，我聽到過導遊小姐給那些外地遊客講這是從唐代飛來的蒼蠅。我已經認作自己是城裏人了，但我的夢裏，夢著的我爲什麼還依然走在清風鎮的田埂上？我當然就想起了我的腎。一隻腎早已成了城裏人身體的一部分，這足以證明我應該是城裏人了，可有著我一隻腎的那個人在哪兒？他是我的影子嗎，還是我是他的影子，他可能是一個很大很大的老闆吧，我卻是一個拾破爛的，一樣的瓷片，爲什麼有的就貼在了竈臺上，有的則鋪在廁所的便池裏？（P127）

恰如「拾破爛」這一職業本身，高興悲哀地認識到，「我們是垃圾的派生物」（P28）。某種程度上，拾荒者如同城市的「垃圾」一樣，被不斷地推移到城市的邊緣。「拾破爛的就是城裏的隱身人」（P167），任你在這個群體裏如何掙扎，城市終究視而不見。被「垃圾」所圍困的高興，茫茫地措手無路，不安的靈魂如何求個解脫？按照左翼文學的成規，這個時候「朱赫來」式的範導者恐怕早已趕來，鋪陳城市的罪惡，講解革命的奧義，傳授階級鬥爭的不二法門。就此，賈平凹似乎有不同的回答。

二、鎖骨菩薩的「罪」與「罰」

緣起於路人隨意地一句議論，「你沒見現在鄉下人進城比城裏人更像城裏人嗎？」高興「感覺被子彈擊中一樣」，「臉刷地紅了」的四處躲避。迷途之中，他走到了「鎖骨菩薩塔」前：

> 碑文是：昔，魏公寨有婦人，白皙，頗有姿貌，年可二十四五，孤行城市，年少之子，悉與之遊，狎昵薦枕，一無所卻。數年而歿，人莫不悲惜，共醵喪具，爲之葬焉。以其無家，瘞於道左。唐大曆中忽有胡僧自西域來，見墓，遂趺坐，具禮焚香，圍繞讚歎數日。人見，謂之曰：此一淫縱女子，人盡夫也。以其無屬，故瘞於此，和尚何敬耶？僧曰：非檀越所知，斯乃大聖，慈悲喜捨，世所之欲，無不徇焉。此即鎖骨菩薩，順緣已盡。聖者之耳不信，即啓以驗之。眾人即開墓，視遍身之骨，鈎結皆如鎖狀，果如僧言。人異之，爲設大齋起塔焉。
>
> 我是看了一遍，又看了一遍，我以前所知道的菩薩，也就是觀

音，文殊，普賢和地藏，但從未聽說過鎖骨菩薩，也是知道菩薩都
聖潔，怎麼菩薩還有做妓的？聖潔和污穢又怎麼能結合在一起呢？
（P101）

細心的讀者自會察覺，這段碑文並非作者虛撰，而是搬用了《太平廣記》卷
一零一《釋證類》「延州婦人」條目，只是把地點由「延州」（即延安）改成
西安的「魏公寨」。同一個故事，在《續玄怪錄》、《傳燈錄》中亦有所記述。
《韻府續編》進一步點出：此即觀音大士之化身也。有趣的是，筆者查閱資
料時發現，史書記載的這座塔，其實早已家喻戶曉，只不過是以另外的命名、
敘述乃至想像——它就是革命聖地「延安寶塔」。〔註 5〕某種程度上，作品裏
的「鎖骨菩薩」，「清洗」了「革命敘述」對這座古塔的遮蔽、改寫乃至於重
繪，還原了寶塔的歷史面目及其宗教指涉。進一步說，「鎖骨菩薩」在「左翼」
的資源之外，提示了超越「苦難」的另外一種可能，在「污穢」的底層世界
甘於受難而抵達「聖潔」。

「以妓之身而行佛智的菩薩」，在作品中道成肉身，則是高興所愛的孟夷
純。高興與孟夷純的初次相遇，彷彿也是冥冥中的天意——高興賣腎之後曾
經買了一雙「女式高跟尖頭皮鞋」，他盼望著能夠遇到這雙鞋的女主人；在一
次拾荒的路上，這個人似乎出現了：

> 我一直記著一件事，那是我拉著架子車經過興隆街北頭的那個
> 巷口，一個女人就提著塑料桶一直在我前邊走。街巷裏的女人我一
> 般不去看，不看心不亂，何況呆頭癡眼地去看人家顯得下作，也容
> 易被誤解了惹麻煩。但提塑料桶的女人穿著的皮鞋和我買的那雙皮
> 鞋一模一樣，我就驚住了！（P163）

兩個人開始交往之後，高興逐漸地瞭解到，這個叫孟夷純的女人，是興隆街
美容美髮店裏的妓女。高興一度無法釋懷，為自己愛上了妓女而焦灼不安：

> 如果真的這就是戀愛，那我是愛上了一個妓女？愛上了一個妓
> 女？！明明知道著她是妓女，怎麼就要愛上？哦，哦，我呼吸緊促
> 了，臉上發燙。（P202）

然而，瞭解到孟夷純出賣身體的緣由後，高興尋找到了內心的解脫——孟夷
純家鄉（米陽縣）的男友，為了報復分手，殺掉了她的哥哥後逃亡。缺乏經

〔註 5〕賈平凹接受《北京晚報》採訪時也提到，此處移植的就是延安寶塔的來歷。
參見 2007 年 11 月《北京晚報》相關訪談。

費的當地公安，就把案子擱下來了。被迫無奈，孟夷純選擇了這樣的方式來募集辦案經費——這一切使得高興驟然想起了「冥冥中的神的昭示」:

> 我驀地想起了鎖骨菩薩，難道孟夷純就還眞是個活著的鎖骨菩薩？鎖骨菩薩。鎖骨菩薩。我遇到的是鎖骨菩薩！（P267）

高興「明白了」:

> 這菩薩在世的時候別人都以爲她是妓女，但她是菩薩，她美麗，她放蕩，她結交男人，她善良慈悲，她是以妓女之身而行佛智，她是污穢裏的聖潔，她使所有和她在一起的人明白了……（P268）

讀者自會發現，故事絮絮講到此處，與陀氏的煌煌大作《罪與罰》越來越「神似」。基於對「底層文學」僵硬立場的不滿，曾有研究者援引這部巨著，以此作爲「底層」如何「文學」的典範。〔註6〕然而，宗教或許可以感召拉斯柯爾尼科夫與索尼婭在泥淖裏懺悔，獲得靈魂上的新生;「鎖骨菩薩」卻無法給高興與孟夷純根本的安慰。畢竟，孟夷純的「罪」，不必「拔高」到宗教意義上的「原罪」，根柢上是國家機關的不作爲，甚或是有意地剝削:

> 孟夷純告訴了我，她是在縣公安局再一次道報有了罪犯新的線索後寄去了一萬元，辦案人員是跑了一趟汕頭又跑了一趟普陀山，結果又是撲了個空。他們返回到西安後給她打電話，她去見了，要她再付賓館住宿費伙食費，還要買從西安到米陽縣的火車票。孟夷純說:我哪兒還有錢，我的錢是從地上撿樹葉嗎？到底是破案哩還是旅遊的，便宜的旅館不能住嗎，偏住四星級賓館，要抽紙煙，要喝茶，還要逛芙蓉園，我到哪兒弄錢去？！
>
> 床上攤著七張印著毛主席頭像的人民幣，孟夷純點著了一根紙煙，她竟然吸紙煙，狠勁地吸，兩股濃煙就噴出來直衝著床，人民幣成了晨霧裏霜打了的樹葉。
>
> 我說:夷純，夷純。
>
> 她不看我，一直盯著人民幣，竟把煙頭對著一張人民幣，人民

〔註6〕有研究者指出，「如果還要以一種非此即彼的僵硬立場去爭吵『純文學』和『底層寫作』，讓文學批評降格成「大專辯論賽」——辯論激烈、觀點迥異實則無益——之類的電視表演，只好請他打開陀思妥耶夫斯基的小說《罪與罰》，從第一行讀起。」參見李建立:《批評與寫作的歷史處境——從小說〈那兒〉看「底層寫作」與「純文學」之爭》，《江漢大學學報》，2007年第一期。

幣上燒出了一個煙，突然說：毛主席！毛主席！你咋不管我呀？！
眼淚叭叭叭地滴下來。（P295～296）

可以看到，高興所寄託的所謂「鎖骨菩薩」的想像，終究彌漫著無法解脫的
焦躁不安。畢竟，不斷陷落的「底層」，所面對的困境是「政治性」的，並非
不可抗拒的天命。倘若不敢正視正在發生的罪惡，將不合法的種種制度性安
排抽空到宗教的層面上，高興和孟夷純的內心難以避免地虛弱不安。作者對
此十分清醒，小說漸次寫來，宗教的霧氣漸漸隱去，殘酷甚或猙獰的「現實」
不斷逼近──「鎖骨菩薩」被警察逮捕了：

> 孟夷純是在美容美髮店的樓上被抓住的，她是怎樣被恫嚇著，
> 羞辱著，頭髮被拽著拉下了陡峭的樓梯？她現在受審嗎，聽說提審
> 時是強烈的燈光照著你，不讓吃，不讓喝，幾天幾夜不讓睡覺，威
> 脅，呵罵，甚至捆起來拷打？你不是漂亮嗎，他們偏不讓你洗臉，
> 不讓你梳頭，讓你蓬頭垢面，讓你在鏡子前看到你怎樣變形得醜陋
> 如鬼。或許，他們就無休止地問你同樣的問題，讓你反覆地交待怎
> 樣和嫖客的那些細節，滿足著他們另一種形態裏的強姦和輪姦。這
> 些我都不敢想像下去了。（P355）

三、溫情脈脈的資產者

為了贖出孟夷純，高興必須籌集到五千元錢，這是警方放出風來的明碼
標價。兩手空空的高興，最後想到了韋達──孟夷純的情人，一個溫情脈脈
的資產者。和「左翼」所講述的腦滿腸肥、荒淫無恥的「資本家」完全不同，
韋達俊朗、文雅、沈穩，對待孟夷純文質彬彬，形象頗為正面。饒有意味的
是，儘管韋達與高興共享著同一個女人，但高興卻毫不仇恨，反而一廂情願
地以為自己的腎就是換給了韋達，對他有一種「宿命」般的好感：

> 冥冥之中，我是一直尋找著他，他肯定也一直在尋找著我。不，
> 應該是兩個腎在尋找。一個人完全可以分為兩半，一半是陰，一半
> 是陽，或者一個是皮囊，一個是內臟，再或者，一個是燈泡，一個
> 是電流，沒有電流燈泡就是黑的，一通電流燈泡就亮了。這些比喻
> 都不好，我也一時說不清楚。反正是我們相見都很喜悅。（P222～223）

這種「勞動者」與「資產者」的親近頗為「另類」。就此來說，《高興》不僅

僅提供了一個新的底層形象，更是提供了一種新的「勞資關係」。和「左翼」念茲在茲地講述階級剝削與階級對立相比，高興卻一直想與韋達接近，將對方指認爲「另一個我」，其間的象徵色彩如此明顯，自是不需筆者贅敘。〔註7〕進一步說，《高興》所凸顯的，不僅僅不是一個階級對另一個階級的壓迫，反而是「無產階級」的「內戰」。作者徑直寫到，「欺負民工最凶的是民工」。無論是去垃圾場還是去卸水泥，民工之間血淋淋地撕咬，底層的「窮兇極惡」暴露無疑:

> 西安城裏的人眼裏沒有我們，可他們並不特別欺負我們，受欺負的都是這些一樣從鄉下進城的人。我過來給五富他們說:回吧，咱好歹還有拾破爛的活路，這些人窮透了，窮兇極惡!（P317）

〔註8〕

假設作品就此結束，無論文字如何出色，這也將是一部令人失望的甚或是僞飾的作品。不需諱言，作者小心地繞開了「底層」的「窮」與「惡」如何生成的「歷史」解釋。幸好，賈平凹避免了如此的「簡單」，作品明顯地包含著對高興的「反諷」，且看他來找韋達救人的場景:

> 韋達說:別拘束啊劉高興，要上洗手間嗎?我說:不，上個廁所。韋達說:洗手間就是廁所，服務員，領他去洗手間。我嫌五富丟人現眼，沒想我倒丟人現眼了，一時臉燙。（P359）

如果說，這還是一些虛榮做怪的細枝末節的話，那麼韋達聊天時無意透露的信息，卻給予了高興致命的一擊:他沒有換過腎，而是換得肝。高興「夢」

〔註7〕 相對應地，《那兒》等作品讓一部分評論者激動不安，原因之一正在於提示了一種知識分子與工人階級再次關聯的可能，或者說，重新「介入」歷史、激活知識分子有機性的一種方式——灌輸階級意識以詢喚階級主體。正如吳正毅、曠新年關於《那兒》的感慨，「正如列寧所說的，工人階級並不是自發地具有階級的意識，工人階級的階級意識是依靠先進分子從外面灌輸進去的。然而，當工人階級一旦意識到他們自己的利益，意識到他們是一個階級整體，當他們組織和團結起來了的時候，他們是最無私的，也因此是最有力量的。」參見吳正毅、曠新年:《〈那兒〉——工人階級的傷痕文學》，《文藝理論與批評》，2005年第2期。

〔註8〕 作者也安排了「底層」大量的「互助」與「團結」的場景:「杏胡是幾次和五富、黃八商量，最後達成的協議是:每人每天拿出兩元錢，讓我轉交給孟夷純。讓五富黃八和杏胡出錢，這並不是我的初衷，但杏胡的權力和能力也只能讓五富黃八連同自己來捐款，每人每日兩元錢數字並不大，卻說明了他們對我和孟夷純的認可和支持。」參見《高興》，第328頁。

醒了，「韋達」及其聯繫的「城裏」的世界，與他終究沒什麼干係：

> 我一下子耳臉灼燒，眼睛也迷糊得像有了眼屎，看屋頂的燈是一片白，看門裏進來的一個服務員突然變成了兩個服務員。韋達換的不是腎，怎麼換的不是腎呢？我之所以信心百倍我是城裏人，就是韋達移植了我的腎，而壓根兒不是？！韋達，韋達，我遇見韋達並不是奇緣，我和韋達完全沒有干係？！（P360）

「韋達」在高興的眼裏完全不一樣了，他變成了另一個「韋達」。並不意外，他最後拒絕了高興天真的請求：

> 我說：可以贖的，老鴇就是贖回來的，你去試試，只需要五千元，五千元就救她了！
>
> 他說：劉高興，你不瞭解，做事要有個原則。
>
> 韋達，韋達，這就是韋達的話嗎？孟夷純把韋達當做了朋友和知己，當平安無事的時候，當滿足欲望的時候，韋達是一個韋達，而出了事，關乎到自己的利益，韋達就是另一個韋達了。你可以雇兩個人專門每日到山頭上插旗，卻不願掏五千元救孟夷純，九牛不拔一毛是什麼原則？！（P364～365）

希望破滅的高興，準備依靠自己賺出那五千元。他和五富換了份更「賺錢」的工作——去咸陽的工地上挖地溝。住在廢棄的荒樓裏，面對包工頭諸多的欺詐，高興與五富一夜狂飲後，不幸降臨了：

> 我覺得不對。忙過去說：還真地不行了？五富說：高興，我心裏亂得很，我頭痛。就徹底地跌坐在了地上。我立即有了不祥的感覺。（P404）

某種程度上，結尾處這「五富之死」，堪稱整部作品的象徵——恰如高興在城鄉之間的搖擺不定，面對這個複雜地無法給出答案的大時代，作為記錄者的賈平凹同樣既忠實又不安。和「左翼文學」屢見不鮮地悲愴的「勞動者之死」相比，這不是一個果敢、有力、怒氣衝衝的情節，甚或無法構成全書的高潮——五富的死如此突然，近乎莫明其妙。就此，作者曾嘗試著給出一個高度概念化的闡釋：

> 五富舌頭伸出來又把嘴邊的魚翅勾進去吃了，一下一下地嚼。嚼著嚼著就不動了。石熱鬧說：香吧，香吧，你再吃，你再吃，你現在是你們村第一個吃魚翅的人了！高興你也吃過？我沒有理石熱

鬧。五富還是不動，黑眼仁不見了。我拿手在他面前晃了晃，沒有反應，用手試試他的鼻孔，鼻孔裏已經沒任何氣息。

　　五富死了。（P409）

於全文汪洋流暢的敘述相比，坦率地說，這部分的描寫過於生硬。「魚翅」突兀地梗在五富的嘴裏，這一場景的寓意如此庸常，反而讓讀者疑慮重重。某種程度上，這是作者從近似的文本裏剪切過來的「革命符號」，而不是人物的自然伸延。自然，不必責難作者，當下這所謂的「大時代」，不也是惶惶地一片混沌？與其得意洋洋地宣佈終極的真理，毋寧「把自己的作品寫成一份份社會記錄而留給歷史」，〔註9〕老老實實地記錄下根深蒂固的矛盾。

四、依然幽靈不散

　　且容筆者斷言，以《高興》而論，賈平凹提供了「底層文學」一種新的可能。有研究者指出，「在某種意義上說，底層寫作是『左翼文學』傳統失敗的產物，但同時也是其復蘇的跡象。」〔註10〕並不奇怪，以《那兒》為代表的一批底層文學作品，被批評家們命名為「新左翼文藝」。就這一風潮而言，學界曾熱切地予以希望，「解放底層曾經是左翼現代性構想的一個重要緯度，但在以市場意識形態為中心的普世的現代性話語體系中，這一緯度消失了。今天，底層概念重新浮出水面，既是對個人化敘事、小資話語、中產階級文學想像以及新貴文學的反動，也是未完成的左翼現代性文學思潮的新形態。」〔註11〕誠然，喪失了良知與人道關切的作品，無論如何「純粹」，終究是工匠的技藝；但底層的寫作是否需要馴服於「左翼」的成規？二十世紀沉重的左翼文學遺產，在作為寫作資源再次激活之前，不能輕率遺忘的，是它悲劇性的教訓與經驗，以及綿延至今的創痛：對文學本性的輕蔑、與政治集團的密謀、缺乏對話精神的狹隘與霸道、以及對生活場景以「真實」名義的遮蔽。當下亟需的，未必是對「左翼」的再次召喚，而是如何在「美學」與「道德」之間，在不傷害「文學」的「可能性」的基礎上，探索對大時代的講述。或如米蘭昆德拉的看法，「將道德審判延期，這並非小說的不道德，而正是它的

〔註9〕賈平凹、黃平：《賈平凹與新時期文學三十年》，《南方文壇》，2007年第6期。
〔註10〕李雲雷：《如何揚棄「純文學」與「左翼文學」？——底層寫作所面臨的問題》，《江漢大學學報》，2006年第5期。
〔註11〕南帆等：《底層經驗的文學表述如何可能？》，《上海文學》，2005年11期。

道德。」﹝註12﹞就此而言，《高興》的方式是一種可能。﹝註13﹞

不難理解，在「左翼」之外講述「底層」的賈平凹，寫了一個長長的後記，明白地告訴讀者這一切都是「眞實」的，「高興」以鄉黨「劉書禎」爲原型，諸多情節以親身的社會調查爲藍本。正如《南方周末》在專訪中概括的，「跟賈平凹之前的小說都不一樣，《高興》是一部完全建立在眞實基礎上創作完成的小說。在兩年時間裏，他採訪了近百位在西安拾破爛的商州同鄉。所有的小說人物都有原型，所有的人物經歷和細節都在現實生活裏發生過。」﹝註14﹞比較以往的作品裏「唯有心靈眞實」的強調，現在的變化頗耐尋味。畢竟，「眞實」是左翼文學的核心，作爲與左翼文學一種潛在的「對話」，敏感如賈平凹，少不得這番潛在的自我辯白。

巧合的是，基於生活經驗的「個人化」的《高興》，在重要情節上與張楊導演的《葉落歸根》極爲相似：

> 長篇小說《高興》用了一個有爭議的開頭和結尾：主人公劉高興背著一起進城打工病逝的五富屍體，想把他帶回老家土葬，在火車站被警察發現，未能實現心願，痛苦萬分。

> 這和《南方周末》刊發的報導「湖南老漢千里背屍返鄉」（《一個打工農民的死亡樣本》，2005 年 1 月 13 日頭版，記者張立）的情節極爲相似：湖南老漢李紹爲背著老鄉屍體，上火車、趕公交，計劃輾轉千里返鄉，直到路過廣州火車站時被警察發現。後來導演張楊把這篇報導變成了電影《葉落歸根》，趙本山主演。﹝註15﹞

「背屍返鄉」這一事件本身（賈平凹自述根據的是鳳凰衛視的報導），吸引了

﹝註12﹞ 米蘭·昆德拉：《被背叛的遺囑》，第 6 頁。上海：上海人民出版社，1995 年 12 月第 1 版。

﹝註13﹞ 畢竟，「在偉大的作家那裏，『文學』從來不僅僅是『美學』，當然也不僅僅是『道德』。」進一步說，「在 1980 年代以及始終堅持 80 年代思維方式的學者那裏，『美學』與『道德』的分疏所催生的『工具論』與『自主論』的框架始終是不容質疑的，這個背後的思維方式，還是缺乏反思的對『政治』與『文學』的兩分法。」詳見程光煒教授主持的《廢都》相關討論，載於《上海文化》，2008 年第 1 期。

﹝註14﹞ 參見《南方周末》的訪談：《賈平凹：從廢鄉到廢人》，《南方周末》07 年 10 月 25 日文化版。

﹝註15﹞ 參見《南方周末》相關報導，《「我們爲破爛兒而來」──〈高興〉背後的高興》，《南方周末》07 年 10 月 25 日文化版。

不同藝術家的注意，這一既「真實」又富於「象徵」的情節，堪陳底層絕佳
的症候：淪陷於「盛世」罅隙間的底層，在深淵裏不辨人鬼地掙扎，在「現
代」與「鄉土」之間，國家的大門何嘗向他們敞開。由此理解《高興》的結
尾，頗耐尋味的是，與當年的《廢都》如此相似——近二十年之後，再次終
結於「車站」：

> 我抬起頭來，看著天高雲淡，看著偌大的廣場，看著廣場外像
> 海一樣深的樓叢，突然覺得，五富也該屬於這個城市，石熱鬧不是，
> 黃八不是，就連杏胡夫婦也不是，只是五富命裏宜於做鬼，是這個
> 城市的一個飄蕩的野鬼罷了。（P431）

徘徊在車站廣場上的高興，已然無路可走，警察拒絕了他「背屍回鄉」的「愚
昧」願望；當年落荒而去的莊之蝶，同樣四顧茫然，在車站的長椅上驟然中
風。如果說，《廢都》講述了市場經濟肇始的知識分子之死，那麼《高興》補
敘了二十年後的底層命運。從知識分子到普羅大眾，這自八十年代走來的流
放者們，依舊風塵僕僕地在車站徘徊——那一趟承諾中的班車，已然延擱了
近二十年，它何時到來？面對當下這如此「真實」的世界，飄飄蕩蕩的鬼氣
不斷地盤互鬱結；雄心勃勃的當代中國，努力地驅鬼除魅，依然幽靈不散。

結語：「詩人」與「現實主義」

　　通過上文四章的分析，筆者以「潮流化」寫作、「自我傾訴」、「意象寫實」、等概念描述賈平凹寫作的變化，收束於《秦腔》式的「現實主義」──筆者稱其為一種放逐理念的「現實，但不主義」的寫作，呈現了破碎化的鄉土世界。貫穿四個階段始終的，是賈平凹一直嘗試整合的「詩人」與「現實主義」這「兩個世界」的關係，他基本上走了一個 U 字形的路線，從「潮流化」的呈現「現實」開始，經歷「詩人」壓倒「現實主義」的高度個人化的「自我傾訴」、「意象寫實」兩個階段，最後回到「現實」的世界，不過是一個放逐了「主義」的破碎的世界。

　　為作家下一個價值方面的判斷總是冒險的，而且批評者難以擺脫自己「趣味」的限定，但是筆者還是老實地說出自己並不「學術」的看法：在「詩人」和「現實主義」兩級之間，靠近了「實」的一極，賈平凹寫得比較出色；靠近了「虛」的一極，賈平凹的作品就比較糟糕。這方面，正面的例子是《高老莊》和《秦腔》，反面的例子是《懷念狼》。

　　筆者知道，自己的觀點，和賈平凹的看法有些不同。賈平凹在《秦腔》之前，依然很輕蔑原來的「現實主義」的寫做法則，在一位訪談者表示有的讀者「讀不懂」的時候，賈平凹帶著諷刺的口吻回應道，「是不是覺得沒有寫人生呀，命運呀，政治情結不那麼濃厚，並不是社會關注的問題，也不是那種『史詩』？」〔註1〕他所在乎的，其實是自己「詩人」的面向：「我不是現

〔註1〕 賈平凹、胡天夫：《關於對賈平凹的閱讀》，選自賈平凹：《病相報告》，上海：上海文藝出版社，2002 年 5 月第 1 版，第 310 頁。

實主義作家，而我卻應該算作一位詩人。」〔註2〕他所最欣賞的，還是自我的
體驗，這樣的例子比比皆是：

> 寫作爲的是心中壘塊發泄。〔註3〕

> 小說小說，就是在「說」，人在說話的時候難道有一定的格式嗎？
> 它首先是一種情感的宣泄，再就必須是創造。〔註4〕

> 知道我德性的人說我是：在生活裏膽怯，卑微，伏低伏小，在
> 作品裏卻放肆，自在，爬高涉險，是個矛盾人。想一想，也是的。
> 〔註5〕

從八十年代到九十年代中後期，賈平凹不同時期的「文論」，或隱或現地都
體現著對「自我」的重視，甚至於欣賞自己作品中的「放肆」與「自在」。
筆者的看法與之相反，或許接近於艾略特「保守」的文學觀：一個不加克
制的「自我」，對作品的藝術成就是一種嚴重的傷害。如艾略特被轉引了無
數次的論斷：「詩不是放縱感情，而是逃避感情；不是表現個性，而是逃避
個性。」〔註6〕

　　正文中就「意象」等等分析，對這一點已經有所涉及。筆者覺得有幾點
說得不夠或者沒有展開說的，在這裏簡要交待。就賈平凹所推重的「自我」
而言，筆者覺得至少有幾個方面值得省思。比如他的「現代意識」，賈平凹是
一個並不擅長哲學思辨的作家，但是他常常在一些作品裏大談哲理，這不僅
無助於作品形而上的「深度」，反倒是讓讀者覺得尷尬。坦率講，賈平凹搬用
的，往往是非常通俗的簡單化理解後的「現代哲學」：世界的「眞實性」問題
（《廢都》中莊之蝶岳母的疑問、《白夜》中對「化妝術」的設計）、家園的失
落（《土門》中大量直白到索然無味的「暗喻」）、甚至於連成龍這類影星都搬

〔註2〕 賈平凹：《高老莊・後記》，北京：人民文學出版社，2008 年 1 月第 1 版，第
　　　　359 頁。

〔註3〕 賈平凹：《答人問獎》，選自賈平凹：《五十大話》，北京：人民文學出版社，
　　　　2008 年 1 月第 1 版，第 197 頁。

〔註4〕 賈平凹：《答〈文學家〉編輯部問》，選自賈平凹：《五十大話》，北京：人民
　　　　文學出版社，2008 年 1 月第 1 版，第 117 頁。

〔註5〕 賈平凹：《土門・後記》，北京：人民文學出版社，2008 年 1 月第 1 版，第 245
　　　　頁。

〔註6〕 艾略特：《傳統和個人才能》，選自趙毅衡主編：《「新批評」文集》，天津：百
　　　　花文藝出版社，2001 年版，第 35 頁。

演過的流俗的對於「我是誰？」的追問〔註7〕（《廢都》、《白夜》、《高老莊》
都有這樣的「情節」）。非常可惜的是，這些地方涉及的，都是當代歷史非常
「現實」的關節點，比如「真實性」對應的社會轉型甚至於「改革」時代普
遍的茫然，「失樂園」之類對應的「城市」對於「鄉村」的吞噬，「我是誰」
對應的「身份」轉變帶來的「認同危機」，等等。然而，賈平凹太輕巧地迴避
了「現實」，把可能產生大作品的題材輕飄飄地「哲學化」了。

在「哲理」層面的輕率，多少還是並不成功但是能夠理解的嘗試，但是
賈平凹還有一類對於「自我」的放縱，近乎於隨意糟蹋自己的作品。出於尊
重，筆者不想為大作家避諱，賈平凹作品中充滿了把「黃段子」直接放進小
說裡的低級趣味，以及毫無節制的大量重複：

筆者舉幾個例子予以說明，《土門》中，成義發現梅梅要去男朋友老冉家：

「去老冉家？」成義突然臉黑下來，就蹲在地上給我寫字。
寫一個「田」字，問：認識不？我點點頭：嗯。他就手壓了田字
的上部，再就壓了田字的下部，又左一壓右一壓，問：認識不？
我說：你上一壓是日，下一壓是日，左壓左日，右壓右日，你要
說什麼？成義便拿指頭敲我的腦門，說真是一家人不說兩樣話。
（P76）

又如《高老莊》，工匠們在給南驢伯挖墓的時候：

工匠們說了一會兒，各自幹起活來，嘴仍是不讓閒著，說天說
地，說聯合國大會，說公雞踏蛋，又說起蠍子南夾村一個女人也是
被蘇紅介紹到省城去的，回來也是在鎮街開了一個洗頭洗腳店，那
做公公的就對兒子說：你媳婦回來了，你讓她檢查檢查有沒有性病，
她是不能有病的，她有病了，我就有病，我有病，你娘就有病了，
你娘有病了，全村人都要有病的。（P277）

不是說，這類語言不能進入小說，而是這種段子傷害了作品的「真實性」，難
以想像成義和高老莊的工人們，在「真實」的場景中的對話，竟然和社會上
流傳的下流段子一字不差。在這個意義上，筆者認為這是明顯的低級趣味不
加節制的表現（在一篇訪談中研究者曾經紀錄到，「其間，平凹接了《美文》

〔註7〕 成龍1998主演的類型片，講述中央情報員「傑克」由於空難失去記憶，被土
著部落搭救，美國精英面對土著居民，反覆發問「我是誰」。這類流俗的哲學
味，不過是類型片膚淺的裝飾。

編輯請示稿件的傳呼和方英文講黃段子的搔擾電話」。〔註8〕訪談者是賈平凹的好友，似乎寫上這個「閒筆」，可以襯托出名士的放浪形骸）。

更糟糕的，是賈平凹對於自己無所顧及地重複。對於熟讀賈平凹全部作品的讀者而言，多少總會感到失望。〔註9〕筆者沒有專門整理，這樣的例子比比皆是。比如：

> 我想起來了，我和他爹小時候去石堰下捉過蛇，是讓貓把尿尿在一個手巾上，然後把手巾放在蛇洞口，蛇聞見貓尿就爬出來在手巾上排精哩。有了蛇精的手巾你拿著往女人面前晃一晃，女人就迷昏了，乖乖地跟著你走了。（《高老莊》，P271）

> 青年解釋了半天，方知這裏興一種蠱術，即將貓尿撒在一塊手帕上，再將手帕鋪在蛇洞口引蛇出來，蛇是好色的，聞見貓尿味就排精，有著蛇精斑的手帕只要在女人面前晃晃，讓其聞見味兒了，女人就犯迷惑，可以隨意招呼她走。（《懷念狼》，P87）

> 當天夜裏，我就讓貓在那件小手帕上撒了尿，第二天偷偷又將小手帕鋪在七里溝的一個蛇洞口，果然傍晚要離開七里溝時我去察看小手帕，小手帕上有了蛇排出的精斑。這法兒一定要給我保密，一定不要傳給別人，趙宏聲說這是他在一本古藥書中看到的。我拿了小手帕再次去找趙宏聲，我說：「真的拿了小手帕對著白雪鼻前晃晃，白雪就迷惑了，能跟著我走嗎？」趙宏聲說：「我沒試過，或許能吧。」（《秦腔》，P388）

〔註8〕賈平凹、孫見喜：《閒談〈高老莊〉》，《文學自由談》，1998年第5期。

〔註9〕這種「重複」受制於「市場」追求文化品牌利潤最大化的邏輯。有意思的是，賈平凹爲自己寫得快辯護，但是在另一篇文章裏批評「研究者」們要慢一些，其實雙方陷於同樣的文化場域之中：

「穆：從《土門》到《高老莊》，中間隔了兩年多的時間，您不認爲寫得太快了麼，是否精雕細刻一本更好一些？像那句老話，十年磨一劍。

賈：這還快呀！各人情況不一樣，別人十年磨一劍，我十年會把鐵棒磨成繡花針了！廟裏有整日敲木魚的念經的和尚，也有從不做一日三次功課的和尚，但敲木魚念經的和尚從來不是高僧的。太白山頂上的樹十年三十年還是那麼矮麼。我腦子裏有，不寫出來難受麼，我也不想寫得多，我的手多累呀！」

（賈平凹、穆濤：《寫作是我的宿命——關於賈平凹長篇小說新著〈高老莊〉訪談》，《文學報》，1998年8月6日。又見於人大複印資料《中國現代、當代文學研究》1998年09期）

對於研究者的批評：「賈：我強調搞評論的要讀慢些，把人家的追求吃透再評論。」（賈平凹、孫見喜：《閒談〈高老莊〉》，《文學自由談》，1998年第5期）

除此之外，諸如樹長包是轉移了癌症、女性生殖器形狀的風水寶地、木頭做的雞、頭上的火焰、「開水燙了的」妓女、僧人坐化、掏耳朵壓抑性欲、砌在鍋臺和廁所上的石頭、自鳴的牛皮鼓等等，在賈平凹的作品中反覆出現。筆者僅僅是一個十分粗略的統計，考慮到遺漏之處，這種重複的程度讓老讀者無法忍受。

筆者不是對於賈平凹的「酷評」，賈平凹始終是筆者尊重的作家。包括正文提到的在內，筆者羅列這類「放肆」的「自我」，只是為賈平凹過於看重「自我」過於看低「現實」感到可惜。能夠理解賈平凹以及他這一代作家對於「現代文學」令人尊敬的追求，以及對於「現實主義」可以理解地過於輕視，但是這始終是妨礙偉大作品出現的原因之一。某種程度上，「八十年代文學」的規劃遠遠沒有結束，我們依舊深深受到這樣觀念遺留的影響。

不過，筆者在正文中有所分析，賈平凹一直是善於調整自己的作家，保持著足夠的敏銳。《秦腔》的轉向以及獲得的成功就是很好的證明，作為先鋒文學的倡導者之一，陳思和的一段話饒有意味：

> 《秦腔》是近年來最優秀的現實主義作品之一，它改變了我頭腦中由於以往傳統理論對現實主義文學的誤讀而造成的偏見，它以縈實的創作實績，促使我對現實主義文學進行重新思考和認識。
> 〔註10〕

就《高興》而言，賈平凹的轉向更為明顯，他在後記中的一段話，並不僅僅是謙虛，筆者認為這個後記和賈平凹曾經非常看重的《高老莊》的後記構成了明顯的對話關係：

> 我在這幾年來一直在想這樣的問題：在據說每年全國出版千部長篇小說的情況下，在我又是已經五十多歲的所謂老作家了，我現在要寫到底該去寫什麼，我的寫作的意義到底是什麼？我掂量過我自己，我可能不是射日的后羿，不是舞干戚的刑天，但我也絕不是為了迎合和消費去舞筆弄墨。我這也不是在標榜我多少清高和多大野心，我也是寫不出什麼好東西，而在這個年代的寫作普遍缺乏大精神和大技巧，文學作品不可能經典，那麼，就不妨把自己的作品寫成一份份社會記錄而留給歷史。（著重號為筆者所加）我要寫劉高興和劉高興一樣的鄉下進城群體，他們是如何走進城市的，他們如

〔註10〕陳思和：《論〈秦腔〉的現實主義藝術》，《西部》，2007年第4期。

何在城市裏安身生活，他們又是如何感受認知城市，他們有他們的
命運，這個時代又賦予他們如何的命運感，能寫出來讓更多的人瞭
解，我覺得我就滿足了。（《高興‧後記》，第 440 頁）

有必要回憶一下《高老莊》後記中不同的看法：

我無論寫的什麼題材，都是我營造我虛構世界的一種載體，載
體之上的虛構世界才是我的本眞。〔註11〕

顯然，賈平凹放下了對於「經典」的執迷，以「紀錄時代」的方式承擔寫作
的「責任」。當然，筆者不是希望賈平凹重複「潮流化」的「現實主義」。筆
者無法描述一種理想的文學圖景，但是「偉大」的「現實主義」，無論在道德
上或是在藝術上，依然是可能的。正如羅崗所指出的：

遺憾的是，當今的文壇俗套和濫調比比皆是，遊戲與花腔成爲
時尚，卻幾乎沒有作家像青年盧卡奇那樣堅定地相信寫作「不是在
尋求一種新的文學形式，而是十分明確地在尋找一個『新世界』。」
（《小說理論》）然而，任何一個具有「生產性」的作家都必須面對
來自「新形式」和「新世界」的雙重挑戰，才可能穿透「文學」領
域中日益深化的「公」與「私」的界限，在「生產條件」和「生產
產品的手段」之間、在「自我創造」和「追尋正義」之間建立有機
聯繫。〔註12〕

或許，當代文學需要一個根本性的「突破」。筆者不能確定，在城鄉之間輾轉
漂泊三十餘年的賈平凹，是否能夠找到自己眞正的「神禾源」與「白雲湫」。
畢竟，我們這個時代就是以對於「大思想」的放逐而展開的，無論作家還是
批評家，都深陷於歷史之中。

第一稿　2008 年 2 月 10 日
第二稿　2008 年 3 月 10 日
第三稿　2008 年 4 月 28 日

〔註11〕賈平凹：《高老莊‧後記》，北京：人民文學出版社，2008 年 1 月第 1 版，第
400 頁。

〔註12〕羅崗：《文學何爲？——〈麗娃河畔論文學〉編者序》。陳子善、羅崗主編：《麗
娃河畔論文學》，上海：華東師範大學出版社，2006 年 11 月第 1 版，第 4 頁。

參考文獻

一、賈平凹作品

1. 賈平凹：《山地筆記》，上海：上海文藝出版社，1980 年 1 月第 1 版。
2. 賈平凹：《小月前本》，廣州：花城出版社，1984 年 12 月第 1 版。
3. 賈平凹：《廢都》，北京：北京出版社，1993 年 6 月第 1 版。
4. 賈平凹：《賈平凹文集》第 14 卷，西安：陝西人民出版社，1998 年版。
5. 賈平凹：《賈平凹散文大系（第五卷）》，桂林，灕江出版社，1999 年版。
6. 賈平凹：《懷念狼》，北京：作家出版社，2000 年 6 月第 1 版。
7. 賈平凹：《病相報告》，上海：上海文藝出版社，2002 年 5 月第 1 版。
8. 賈平凹：《朋友》，重慶：重慶出版社，2005 年 1 月第 1 版。
9. 賈平凹：《我是農民》，北京：中國社會出版社，2006 年 6 月第 1 版。
10. 賈平凹：《高興》，北京：作家出版社，2007 年 9 月第 1 版。
11. 賈平凹：《五十大話》，北京：人民文學出版社，2008 年 1 月第 1 版。
12. 賈平凹：《雞窩窪的人家》，北京：人民文學出版社，2008 年 1 月第 1 版。
13. 賈平凹：《製造聲音》，北京：人民文學出版社，2008 年 1 月第 1 版。
14. 賈平凹：《進山東》，北京：人民文學出版社，2008 年 1 月第 1 版
15. 賈平凹：《商州》，北京：人民文學出版社，2008 年 1 月第 1 版。
16. 賈平凹：《浮躁》，北京：人民文學出版社，2008 年 1 月第 1 版。
17. 賈平凹：《白夜》，北京：人民文學出版社，2008 年 1 月第 1 版。
18. 賈平凹：《土門》，北京：人民文學出版社，2008 年 1 月第 1 版。
19. 賈平凹：《高老莊》，北京：人民文學出版社，2008 年 1 月第 1 版。
20. 賈平凹：《醜石》，北京：人民文學出版社，2008 年 1 月第 1 版。

21. 賈平凹：《五魁》，北京：人民文學出版社，2008 年 1 月第 1 版。

22. 賈平凹：《天狗》，北京：人民文學出版社，2008 年 1 月第 1 版。

二、著作類

中國部分：

1. 牟鍾秀編：《獲獎短篇小說創作談 1978～1980》，北京：文化藝術出版社，1982 年版。

2. 李澤厚：《中國現代思想史論》，北京：東方出版社，1987 年版。

3. 費秉勳：《賈平凹論》，西安：西北大學出版社，1990 年 5 月第 1 版。

4. 季紅真：《憂鬱的靈魂》，長春：時代文藝出版社，1992 年版。

5. 王仲生：《賈平凹的小說與東方文化》，西安，陝西人民出版社，1992 年版。

6. 趙園：《地之子──鄉村小說與農民文化》，北京：十月文藝出版社，1993 年 6 月第 1 版。

7. 多維主編：《〈廢都〉滋味》，鄭州：河南人民出版社，1993 年 10 月版。

8. 劉斌、王玲主編：《失足的賈平凹》，北京：華夏出版社，1994 年 1 月版。

9. 孫見喜：《鬼才賈平凹》，太原，北嶽文藝出版社，1994 年版。

10. 王曉明編：《人文精神尋思錄》，上海：文匯出版社，1996 年 2 月第 1 版。

11. 許子東：《當代文學閱讀筆記》，上海：華東師範大學出版社，1997 年 5 月第 1 版。

12. 趙毅衡：《苦惱的敘述者──中國小說的敘述形式與中國文化》，北京：十月文藝出版社，1994 年版。

13. 楊義：《中國敘事學》，北京，人民出版社，1997 年版。

14. 盧躍剛：《大國寡民》，北京：中國電影出版社，1998 年版。

15. 趙毅衡：《當說者被說的時候──比較敘述學引論》，北京：中國人民大學出版社，1998 年 10 月第 1 版。

16. 陳思和主編：《中國當代文學史教程》，上海：復旦大學出版社。1999 年 9 月第 1 版。

17. 洪子誠：《中國當代文學史》，北京，北京大學出版社，1999 年版。

18. 戴錦華：《隱形書寫：90 年代中國文化研究》，南京：江蘇人民出版社，1999 年 9 月第 1 版。

19. 趙毅衡主編：《「新批評」文集》，天津：百花文藝出版社，2001 年版。

20. 張英：《文學的力量：當代著名作家訪談錄》，北京：民族出版社，2001年版。

21. 黃子平：《「灰闌」中的敘述》，上海：上海文藝出版社，2001年1月第1版。

22. 申丹：《敘述學與小說文體學研究》，北京：北京大學出版社，2001年5月第2版。

23. 韓魯華：《精神的映像：賈平凹文學創作論》，北京，中國社會科學出版社，2003年版。

24. 賈平凹、謝有順：《賈平凹謝有順對話錄》，蘇州：蘇州大學出版社，2003年7月第1版。

25. 楊聯芬：《孫犁：革命文學中的多餘人——二十世紀中國文學論》，北京：中國文聯出版社，2004年版。

26. 李建軍：《時代及其文學的敵人》，北京：中國工人出版社，2004年版。

27. 孟繁華、程光煒：《中國當代文學發展史》，北京：人民文學出版社，2004年1月第1版。

28. 丹萌著：《賈平凹透視》，天津：百花文藝出版社，2004年11月第1版。

29. 李星、孫見喜：《賈平凹評傳》，鄭州：鄭州大學出版社，2005年1月第1版。

30. 程光煒：《文學想像與文學國家——中國當代文學研究（1949～1976）》，開封：河南大學出版社，2005年5月第1版。

31. 董健、丁帆、王彬彬主編：《中國當代文學史新稿》。北京：人民文學出版社，2005年8月第1版。

32. 郜元寶、張冉冉編：《賈平凹研究資料》，天津：天津人民出版社，2005年1月第1版。

33. 洪子誠：《文學與歷史敘述》，開封，河南大學出版社，2005年10月第1版。

34. 雷達主編、梁穎編選：《賈平凹研究資料》，濟南：山東文藝出版社，2006年5月第1版。

35. 陳子善、羅崗主編：《麗娃河畔論文學》，上海：華東師範大學出版社，2006年11月第1版。

36. 許愛珠：《性靈與啟蒙——賈平凹的平平凹凹》，北京：團結出版社，2007年1月第1版。

37. 孫見喜：《賈平凹傳》，上海：上海人民出版社，2008年1月第1版。

外國部分：

1. 【英】愛‧摩‧福斯特：《小說面面觀》，蘇炳文譯，廣州：花城出版社，1984 年 10 月第 1 版。

2. 【美】W‧C‧布斯：《小說修辭學》，華明、胡蘇曉、周憲譯，北京：北京大學出版社，1987 年 10 月第 1 版。

3. 【法】羅貝爾‧埃斯卡爾皮：《文學社會學》，於沛編譯，杭州：浙江人民出版社，1987 年 8 月第 1 版。

4. 【英】特里‧伊格爾頓：《當代西方文藝理論》，王逢振譯，北京：中國社會科學出版社，1988 年 6 月第 1 版。

5. 【蘇】鮑‧蘇奇科夫：《現實主義的命運》，傅仲選等譯，北京：外國文學出版社 1988 年版。

6. 【荷】佛克馬、易布思：《二十世紀文學理論》，林書武等譯，北京：三聯書店，1988 年 1 月第 1 版。

7. 【法】熱拉爾‧熱奈特著：《敘事話語　新敘事話語》，王文融譯，北京：中國社會科學出版社 1990 年版。

8. 【法】福柯：《知識的考掘》，王德威譯，臺北：麥田出版有限公司，1993 年 7 月第 1 版。

9. 【捷】米蘭‧昆德拉：《被背叛的遺囑》，上海：上海人民出版社，1995 年 12 月第 1 版。

10. 【荷】佛克馬、蟻布思著：《文學研究與文化參與》，俞國強譯，北京：北京大學出版社，1996 年 6 月第 1 版。

11. 【美】浦安迪：《中國敘事學》，張文定譯，北京：北京大學出版社，1996 年 3 月第 1 版。

12. 【意】卡爾維諾：《未來千年文學備忘錄》，楊德友譯，瀋陽：遼寧教育出版社，1997 年 3 月第 1 版。

13. 【英】戴維‧洛奇：《小說的藝術》，北京：作家出版社，1998 年 2 月第 1 版。

14. 【俄】巴赫金：《詩學與訪談》，白春仁、顧亞玲等譯，石家莊：河北教育出版社 1998 年版。

15. 【俄】巴赫金：《拉伯雷研究》，李兆林、夏忠憲等譯，石家莊：河北教育出版社 1998 年版。

16. 【俄】巴赫金：《小說理論》，白春仁、曉河譯，石家莊，河北教育出版社 1998 年版。

17. 【俄】巴赫金著：《文本‧對話與人文》，白春仁、顧亞鈴等譯，石家莊：河北教育出版社，1998 年 6 月第 1 版。

18. 【美】喬納森・卡勒：《當代學術入門：文學理論》，李平譯，瀋陽：遼寧教育出版社，1998 年 11 月第 1 版。

19. 【法】福柯：《規訓與懲罰》，劉北成、楊遠嬰譯，北京：三聯書店，1999年 5 月第 1 版。

20. 【美】凱特・米利特：《性政治》，宋文偉譯，南京：江蘇人民出版社，2000年 1 月第 1 版。

21. 【法】布迪厄：《藝術的法則——文學場的生成和結構》，劉暉譯，北京：中央編譯出版社，2001 年 3 月第 1 版。

22. 【美】安敏成：《現實主義的限制》，姜濤譯，南京：江蘇人民出版社 2001年版。

23. 【美】李歐梵：《中國現代文學與現代性十講》，上海：復旦大學出版社 2002 年版。

24. 【美】埃里希・奧爾巴赫：《模仿論》，吳麟綬等譯，天津：百花文藝出版社 2002 年版。

25. 【荷】米克・巴爾：《敘述學》，譚君強譯，北京：中國社會科學出版社 2003 年版。

26. 【美】王德威：《想像中國的方法——歷史・小說・敘事》，北京：生活・讀書・新知三聯書店，2003 年 9 月第 1 版。

27. 【美】王德威：《現代中國小說十講》，南京：復旦大學出版社 2004 年版。

28. 【美】韋勒克、沃倫：《文學理論》，劉象愚等譯：南京，江蘇教育出版社，2005 年版。

29. 【美】華萊士・馬丁：《當代敘事學》，伍曉明譯，北京：北京大學出版社 2005 年版。

30. 【美】詹姆斯・米勒：《福柯的生死愛欲》，高毅譯，上海：世紀出版集團，2005 年 5 月第 1 版。

31. 【美】王德威：《當代小說二十家》，北京：三聯書店，2006 年 8 月第 1版。

32. 【加】諾斯羅普・弗萊：《批評的解剖》，陳慧等譯，天津：百花文藝出版社 2006 年版。

33. 【美】哈羅德・布魯姆：《影響的焦慮》，徐文博譯，南京：江蘇教育出版社 2006 年版。

34. 【美】唐小兵編：《再解讀：大眾文藝與意識形態（增訂版）》，北京：北京大學出版社，2007 年 5 月第 1 版。

35. 【德】顧彬：《二十世紀中國文學史》，范勁等譯，上海：華東師範大學出版社，2008 年 9 月第 1 版。

三、論文類

1. 鄒狄帆：《生活之路──讀賈平凹的短篇小說》，《文藝報》，1978 年 5 月 23 日。

2. 賈平凹：《愛和情──〈滿月兒〉創作之外》，《十月》，1979 年第 3 期。

3. 本刊編輯部：《深入農村寫變革中農民的面貌和心理──在西安召開的農村題材小說創作座談會紀要》，《文藝報》，1981 年第 22 期。

4. 陳傳才：《時代特點・嶄新個性・理想化》，《作品與爭鳴》，1981 年第 7 期。

5. 本刊記者：《記「筆耕」組賈平凹近作討論會》，《延河》，1982 年第 4 期。

6. 費秉勳：《賈平凹一九八一年小說創作一瞥》，《延河》，1982 年第 4 期。

7. 陳深：《把生活的井掘得更深──賈平凹小說創作直觀論》，《延河》，1982 年第 4 期。

8. 唐先田：《充滿濃鬱詩意和改革精神的農村畫卷──評賈平凹的三部中篇小說》，《江淮論壇》，1984 年第 5 期。

9. 蔣陰安：《柳暗花明又一村──讀賈平凹的三個中篇》，《文學評論》，1984 年第 5 期。

10. 曾鎮南：《農村社會變革急潮中的心理微瀾：評賈平凹的幾部中篇近作》，《光明日報》1984 年 8 月 30 日。

11. 李建民：《在時代的潮流中吸取詩情：讀賈平凹的兩篇近作》，《小說林》，1984 年第 11 期。

12. 許柏林：：《當前我國農民的社會心理：評賈平凹〈雞窩窪的人家〉》，《當代作家評論》1985 年第 1 期。

13. 李炳銀：《歷史的棄客，文學的典型：論賈平凹筆下的韓玄子形象》，《當代文藝探索》1985 年第 3 期。

14. 費秉勳：《賈平凹創作歷程簡論》，《當代文壇》，1985 年第 4 期。

15. 劉建軍：《賈平凹論》，《文學評論》，1985 年第 3 期。

16. 費秉勳：《賈平凹三部中篇新作的現實主義精神》，《小說評論》，1985 年第 2 期。

17. 夏剛：《折射的歷史之光──〈臘月・正月〉縱橫談》，《當代作家評論》，1985 年第期。

18. 蔡翔：《行為衝突與觀念的演變──讀賈平凹的〈臘月・正月〉》，《讀書》，1985 年第 4 期。

19. 韓石山：《且化濃墨寫春山──漫評賈平凹的中篇近作》，《文學評論》，1985 年第 6 期。

20. 劉再復：《論文學的主體性》,《文學評論》1985 年第 6 期、1986 年第 1
    期。

21. 李振聲：《商州：賈平凹的小說世界》,《上海文學》, 1986 年第 4 期。

22. 李陀：《中國文學中的文化意識和審美意識——序賈平凹著〈商州三
    錄〉》,《上海文學》, 1986 年第 1 期。

23. 費秉勳：《賈平凹商州小說結構章法》,《人民文學》, 1987 年第 4 期。

24. 何鎮邦：《新時期文學形式演變的趨勢》,《天津文學》, 1987 年第 4 期。

25. 費秉勳：《賈平凹商州小說結構章法》,《人民文學》, 1987 年第 4 期。

26. 李星：《混沌世界中的信念和藝術秩序》,《小說評論》1987 年第 6 期。

27. 王愚、賈平凹：《長篇小說〈浮躁〉縱橫談》,《創作評譚》, 1988 年第 1
    期。

28. 李星：《混沌世界中的信念和藝術秩序——〈浮躁〉論片》,《小說評論》,
    1987 年第 6 期。

29. 本刊記者：《時代心理的整體把握——賈平凹長篇小說〈浮躁〉討論會紀
    要》,《小說評論》, 1987 年第 6 期。

30. 賈平凹、金平：《由「浮躁」延伸的話題——與賈平凹病榻談》,《當代文
    壇》, 1987 年第 2 期。

31. 董子竹：《成功地解剖特定時代的民族心態——賈平凹〈浮躁〉得失談》,
    《小說評論》, 1987 年第 6 期。

32. 李其綱：《〈浮躁〉：時代情緒的一種概括》,《文學評論》, 1988 年第 2 期。

33. 唐達成：《賀浮躁》,《瞭望》, 1988 年第 50 期。

34. 李其綱：《〈浮躁〉：時代情緒的一種概括》,《文學評論》, 1988 年第 2 期。

35. 王彬彬：《俯瞰和參與——〈古船〉和〈浮躁〉比較觀》,《當代作家評論》,
    1988 年第 1 期。

36. 邢小利：《〈浮躁〉疵議》,《小說評論》, 1988 年第 1 期。

37. 周政保：《〈浮躁〉：歷史陣痛的悲哀與信念》,《小說評論》, 1987 年第 4
    期。

38. 汪曾祺：《賈平凹其人》,《瞭望》, 1988 年第 50 期。

39. 劉火：《金狗論》,《當代作家評論》, 1989 年第 4 期。

40. 吳亮：《批評的缺席》,《文化藝術報》1992 年 10 月 2 日。

41. 易毅：《〈廢都〉：皇帝的新衣》。《文藝爭鳴》, 1993 年第 5 期。

42. 孫祖娟：《山地悲劇與山地文化——〈商州〉悲劇意識談》,《名作欣賞》,
    1993 年第 6 期。

43. 吳亮：《城鎮、文人和舊小說——關於賈平凹的〈廢都〉》,《文藝爭鳴》,
    1993 年第 6 期。

44. 陳曉明：《廢墟上的狂歡節——評〈廢都〉及其它》,《天津社會科學》,
    1994 年第 2 期。

45. 王曉明、陳金海、羅崗、李念、毛尖、倪偉：《精神廢墟的標記——漫談
    「〈廢都〉現象」》,《作家》,1994 年第 2 期。

46. 趙學勇：《「鄉下人」的文化意識和審美追求：沈從文與賈平凹創作心理
    比較》,《小說評論》,1994 年第 4 期。

47. 陳思和：《民間的浮沉——對抗戰到文革文學史的一個嘗試性解釋》。《上
    海文學》,1994 年第 1 期。

48. 蔡學儉：《出版改革的目標是什麼？》,《出版科學》,1994 年第 4 期。

49. 康慶強：《出版改革的發展趨勢》,《中國出版》,1994 年第 6 期。

50. 劉慧同：《賈平凹談對傳媒的感受》,《新聞傳播》,1995 年第 2 期。

51. 費秉勳：《追尋的悲哀：論〈白夜〉》,《小說評論》1995 年第 6 期。

52. 石傑：《煩惱即菩提：有意選擇而無力解脫——讀賈平凹長篇小說〈白
    夜〉》,《唐都學刊》,1996 年第 1 期。

53. 曠新年：《從〈廢都〉到〈白夜〉》,《小說評論》1996 年第 1 期。

54. 吳曉平：《〈白夜〉——再落一回窠臼》,《雨花》,1996 年第 3 期。

55. 陳榮貴：《當今文學批評缺席原因初探》,《上饒師範學院學報》,1997 年
    第 2 期等。

56. 孟繁華：《面對今日中國的關懷與憂患——評賈平凹的長篇小說〈土
    門〉》,《當代作家評論》,1997 年第 1 期。

57. 仵埂、閻建濱、李建軍、孫見喜、王永生：《〈土門〉與〈土門〉之外—
    —關於賈平凹〈土門〉的對話》,《小說評論》,1997 年第 3 期。

58. 劉廣遠：《〈土門〉的探尋情結》,《錦州師範學院學報（哲學社會科學版）》,
    1997 年 03 期。

59. 包曉光：《循環與錯位》,《錦州師範學院學報（哲學社會科學版）》,1997
    年 03 期。

60. 鍾本康：《世紀之交：蛻變的痛苦掙扎——〈土門〉的隱喻意識》,《小說
    評論》,1997 年第 6 期。

61. 陳思和：《也談「批評的缺席」》,《南方文壇》,1997 年第 6 期。

62. 賈平凹、穆濤：《寫作是我的宿命——關於賈平凹長篇小說新著〈高老莊〉
    訪談》,《文學報》,1998 年 8 月 6 日第 4 版。

63. 陶東風：《「批評缺席」的真實含義》,《文學自由談》,1998 年第 1 期。

64. 陳緒石：《〈白夜〉,〈廢都〉的延續與變異》,《九江師專學報》,1998 年第 1 期。

65. 孫見喜：《文化批判的深層意味——〈高老莊〉編輯手記》,《小說評論》, 1998 年第 6 期。

66. 陳曉明：《從度構到仿真：審美能動性的歷史轉換》,《當代作家評論》, 1998 年第 1 期。

67. 賈平凹、孫見喜：《閒談〈高老莊〉》,《文學自由談》,1998 年第 5 期。

68. 吳炫：《賈平凹：個體的誤區》,《作家》,1998 年第 11 期。

69. 于曼：《無奈的精神還鄉——讀賈平凹的長篇新作〈高老莊〉》,《小說評論》,1999 年第 1 期。

70. 葉立文：《開啓文化寓言之門——評賈平凹新作〈高老莊〉》,《小說評論》, 1999 年第 1 期。

71. 李裴：《自述體民族志——從〈高老莊〉看中國小說新浪潮》,《民族藝術》1999 年第 3 期。

72. 謝有順：《賈平凹的實與虛》,《當代作家評論》,1999 年第 2 期。

73. 蕭雲儒：《賈平凹長篇系列中的〈高老莊〉》,《當代作家評論》,1999 年第 2 期。

74. 沈琳：《試析加西亞·馬爾克斯對賈平凹創作的影響》,《外國文學研究》, 1999 年第 3 期。

75. 楊勝剛：《對賈平凹九十年代四部長篇小說的整體閱讀》,《小說評論》1999 年第 4 期。

76. 張志忠：《賈平凹創作中的幾個矛盾》,《當代作家評論》,1999 年第 5 期。

77. 石傑、王馥香：《在文化的批判與建構之間——論賈平凹長篇小說〈高老莊〉兼及〈土門〉》,《錦州師範學院學報》,2000 年第 3 期。

78. 聶進、何永生：《窘境與再生——評〈高老莊〉》,《當代文壇》,2000 年第 4 期。

79. 雷達：《長篇小說筆記之五——賈平凹〈懷念狼〉》,《小說評論》,2000 年第 5 期。

80. 孫德喜：《何以安妥的靈魂——〈廢都〉和〈白夜〉的文化解讀》,《唐都學刊》,2000 年第 2 期。

81. 王輕鴻：《「石不能言最可人」——〈高老莊〉神話原型分析》,《荊門職業技術學院學報》,2000 年第 1 期。

82. 賴大仁：《文化轉型中的精神突圍——〈高老莊〉的文化意蘊》,《江西廣播電視大學學報》,2000 年第 2 期。

83. 周立民：《當代作家評論》「印象點擊」欄目,2000 年第 4 期。

84. 廖增湖:《賈平凹訪談錄——關於〈懷念狼〉》,《當代作家評論》,2000年第4期。

85. 胡殷紅、賈平凹:《一隻孤獨的狼》,《南方周末》,2000年6月16日。

86. 余虹:《解構批評與新歷史主義——中國文學理論的後現代性》,《海南師範學院學報》,2000年第4期。

87. 周國清:《精緻化文本模式的構建——讀〈懷念狼〉》,《常德師範學院學報(社會科學版)》,2001年第5期。

88. 姜飛:《〈懷念狼〉簡論》,《欽州師範高等專科學校學報》,2001年第3期。

89. 王軍、喬世華:《重尋文學的根——談賈平凹長篇新作〈懷念狼〉》,《瀋陽師範學院學報(社會科學版)》,2001年第3期。

90. 董新祥:《論賈平凹對魔幻現實主義的接受》,《咸陽師範學院學報》2001年第3期。

91. 姜飛:《〈懷念狼〉簡論》,《欽州師範高等專科學校學報》,2001年第3期。

92. 費秉勳、葉輝:《〈懷念狼〉懷念什麼》,《小說評論》,2001年第1期。

93. 韋器閎:《狼的傳奇與生命的疑慮——略論賈平凹的長篇小說〈懷念狼〉》,《河池師專學報》,2001年第3期。

94. 張志平:《一種生態倫理的詩意想像:賈平凹近作〈懷念狼〉解讀》,《名作欣賞》2001年第6期。

95. 賈平凹、張英:《我除了寫作,還能幹些什麼呢?》,《作家》,2001年第7期。

96. 賈平凹、王堯:《在傳統與現代之間的新漢語寫作》,《當代作家評論》,2002年第6期。

97. 李建軍:《消極寫作的典型文本——再評〈懷念狼〉兼論一種寫作模式》,《南方文壇》,2002年第4期。

98. 李遇春、賈平凹:《傳統暗影中的現代靈魂——賈平凹訪談錄》,《小說評論》,2003年第6期。

99. 石傑:《賈平凹創作中的生態倫理思想》,《徐州師範大學學報(哲學社會科學版)》,2004年第4期。

100. 孫新峰:《狼意象的商州文化底蘊——以〈懷念狼〉為例》,《商洛師範專科學校學報》,2004年第1期。

101. 韓魯華:《心物交融 象生於意——賈平凹文學意象生成論》,《小說評論》,2004年第2期。

102. 汪政:《論賈平凹》,《鍾山》,2004年第4期。

103. 劉寧：《論賈平凹地域小說中的文化意蘊》，《小說評論》，2004 年第 5 期。

104. 邵寧寧：《轉型期現象與無家可歸的文人——關於〈廢都〉的文化分析》。《甘肅社會科學》，2004 年第 1 期。

105. 劉瑜：《「家」之思——關於賈平凹 90 年代以來長篇小說的整體解讀》，《西南民族大學學報（人文社科版）》，2005 年第 4 期。

106. 蕭鷹：《沉溺於消費時代的文化速寫——「先鋒批評」與「〈秦腔〉事件」》，《文藝研究》，2005 年第 12 期。

107. 蕭雲儒：《〈秦腔〉：賈平凹的新變》，《當代文壇》，2005 年第 5 期。

108. 李建軍：《是高峰，還是低谷——評長篇小說〈秦腔〉》，《文藝爭鳴》，2005 年第 4 期。

109. 邰科祥：《論長篇小說〈秦腔〉在創作上的漲與跌》，《小說評論》，2005 年 04 期。

110. 陳思和、楊劍龍等：《秦腔：一曲輓歌，一段情深——上海〈秦腔〉研討會發言摘要》《當代作家評論》，2005 年第 5 期。

111. 張勝友、雷達等：《〈秦腔〉：鄉土中國敘事終結的傑出文本——北京〈秦腔〉研討會發言摘要》，《當代作家評論》，2005 年第 5 期。

112. 王春林：《鄉村世界的凋敝與傳統文化的輓歌——評賈平凹長篇小說〈秦腔〉》，《海南師範學院學報（社會科學版）》，2005 年第 5 期。

113. 賈平凹、郜元寶：《關於〈秦腔〉和鄉土文學的對談》，《上海文學》，2005 年第 7 期。

114. 袁愛華：《無言以對的鄉土——賈平凹〈秦腔〉敘事解讀》，《理論與創作》，2005 年第 6 期。

115. 陳曉明：《鄉土敘事的終結和開啟——賈平凹的〈秦腔〉預示的新世紀的美學意義》，《文藝爭鳴》，2005 年第 6 期。

116. 卜昌偉：《賈平凹稱有「剝皮之痛」》，《深圳特區報》，2005 年 5 月 17 版「今版‧文化」版。

117. 吳正毅、曠新年：《〈那兒〉——工人階級的傷痕文學》，《文藝理論與批評》，2005 年第 2 期。

118. 王春林：《鄉村世界的凋敝與傳統文化的輓歌——評賈平凹長篇小說〈秦腔〉》，《海南師範學院學報（社會科學版）》，2005 年第 5 期。

119. 曠新年：《「尋根文學」的指向》，《文藝研究》，2005 年第 6 期。

120. 李新宇：《重返「人的文學」——1980 年代中國文學的知識分子話語之四》，《吉林大學社會科學學報》，2005 年第 6 期。

121. 賀桂梅：《先鋒小說的知識譜系與意識形態》，《文藝研究》，2005 年第 10 期。

122. 南帆等：《底層經驗的文學表述如何可能？》，《上海文學》，2005 年 11 期。

123. 范晶晶：《鄉土中國的最後守望——評賈平凹的小說〈秦腔〉》，《晉中學院學報》，2006 年第 1 期。

124. 吳尚華：《賈平凹〈懷念狼〉的生態批評解讀》，《安徽師範大學學報（人文社會科學版）》，2006 年第 2 期。

125. 褚自剛：《「瘋」眼看世界，「癡」心品萬象——論〈秦腔〉在敘事藝術探索方面的突破與局限》，《開封教育學院學報》，2006 年第 3 期。

126. 洪治綱：《困頓中的掙扎——賈平凹論》，《鍾山》，2006 年第 4 期。

127. 吳義勤：《鄉土經驗與「中國之心」——《秦腔》論》，《當代作家評論》，2006 年第 4 期。

128. 南帆：《找不到歷史——〈秦腔〉閱讀札記》，《當代作家評論》，2006 年第 4 期。

129. 胡蘇珍：《〈秦腔〉：純粹的鄉村經驗敘事》，《寧波大學學報（人文科學版）》，2006 年 04 期。

130. 李雲雷：《如何揚棄「純文學」與「左翼文學」？——底層寫作所面臨的問題》。《江漢大學學報》，2006 年第 5 期。

131. 邵燕君：《「宏大敘事」解體後如何進行「宏大的敘事」？——近年長篇創作的「史詩化」追求及其困境》，《南方文壇》，2006 年第 6 期。

132. 王安憶：《「尋根」二十年憶》。《上海文學》，2006 年第 8 期。

133. 魯曉鵬著、季進譯：《世紀末〈廢都〉中的文學與知識分子》，《當代作家評論》，2006 年第 3 期。

134. 劉志榮：《緩慢的流水與惶恐的輓歌——關於賈平凹的〈秦腔〉》，《文學評論》，2006 年 02 期。

135. 陳曉明：《本土、文化與閹割美學——評從〈廢都〉到〈秦腔〉的賈平凹》，《當代作家評論》，2006 年 03 期。

136. 邵國義：《鄉村終結處的迷惘和辛酸》，《時代文學（雙月版）》，2006 年第 2 期。

137. 李德虎：《堅守與尋找——兼談〈秦腔〉中引生的象徵意味》，《貴州民族學院學報（哲學社會科學版）》，2007 年第 1 期。

138. 黃世權：《日常沉迷與詩性超越——論賈平凹作品的意象寫實藝術》，北京師範大學文藝學 07 屆博士論文，未刊。

139. 張軍：《「瘋子」：瘋癲・魔幻・驚詫——試談《秦腔》的敘事視角》，《小說評論》，2007 年 S1 期。

140. 賀桂梅：《「純文學」的知識譜系與意識形態——「文學性」問題在 1980 年代的發生》，《山東社會科學》，2007 年第 2 期。

141. 吳炫：《我看當前若干走紅作品的「文學性問題」》，《南方文壇》，2007年第 3 期。

142. 陳思和：《論〈秦腔〉的現實主義藝術》，《西部》，2007 年第 4 期。

143. 王光東：《「鄉土世界」文學表達的新因素》，《文學評論》，2007 年第 4 期。

144. 李建立：《批評與寫作的歷史處境──從小說〈那兒〉看「底層寫作」與「純文學」之爭》，《江漢大學學報》，2007 年第 1 期。

145. 張英偉：《疾病對文學創作的影響──賈平凹與史鐵生比較研究》，《首都師範大學學報（社會科學版）》，2007 年第 3 期。

146. 賈平凹、黃平：《賈平凹與新時期文學三十年》，《南方文壇》，2007 年第 6 期。

147. 《南方周末》：《「我們爲破爛兒而來」──〈高興〉背後的高興》，《南方周末》07 年 10 月 25 日文化版。

148. 白浩：《賈平凹詛咒了什麼──析〈秦腔〉對鄉土神話的還原與告別》，《江漢論壇》，2007 年第 6 期。

149. 葉君：《鄉土烏托邦的建構與消解──解讀文本中的湘西和商州》，《江淮論壇》，2007 年第 6 期。

150. 程光煒：《歷史重釋與「當代」文學》，《文藝爭鳴》，2007 年第 7 期。

151. 黃平等：《「重看」〈廢都〉和如何「重看」》，《上海文化》，2008 年第 1 期。

152. 賈平凹、蒲荔子：《賈平凹談〈廢都〉之爭：寫的時候沒有想到風險》，《南方日報》，2008 年 11 月 2 日。

153. 劉瑋、賈平凹：《賈平凹：〈廢都〉帶給我災難和讀者》，《新京報》，2008 年 12 月 12 日。

154. 程光煒：《如何理解「先鋒文學」》，《當代作家評論》，2009 年第 2 期。

後　記

　　2009 年的春節前後，在遼寧家中趕寫博士論文的最後一章。新買的小房子，十月份裝修完畢，爲了我的寫作剛剛接通了網線，聽說我要寫像書一樣厚的文章，父親擔心耽擱了我的進度，大清早去網通門前排隊——直到八點鐘開門營業，他依然是唯一的顧客。那些日子裏，從起床到入睡，終日耗在電腦前，閱讀著無盡的作品與論文，時常累得躺在床上，仰著頭望著窗外仿古的飛簷，以及對面一片片深藍色的窗玻璃，每一面玻璃後面，應該是散發著酸菜、乾果、肉段味道的東北過年時節的廚房。

　　每到午飯的時候，母親從老房子走個大約二十分鐘過來——老家評上「世界文化遺產」後，出租車越來越貴——帶來裹在羽絨服裏的一個大飯盒，裏面經常是我最愛吃的排骨豆角大米飯，廚房裏則放著一箱可口可樂。我在廚房打開可樂同時順手打開電視的時候（爲了安靜電視被搬到了廚房裏），母親往往戴上老花鏡盯著我的筆記本電腦發呆，她不知道「歷史化」、「文本細讀」、「敘述視角」都是些什麼東西，但是一直努力地做出理解了的樣子，笨拙地下拉著鼠標——她的眼睛先天有問題，辦下殘疾證的那天卻很高興，一再地打聽大城市是不是殘疾人坐車不要錢。

　　和以往一樣，我把博士論文獻給我的父母。他們是這個世界上無限包容我的讀者，每一次讀到我的文章，他們都渾然不自知地犯著文學批評的大忌，從作者出發來評價作品，在完全缺乏文本分析的基礎上無限拔高，我的母親甚至於認爲我有一天會獲得諾貝爾文學獎（這是她聽到過的唯一的文學獎），這樣她就可以在電視上看到我。二十二年的求學歲月裏，沒有父母的支持，以及無數次默默的犧牲，我難以想像會走到今天。

　　攻讀博士學位期間，我的導師程光煒教授，承擔著我這個頑劣學生父母的角色。三年來，老師一次次費心地矯正著我的毛病，溫和地指出我的種種不足。在老師的諄諄指導下（三年來和老師往來的郵件就有 384 封），我這個不成器的學生逐漸走上了學術之路。從一年級開始，老師主持著我們「八十年代文學」討論課，每個周四下午，大家依次提交學期論文，之後就相關問題展開討論。跟隨老師「重返」八十年代的文學現場，奠定了我的學術思維的養成與研究方向的確立。在老師和同學們精彩的分析下，當代文學以全然不同的「陌生」的方式得以呈現，原來自己以為的已然結束的一個個研究課題，現在看來或許剛剛開始。

　　由此，自己也開始絆絆磕磕地學習論文的寫作，從一年級開始，陸續完成了對於「民刊《今天》」、「新批評」理論、「《廢都》論爭」、「魯迅形象」等等的「研究」，以及一些零散的小說評論和詩評。限於自己的學力，論文寫得普遍淺薄，很多地方經不住推敲。在老師的寬容下，反覆修改之後，一些也得以發表。2008 年年底，我的一篇討論《廢都》的論文，幸運地獲得了《當代作家評論》年度優秀論文獎。當天下課的時候，老師突然叫住我們留下，告訴大家晚上一起吃飯。那天的宴席上，我體會到了老師內斂的高興，他看著我這個不像樣子的學生終於一點點地進步。現在想來，人生最關鍵的選擇之一，就是 06 年報考程老師的博士生，臨近畢業，回憶當初，我感到非常幸運。

　　一切順利的話，我畢業後將赴一所著名高校工作，這所大學的中文系多年來貢獻出了燦如星河的學者、批評家、出版家群體。自己的水平與這所蜚聲海內外的學府所要求的，自問有不小的距離。幸好，三年的博士歲月，是我取之不竭的礦藏——老師寬厚、自省、責任感以及博大、沉靜的學術精神，勉勵著我在新的崗位不斷努力前行。

　　感謝三年來支持我、幫助我的各大期刊的編輯老師。首先要感謝的是《當代作家評論》林建法老師，創刊以來，《當代作家評論》一直是學科第一流的刊物，本科以來我每期必讀，但從來不敢奢望自己有一天能在上面發表文章甚至於獲獎，這一切的實現，離不開林老師對我的關切與提攜。

　　寫作後記的同時，我正在閱讀《當代作家評論》08 年第 6 期，吳俊老師對於二十多年前的林老師有一段回憶：

　　　　一天晚上，我正在辦公室痛苦練習，一天也只寫了幾百字。門

忽然被無聲地推開了，有個人探頭進來問：「這麼晚了還在寫東西
啊。你是誰？」我作了回答，也問「你是誰？」「我叫林建法。你的
這篇文章寫完後給我看看吧。」這就是此後二十多年我與林建法和
《當代作家評論》雜誌關係的開始。後來我問他，那天晚上他怎麼
會到中文系辦公室來。他說是來上海組稿，晚上路過母校，進來看
看，看到辦公室還有燈光，可能是認識的人，就推門了，不想卻認
識了一個新人。我與林建法的這次邂逅，對我的重要性還在於，那
篇文章在《當代作家評論》上發表以後，又獲了該刊評選的年度優
秀論文獎。這也是我此生所獲的第一個文學獎項。一個無名小卒也
能獲獎。

二十年來，一代代的研究者出現，既有吳俊老師這樣的大批評家，也有我這
樣不成器的博士生，不變的是林老師一如既往地支持。毫不誇張地說，三十
年來見證著當代文學現場的林老師以及《當代作家評論》，就是「新時期」以
來一部獨特的當代文學史。

感謝《南方文壇》、《當代文壇》、《上海文化》、《渤海大學學報》、《海南
師範大學學報》、《西安建築科技大學學報》、《電影文學》等刊物的編輯老師
們，他們慷慨地接納了我的一篇篇習作，難忘每次收到樣刊時自已往往持續
很久的快樂。感謝《新民周刊》、《中國社會導刊》的編輯老師，能夠信任我
這樣一個博士生，三年來針對「春晚」等文化現場陸續發表了多篇文化研究；
感謝《中國經營報》的編輯老師邀請我寫作文化專欄，提供給我一個將學理
與文化實踐相結合的一流的媒體平臺。

感謝我的另一所母校吉林大學，從 1999 年 9 月入學以來，到 2006 年 6
月碩士畢業，我在吉大度過了美好的七年歲月。感謝本科階段哲學社會學院
的老師以及碩士階段文學院的老師對我的教導，我所取得的每一步的成績，
都離不開吉大各位老師奠定的基礎。從文苑二舍 521 到友誼園 326，從萃文樓
到圖書館，從 D 食堂到莘子園，從辯論場到電影院，從學人書店到桂林路，
我始終記得常年被大雪覆蓋的母校每一天的樣子，那是人生能想到的最好的
時光。所謂幸福，就是那些年的生活周而復始，永遠不會終結。

感謝這些年來我的同學和朋友們，大家已經散落到這個國家的四面八
方，正在紛紛地成家立業、娶妻生子。這些年來，你們大度地寬容著我的一
切缺點，從方方面面給予我慰藉。大學十年，以往一起慶祝奪冠喝得爛醉的

日子，一起裹著棉被半夜三點等著歐冠直播的日子，一起逃課打 CS 為了沒有解救人質互相抱怨的日子，一起排隊等麻辣燙望著長長的隊伍發呆的日子，一起躲在小教室裏重評歷史臧否人物的日子，一起學校大方地買單暢遊江南放舟秦淮的日子……可能真的一去不復返了，可能以另外的方式再次歸來。

最後，我把感謝留給一家看不見的圖書館。在我家的新房子，隔著兩個街區，有一家服裝市場，每當寒暑假路過的時候，我往往想起原址上那座深棕色的沉默的老圖書館。初三畢業的時候，父親給我辦了一張閱覽證，我第一次闖進書庫裏，興沖沖地把所有的《吶喊》抱起就走，身後是笑得發顫的一個很胖的管理員。高中三年，我在這家常常只有我一個讀者的圖書館裏，與十九世紀的歐洲文學相遇，與狄更斯、雨果、托爾斯泰、普希金相遇，這是命運的恩賜，我感謝冥冥中上天的指引。回憶起來，有兩個場景多年來反覆浮現，一個是站在圖書館小得只能伸進去一條胳膊的窗口，緊張地等待著管理員幫我找著《大衛‧科波菲爾》的下冊，自己在不安中清楚地聽到了心跳聲。從那時候開始，狄更斯一直是我最喜愛的作家，我在本科入學的時候曾經幼稚地表示狄更斯是我精神上的父親，這句話被大學同學嘲笑了四年。另一個場景，是高三的某個晚自習結束的晚上，一個人騎著自行車在細雨中匆匆地經過一家商場，恍惚地一瞬間，我看到商場的櫥窗下蜷縮著的裹著翻出棉絮的髒得發亮的流浪漢。那一刻我默念起不知道在哪裏記下來的陀思妥耶夫斯基的句子，「世界上還有一個人在受苦，他就是我的兄弟」。

回想起來，從那家看不見的圖書館開始，我決心以文學為志業。現在看來，往昔的一切或許帶著十幾歲的年齡常見的矯情、誇張、自以為是的使命感，以及虛弱的英雄主義。但願這一切在未來能夠以更堅實的方式沉澱下來，但是我從來沒有後悔過我的選擇，在本科階段沒有考上第一志願中文的時候，我也一直相信我不會就此遠離文學。多麼幸運，在當下的這個時代，在大學即將結束的門檻上，我居然真得實現了自己少年時的理想，對那個在圖書館門前緊張地徘徊與在細雨中帶著憤怒穿行的高中生，多少有了一份交待。歌德有一句名言，「什麼是美好的人生，那就是在成年實現年少的夢想。」大學十年的總結，如果要用一個關鍵詞概括，此時此刻，我選擇「感恩」。

黃平

2009 年 5 月 4 日